사냥꾼
이야기

사냥꾼
이야기

임정희 장편소설

손안의책

차례

"사장님, 사냥꾼이라고 들어본 적 있어요?"

형사가 물었다. 무슨 소리인가 싶어 대꾸 없이 쳐다만 보았다. 그는 헌책방을 눈으로 훑으며 계속 주절거렸다.

"인터넷에서는 그렇게 부르더군요. 그 퍽치기범 말이에요."

형사가 말끝에 웃음을 흘렸다. 나는 계산대에 앉아 딴청을 피웠다. 전혀 웃기지 않았다.

"관심이 없으시네요? 사람이 죽었다는데."

그의 목소리가 파르르 떨렸다. 웃음기 가득했던 눈동자가 돌연 차갑게 빛났다. 감정적인 사람 같았다. 저래서 무슨 경찰 노릇을 한다고. 여러 생각이 들었지만, 입 밖으로 내지 않았다.

퍽치기범에 대해서는 이미 들어 알고 있다. 요즘 동네는 온통 그 이야기뿐이다. 한밤중 홀로 걷는 사람을 노린다는 정체불명의 범죄자. 여러 달째 소문이 돌았으나 잡히지 않아 경찰이 골치를 앓는 모양이다. 이제 사람까지 죽었으니 형사가 예민하게 구는 이유를 알 것도 같다.

고등학생 여자아이의 알몸 시체가 발견되었다던가? 뒤통수가 처참히 으깨져 있었다던가? 누구는 퇴비로 쓰려고 모아둔 나뭇잎 속에, 누구는 공원 배수구에 깨끗이 씻긴 시체가 들어 있었다고 호들갑을 떨었다. 어느 쪽이 믿을만한 이야기인지는 알 수 없다.

"책방에 손님이 하나도 없네요? 이래서는 먹고살기 빠듯하겠어요."

형사의 목소리에서 빈정거림을 느꼈다. 별생각 없이 뱉은 말일 수도 있다. 어쩌면 자격지심에 오해했을지도 모른다. 어떻든 내 가게 사정은 그가 걱정할 일이 아니다. 그가 그만 가줬으면 좋겠다. 조사는 핑계인 것 같다. 내내 잡담만 늘어놓고 있지 않은가.

"안 무서워요? 이런 골목에 혼자 있는 거요."

형사가 의자를 끌어와 앉으며 말했다. 부담스러울 정도로 가까웠다.

"사람들이 여길 귀신 골목이라고 부르던데."

눈동자가 호기심으로 반짝였다.

"골목 입구부터 분위기 죽이던데요. 왜 귀신 골목인지 알겠더라고요."

나는 더는 참지 못하고 얼굴을 찌푸렸다. 귀신 골목, 참으로 듣기 싫은 말이다. 언제부턴가 사람들이 제멋대로 이곳을 귀신 골목이라고 불렀다.

"사장님도 귀신 본 적 있어요?"

무슨 말 같지 않은 소리인지. 고개를 가로젓자 형사가 실망한 얼굴로 자리에서 일어섰다.

"여기서 장사한 지 얼마나 됐어요?"

"이십 년 했지요."

나는 형사와 눈을 맞추며 답했다.

"왜 여기 남아 있는 거예요? 다른 가게들은 다 문 닫았던데."

"딱히 갈 데가 없으니까요."

"그게 아니라, 떠나면 안 되는 이유가 있는 거 아녜요?"

뭐에 마음이 상한 건지 갑자기 신문하듯 묻기 시작한다. 아니, 애초에 이쪽이 목적이었나? 나는 마른침을 삼켰다.

"게다가 귀신도 나온다면서요?"

"귀신 같은 거 본 적 없다니까요."

"에이, 사장님이 아니어도 본 사람이 있으니까 귀신 골목이네 어쩌네 하는 거잖아요."

속으로 혀를 찼다. 손님 중에도 이런 사람이 있다. 어디서 귀신 이야기를 주워듣고 찾아와서는 원하는 대답을 듣기 전까지 도무지 갈 생각을 않는다.

"모르죠. 나야 해지면 바로 곯아떨어지니까. 그 사이에 뭐가 튀어나올 수도 있겠죠. 귀신이든 도깨비든."

"도깨비요?"

옛다, 하고 던진 말을 형사가 덥석 물었다. 바짝 얼굴을 들이댄 형사의 서슬 퍼런 눈동자에 기가 죽는다.

"사장님, 애 같은 면이 있으시네?"

형사는 자지러지게 웃어댔다. 나는 그의 앳된 얼굴을 마주 보며 말했다.

"뭐가 그렇게 웃깁니까?"

나도 모르게 말투에 짜증이 담겼다. 형사의 표정이 굳었다. 그의 시선이 천천히 내 정수리부터 다리까지 훑고 지나가는 것을 느꼈다.

"밤에 문단속 잘해요. 아무래도 사람이 잘 안 다니는 데니까, 조심하라고요."

그러고는 명함 한 장을 꺼내 계산대 위에 올려놓았다.

"무슨 일 있으면 연락해요. 112보다 빠를 거예요."

무슨 일이 일어나기를 바라는 듯한 말투다.

"의심 가는 놈 있으면 전화하고요."

톡톡, 검지 끝으로 명함의 휴대전화 번호를 짚으면서 형사가 또 한 번 말했다.

"사냥꾼이든 귀신이든 도깨비든 뭐든 보면 꼭 전화하라고요. 알겠어요?"

나는 천천히 고개를 끄덕였다. 형사는 만족한 얼굴로 헌책방을 떠났다. 긴장했던지 한숨이 새어 나왔다. 시시각각 표정이 변하던 그놈의 얼굴이 도깨비보다 무섭다.

귀신? 도깨비? 참으로 웃긴 소리다. 이 골목에 그딴 건 없다. 내가 증인이다. 여기서 지내온 세월을 걸고 전 재산인 헌책방도 걸고 이야기할 수 있다.

명함을 구겨 계산대 서랍 속에 던져 넣었다. 다시는 저 기분 나쁜 면상을 마주할 일이 없기를 바라지만, 나는 알고 있다. 사는 게 어디 뜻대로 되던가. 서랍을 닫고 나서도 오래도록 찜찜한 기분이 사라지지 않았다.

1장
김서방 이야기

*

금요일 늦은 저녁이었다. 가뜩이나 스산한 귀신 골목에 겨울 소낙비가 내렸다. 후드득, 공격적인 빗줄기에 술집 슬레이트 차양이 흔들렸다. 그 아래 반쯤 열린 미닫이문 사이로 중년의 남자 둘이 빠끔히 얼굴을 내밀었다. 체격도 표정도 전혀 다른 두 사람은 좁은 골목을 사이에 둔 이웃이다. 모두가 떠나버린 골목에 유일하게 남은 두 가게, 헌책방을 운영하는 홍사장과 술집 주인 고씨가 사이좋게 비 오는 골목을 내다보는 중이다.

양쪽 가게 모두 손님이 없어 한가한 차에 늦은 저녁 식사를 함께 하려고 자리를 만들었다. 홍사장은 막 고씨의 가게에 들어섰다가 거센 빗소리에 놀라 골목을 향해 얼굴을 내밀었다.

'겨울에 뭔 비가 이렇게 오나?'

홍사장의 얼굴에 근심이 가득하다. 그가 걱정하는 것은 헌책방의 책들이 아니다. 그의 정수리에 얼마 남지 않은 얇고 힘없는 머리카락이 바람에 휘청댔다.

"김서방이 오려나 봐요."

술집 주인 고씨가 말했다. 헌책방 홍사장의 자그마한 머리 위로 고씨의 커다란 머리가 자리 잡고 있다. 문틈 새로 튀어나온 두 개의 머리는 마치 벌어진 콩깍지 사이로 낱알이 드러난 강낭콩 같다. 홍사장은 체구가 아담하지만 고씨는 지나가던 이도 돌아볼 정도로 덩치가 크다. 둘은 함께 있을 때면 더욱 도드라지게 작거나 커 보인다.

"김서방이라니?"

"도깨비 말여요, 형님. 날이 우중충헌 게 꼭 뭐 나올 것 같은 날씨잖아요."

"난 또 뭐라고. 이 사람, 또 괜한 소릴 하는구먼."

뭘 알고 하는 소리인가 싶어 놀라 물었던 홍사장이 고개를 가로저었다.

"우리 형님이 도깨비 무서운 줄을 모르시네."

고씨는 원래 잔말이 많은 사람이다. 홍사장은 웬만해서는 그의 말을 귀담아듣지 않았다.

'길게 얘기해봤자, 남는 게 없지.'

홍사장은 제 머리 위, 고씨의 얼굴을 올려다보았다. 고씨가 장난기 가득한 눈으로 골목을 바라보고 있다. 그의 얼굴에 새로 생긴 상처가 홍사장의 눈에 들어왔다. 얇은 입술 아래부터 시작돼 턱 끝까지 이어진, 꼭 손톱에 긁힌 듯한 자국이다.

'또 어디서 쌈박질한 모양이구먼. 뭔 일을 하고 다니는 건지.'

홍사장은 고씨의 얼굴에서 눈을 돌렸다. 고씨에게는 이상할 것 없는 일상이다. 그의 얼굴과 몸에는 이미 그것 말고도 숱한 흉터가 남아 있다.

'저 덩치를 누가 자꾸 건드리는 거야.'

형님 대접을 받는 홍사장도 가끔 대하기 불편할 때가 있을 정도로 고씨의 인상은 비범했다.

"날이 참 수상하네요, 형님. 겨울에 여름비가 오잖아요."

젖은 손을 초록색 앞치마에 쓱쓱 문지르며 고씨가 말했다. 그는 어느새 가게 안쪽에서 음식을 준비하고 있다. 이번에는 홍사장도 고개를 끄덕였다. 정말 그랬다. 뭐든 튀어나올 것처럼 음침한 날씨다. 귀신이든 도깨비든 이질적인 것이 모여들 것 같다. 이런 날 일부러 책방을 찾는 손님은 거의 없다.

'오늘 장사는 다 했네.'

홍사장이 빗줄기에 넋 놓은 사이 고양이 한 마리가 불쑥 그의 다리 사이를 지나서 가게 안으로 들어왔다.

"어이쿠! 이게 뭐야!"

놀란 홍사장이 소리를 질렀다.

"형님은 참, 겁도 많으셔. 우리 고 선생이잖아요."

검은 털을 가진 고양이였다. 며칠 전부터 고씨네 가게에 터를 잡고 눌러앉았다. 고양이가 몸을 흔들어 물기를 털어냈다. 녀석이 자연스럽게 벽에 걸린 민속화 아래 둥글게 몸을 말고 눕는 것을 아저씨 둘이 멍하니 보고 있다.

"고 선생? 이름도 지어줬어?"

"고양이 선생이라, 고 선생이에요."

'선생이라니, 누굴 놀리려고 그런 이름을 붙여?'

홍사장은 못마땅한 얼굴을 했다.

"그만 서 있고 여기 앉아요, 형님. 얼른요."

고씨가 테이블 아래 밀어둔 푸른색 플라스틱 의자를 꺼내며 재촉했다. 홍사장은 앉아서도 건너편에 있는 헌책방에 눈을 떼지 못한다. 고씨가 음흉한 웃음소리를 내며 물었다.

"목 빠지겠어요, 형님. 아까부터 누굴 기다려요?"

"기다리긴 무슨."

"얼굴은 왜 빨개지고 그런대요?"

고씨의 커다란 얼굴이 홍사장 눈앞에 바짝 다가왔다. 홍사장이 수줍은 목소리로 중얼댔다.

"손님이 올 것 같아서 그래."

"장사 하루 이틀 해요? 하늘에 구멍 뚫린 것처럼 비가 쏟아지는데 손님은 무슨."

보통은 기분 상할 말투지만, 홍사장은 개의치 않았다. 고씨는 원래 말본새가 다정하지 못한 사람이다. 산만하기가 이를 데 없어 관심 없는 이야기에는 금세 흥미를 잃고 시큰둥한 얼굴을 한다. 평화롭게 긴 대화를 이어가기 어려운 사람이다. 그가 좋아하는 주제는 괴담, 술, 여자와 같은 자극적인 것뿐이다.

"궁금한 손님이 있어 그래. 한동안 못 봐서 걱정도 되고 말이야."

"그 음침한 친구 말하는 거예요?"

고씨도 몇 번 홍사장네 단골손님과 마주친 적이 있다. 가게가 마주 보고 있으니 당연한 일이다.

'음침하다니.'

홍사장은 언짢았다.

'그 친구가 말수가 적고 표정이 없어 그렇지. 그런 말 들을 인상은 아니라고. 자기 면상은 썩 훌륭한 줄 아나 보지?'

홍사장의 요란한 속마음도 모르고 고씨는 수다를 이어갔다.

"꽤 오래 본 거 같은데. 한 십 년 드나들었죠?"

"아니. 김선생이랑은 벌써 이십 년 된 사이야."

고씨가 입을 삐죽거리며 중얼댔다.

"십 년이나 이십 년이나."

홍사장은 엄연히 다르다며 받아치고 싶었다. 이십 년이면 강산을 두 번이나 뒤엎고도 남을 시간이다. 하지만 그는 불편한 마음을 속으로 삼켰다. 괜히 말을 보탰다가 또 어떤 사설이 이어질지 알 수 없었다. 상대는 고씨다. 말로도 이길 수 없는 상대다.

'우리 김선생은 그냥 손님이 아니라고.'

책방의 오랜 단골손님, 홍사장은 그를 김선생이라고 불렀다. 김선생은 쉰여덟 살이 된 홍사장 보다 스무 살이 어리다. 둘의 관계는 김선생이 교복 입은 학생 시절부터 시작되었는데, 어린 나이에도 늘 행동이 반듯하고 어떤 상대에게든 깍듯한 모습이 인상적이었다. 애어른 같은 성품에 빗대서 '김선생'이라 부르던 것이 별명으로 굳었다.

고씨에게는 단골손님이라고 했지만, 이십 년간 이어진 홍사장과 김선생 사이는 사연이 겹겹이 쌓인 관계다. 홍사장에게 김선생은 아들이고 친구이며 든든한 동업자였다.

김선생은 특별한 사정이 없으면 일주일에 한 번씩 헌책방에 다녀간다. 언제 오겠다고 약속한 사이는 아니지만, 금요일 저녁까지 소식이 없으면 홍사장은 서운한 마음이 들었다. 일가친척 하나 없이 홀로 책방에서 생활하는 홍사장에게 김선생은 유일하게 마음을 터놓을 수 있는 사람이었다.

'도대체 어디서 뭘 하고 지내는 거야.'

홍사장은 애가 탔다. 김선생이 거의 석 달간 얼굴을 보이지 않아서다. 안부를 물으려 해도 전화번호를 몰랐다. 십 년 훨씬 전에 받아둔 번호로 전화를 걸었지만 '없는 번호'라는 안내음이 흘러나왔다.

'연락처도 사는데도 모르고 여태 지내왔다니.'

핑계를 대자면 늘 그가 먼저 찾아왔었기에 전화 통화할 이유도 기회도 없었다.

'가끔 전화도 걸고 그랬어야 했는데.'

홍사장은 무심했던 자신을 원망했다. 서운한 마음은 진즉에 사라졌고 걱정스러운 마음만 한가득 남았다. 그런 이유로 요즘 홍사장은 내내 창밖만 내다본다. 오늘은 김선생이 와주지 않을까, 홍사장은 종일 기다렸다. 책을 펼쳤다가도 이내 창밖에 시선이 갔다.

이런 때, 때아닌 폭우가 쏟아지니 김선생이 오던 발길을 돌릴까 봐 마음이 좋지 않은 것이다.

고씨는 김선생 이야기에 흥미가 떨어졌는지 조용히 제 할 일을 한다. 그는 주전자에 든 술을 판매용 플라스틱병에 나눠 담는 중이다. 오늘 마개를 뜯어낸 직접 담근 술이었다. 잘 익은 술 냄새가 가게를 가득 채웠다. 고씨네 술집은 안주와 술을 대접하는 주점보다는 직접 빚은 술을 판매하는 양조장에 가깝다. 홍사장의 입맛에는 세상의 많은 술 중에 고씨네 것이 최고인 것 같다. 주인장의 말본새와 강한 인상 덕에 손님이 많지 않은 게 안타까울 뿐이지만.

"그 얘기 들었어요, 형님? 저기 아파트 단지 공원 말이에요."

비밀 이야기를 하듯 고씨가 나지막이 속삭였다. 가뜩이나 험상궂은 얼굴로 이런저런 오해를 사는 사람이 눈까지 부릅뜨며 인상을 써대니 오래 알고 지낸 홍사장도 마주 보기가 꺼려졌다.

'저 사람 얼굴이 꼭 귀신 같구먼.'

귀신 골목이라는 불편한 이름이 고씨 때문에 들러붙은 게 아닐까, 홍사장은 매일 보던 고씨 얼굴에서 새삼 기묘함을 느꼈다.

"여자애 시체가 있었다잖아요. 배수로에 낀….'"

마침 커다란 천둥소리가 길게 이어졌다. 하늘이 으르렁대는 것 같다. 고씨의 말소리는 그에 가려졌지만, 눈동자는 호기심으로 가득 차 있다. 홍사장은 거북했다.

'그놈의 시체 얘기.'

며칠 전에 다녀간 건방진 형사가 생각났다. 마주 보고 얘기할 때는 몰랐으나 가고 나서 곰곰이 생각해보니 아무래도 홍사장, 자신을 의심하는 것 같다.

'나를 왜? 얌전히 책방에만 있는 사람을!'

생각할수록 분했다. 홍사장은 살인 사건에 열변을 토하는 고씨의 얼굴을 천천히 뜯어보았다.

'저 친구야말로 의심받을만한 면상 아닌가?'

"왜 그렇게 봐요, 형님?"

홍사장이 우물쭈물하는 사이 고씨는 또 새로운 플라스틱병을 꺼내 들었다.

"혹시 말이야. 가게에 형사가 찾아오지 않았어?"

"형사가 왜요?"

고씨 표정으로 봐서는 아직 이곳에 오지 않은 것 같다. 홍사장은 괜한 소릴 했다고 생각했다.

"아니, 요즘 그 살인 사건을 조사한다고 경찰들이 왔다 갔다 한다더라고."

홍사장은 대충 얼버무렸다. 형사가 책방에 찾아와 문초하듯 묻고 갔다는 걸 고씨가 알게 된다면, 내일 아침에는 홍사장이 경찰에 잡혀갔다는 소문으로 이웃 동네까지 들썩일 것이다.

"형님도 조심해요. 형사가 찾아다닐 정도면 진짜 큰일이란 거잖아요. 형님은 혼자 지내는 데다가….."

고씨가 갑자기 말을 끊고 홍사장을 위아래로 훑어봤다. 불편한 시선이었다.

"…여기가 바로 귀신 골목 아닙니까?"

'누구랑 똑같은 소릴 하네.'

홍사장은 협박하듯 명함을 던지고 간 형사의 얼굴을 다시금 떠올렸다. 그때 가게 문이 덜컹거렸다. 누군가 거칠게 가게 문을 밀어젖히자 열린 문으로 거센 빗줄기가 들이쳤다. 어두운 골목에 천둥 번개가 요란한데 크고 검은 것 하나가 문 앞을 가로막듯 서있다. 겁먹은 고양이가 울며 튀어 올랐고 덩달아 놀란 홍사장도 그만 손에 든 잔을 떨어뜨리고 말았다.

"에헤이! 이 아까운걸!"

홍사장의 귀에는 고씨의 탄식이 들려오지 않았다. 애끓으며 기다려온 얼굴이 눈앞에 있었기 때문이다.

"이게 누구야?"

홍사장이 입을 귀에 걸고 자리에서 벌떡 일어섰다.

"책방에 불은 켜져 있는데 안 계시길래, 혹시나 해서 와봤습니다."

김선생이었다. 그는 고씨에게도 가볍게 고개를 숙였다. 뒤집어쓰고 있던 검은 비닐 우비를 벗자 헌칠한 모습이 드러났다. 그가 등에 지고 있던 검은 가방을 내려놓는 동안 홍사장은 걱정스러운 얼굴로 김선생의 모습을 살폈다. 머리칼은 덥수룩하게 자라 눈을 가렸고 그간 바깥일만 한 모양인지 겨울바람에 쓸린 얼굴 가죽이 전보다 훨씬 거칠어 보였다.

'어디가 아팠나?'

홍사장이 착잡한 눈빛을 보냈다. 광대 아래가 움푹 팰 만큼 야윈 김선생의 모습에 속이 상했다.

"별일 없으셨어요?"

"별일은 그쪽에 있었나 보네. 얼굴이 왜 그 모양이야?"

김선생이 조용히 웃었다. 무슨 일이 있었던 건지, 잠은 제대로 자는지, 오늘 몇 번의 끼니를 챙겼는지, 무얼 먹긴 한 건지. 홍사장이 궁금한 것을 쏟아내는 통에 김선생은 어정쩡한 자세로 계속 서 있어야 했다.

"내 정신 좀 봐. 얼른 여기 앉아. 사람을 한참 세워뒀네."

홍사장과 김선생이 서로의 팔을 쓰다듬으며 자리에 앉는 동안, 고씨는 두어 걸음 떨어진 자리에서 그들을 지켜보고 있었다. 홍사장은 눈치채지 못했지만 두 사람을 보는 고씨의 눈동자는 전에 없이 싸늘했고 한시도 쉬지 않던 입술은 굳게 닫혀 있었다.

**

"책방 손님은 뭔 힘이 그리도 센 거요? 웬만한 도깨비도 울고 가겠네."

가게 문이 부서질 뻔했다며 고씨가 웃었다. 그의 뼈 있는 농담에 홍사장은 어찌할 바를 몰랐다.

'그깟 오래된 문짝 하나에 이리 심술을 부리나.'

고씨네 가게 문은 원래 뻑뻑해서 처음 여닫는 사람은 고생할

24

수밖에 없다. 홍사장은 애먼 사람을 잡아대는 고씨가 못마땅했다. 게다가 김선생은 헌책방 손님이 아닌가.

"자네, 그만 좀 해. 지금 그 소리만 몇 번째지 아나?"

"제가 그랬어요, 형님?"

고씨가 의뭉스럽게 웃었다. 정작 김선생은 싫은 내색 없이 앉아 있다. 그렇습니까, 그런가요, 라며 대답도 꼬박꼬박한다.

"그러려니 해. 입에 거름망이 없어 그렇지, 나쁜 사람은 아니야."

고씨가 자리를 비운 사이 홍사장이 김선생을 달래자, 김선생은 괜찮다며 오히려 홍사장을 안심시켰다.

'저이가 대체 왜 저러는 건지.'

원래 고씨 말투가 시비조이긴 하나 오늘은 정도가 심하다. 아마도 고씨는 김선생이 마음에 들지 않는 모양이다. 홍사장이 짐작하기로는 고씨가 만든 술을 김선생이 단칼에 거절한 게 이유인 것 같다.

'말투는 저래도 속이 좁은 사람은 아닌데…. 하지만 또 모를 일이지.'

자기 술에 자부심이 큰 남자니까 자존심을 건드린 것인지도 모른다. 하지만 홍사장이 의아한 건 김선생이었다. 김선생은 술을 즐기는 타입인데 오늘은 왜 한사코 술잔을 밀어내는 것일까.

김선생의 표정은 평소와 다르지 않았지만, 원래 속마음을 드러내지 않는 사람이라 무슨 생각을 하는지 홍사장도 알 수 없었다.

'몸이 어디 안 좋은가? 아니면 고씨가 싫어서 그러나?'

안타깝게도 고씨는 자주 오해를 산다. 외모와 말투, 호들갑스러운 행동 때문에 첫 만남에서는 호감을 느끼기 어려운 모양이다. 책방의 다른 손님이 맞은편 가게가 궁금해 들어갔다가 기분이 상했다고 하소연한 일도 있었다. 그 손님은 고씨가 무례하고 무식한 사람이라고 했다. 그때도 홍사장은 누구 편을 들 수 없어 난감했다.

'결국, 내 탓이구면. 내 잘못이야.'

김선생과 고씨 사이에 끼어 앉아 한참이나 양쪽 눈치를 보던 홍사장이 제 무릎을 쳤다. 어울리지 않는 둘을 한자리에 앉힌 자신이 어색한 분위기의 원흉이라는 것을 뒤늦게 깨달은 것이다.

그 와중에도 고씨는 뚝딱 안주를 만들어 둘 앞에 내놓았다. 양념을 발라 구운 황태와 기름기가 반지르르한 메밀전이 상에 올랐다. 김선생이 포장해 온 돼지고기 수육까지 곁들여진 푸짐한 저녁상이 앞에 있건만, 홍사장은 전혀 흥이 나지 않았다. 고씨는 여전히 쓸데없는 말로 김선생의 심기를 긁었고, 김선생은 김선생대로 고씨의 술과 안주에 젓가락도 대지 않는다.

"식사 다하시면 다시 책방으로 가실 거죠?"

"어? 어어, 그래야지."

이제 막 고기 한 점을 입에 넣은 홍사장이 어색한 목소리로 말했다. 역시 김선생은 고씨네 가게에 오래 있고 싶지 않은 모양이다. 김선생이 자신이 메고 온 가방을 슬쩍 곁눈질했다. 홍사장이 알아채고 고개를 끄덕였다.

'그래, 가지고 왔구먼.'

"두 사람 지금 뭐 해요?"

둘이서만 눈빛을 주고받는 게 못마땅했던지 고씨가 끼어들었다.

"나 빼놓고 뭐 하려고요?"

"뭘 하긴. 눈은 왜 희번덕대고 그래?"

"진짜 수상하네요, 형님. 나 빼고 더 맛있는 거 잡수려고요?"

황당해 말문이 막혔던 홍사장이 갑자기 밝은 표정을 지었다. 싸늘한 분위기에서 벗어날 수 있는 좋은 생각이 든 것이다.

"그렇지, 김선생! 그거 한 번 꺼내 보지."

"여기서요?"

김선생이 내키지 않는 듯 주저했다.

"고씨도 그런 물건에 관심이 많아."

홍사장이 벽에 걸린 그림과 소품을 가리키며 말했다. 하나같이 박물관에서나 볼 것 같은 오래된 물건이다.

"우리 김선생이 옛날 물건을 구하러 다니거든. 골동품 말이야."

아버지가 아들 자랑하듯 홍사장의 목소리가 한껏 들떴다.

"그게 책방 손님 직업이에요?"

대꾸는 퉁명했지만, 관심이 있는지 고씨가 의자를 당겨 앉았다. 김선생은 여전히 머뭇거렸다.

"진짜 직업은 따로 있고, 이건 말하자면 부업이지."

홍사장이 김선생의 허리를 쿡쿡 찔렀다. 김선생은 마지못해 가방에서 낡은 가죽 주머니를 꺼내 탁자에 올렸다. 홍사장이 얼른

주머니를 열었다. 나무로 된 둥근 나침판이 들어 있었다. 옻칠이
돼 있어 표면이 반들반들했다. 둥글고 넓적한 모양은 마치 여자들
이 가지고 다니는 화장품과 같은데 크기는 그보다 훨씬 컸다. 홍사
장과 고씨가 함께 머리를 숙이고 나침판을 만지작댔다. 뒷면에는
산과 내가 어우러진 풍경에 학, 거북이, 사슴 등이 새겨져 있었다.

"십장생을 새겨놨네요."

고씨가 한참을 더 살피며 말했다. 홍사장이 한쪽 눈을 찡긋 감아
김선생에게 신호를 보냈다.

'거봐. 이 친구 옛날 물건에 관심 많다니까.'

고씨는 한동안 물건에서 눈을 떼지 못했다.

"이거는 지남철이네요."

"지남철이 뭔가?"

"나침판이요. 이거는 지관용이네요. 죽은 사람 묻을 자리 보러
다닐 때 쓰는 거예요, 형님."

홍사장은 달라진 눈빛으로 고씨를 쳐다보았다.

"자네는 그런 걸 어찌 아나?"

"그 정도야 뭐, 살다 보면 알게 되는 거죠."

홍사장은 안도했다. 그 순간만큼은 고씨가 아무리 잘난 체해도
밉지 않았다.

'이제 조금 마음이 풀어진 모양이지?'

고씨가 계속 우쭐대며 말했다.

"이거 되게 옛날 물건이에요, 형님. 막 굴러다닐 게 아니라고요.

여기 봐요. 여기 원래 뚜껑이 있어야 하는데 경첩째 떨어져 나갔네요. 그래도 상태가 좋으니까 꽤 받겠는데요?"

고씨가 김선생을 보며 말했다. 돈이 되는 물건이라는 뜻이다. 김선생은 자기가 가져온 물건임에도 통 관심이 없었다. 대신 홍사장 얼굴에 화색이 돌았다. 꺼낼 때와 달리 귀하게 집어 들더니 가죽 주머니에 조심스럽게 넣었다. 나침판이 홍사장의 윗옷 안주머니 속으로 들어갔다.

"고것이 왜 그쪽으로 가요, 형님?"

"중요한 건 그게 아니고."

홍사장이 김선생과 고씨를 차례로 힐끔대며 말했다.

"고씨 이 사람은 서늘한 이야기를 정말 좋아해. 이상한 거, 꿈에서 볼까 무서운 그런 흉측한 거 말이야."

실제로 고씨는 홍사장을 만날 때마다 어딘가에서 주워들은 기이한 이야기, 이웃 도시의 살인 사건이나 도시 괴담을 즐겨 떠들었다.

"오늘도 그랬잖아. 조금 전까지 괜히 비 핑계 대면서 도깨비 얘기나 하고 말이야. 질리도록 시체 얘기도 했잖아?"

술 한 잔에 마음이 노곤해진 홍사장이 저도 모르게 속마음을 털어놓고 말았다. 고씨가 빙긋이 웃었다.

"마침 잘 됐어. 우리 김선생이 말이야."

조용히 창밖을 보던 김선생이 퍼뜩 눈을 돌렸다. 홍사장이 그의 어깨에 손을 올리며 말했다.

"우리 김선생이 잘나가는 이야기 수집가거든."

김선생의 얼굴이 달아올랐다.

"이야기도 수집을 해요?"

고씨가 고개를 갸웃거렸다.

"이 사람, 꽉 막혔구먼."

홍사장이 또다시 아들 자랑하는 아비의 얼굴을 했다.

"우리 김선생은 주로 기이한 이야기를 찾아다니지. 그 덕에 휴전선 아래로 안 다녀본 지역이 없단 말이야."

자기 자랑하듯 홍사장은 신이 났다. 다만 홍사장은 이야기 수집 과정에서 김선생이 얻어 온 골동품을 자신이 맡아 팔고 있다는 이야기는 굳이 하지 않았다. 오래전에 김선생의 부탁으로 시작한 일이다. 헌책방 단골 중에는 세월을 품은 물건에 관심 있는 사람이 많았다.

"오랜만에 왔으니까, 분명 듣고 온 이야기가 있을 것인데?"

홍사장이 김선생을 재촉했다. 김선생은 헌책방에 올 때 물건뿐만 아니라, 이야기도 함께 가져왔다. 홍사장은 그 이야기가 고씨의 흥미를 끌 거라고 확신했다. 둘이 이런저런 말을 주고받다 보면 서로의 태도가 누그러져 각자의 첫인상에서 벗어나 상대를 다시 보게 될 것이다. 이것이 내내 둘 사이에 앉아 불편하게 엉덩이를 들썩이던 홍사장이 찾아낸 묘안이었다.

"제 이야기는 별로 재미가 없을 텐데요."

김선생이 겸손하게 말했다. 고씨가 빈 주전자에 술을 채워와 다시 자리에 앉았다.

"뭔 얘기길래 책방 손님이 발을 빼실까?"

고씨가 의뭉을 떨었다. 그의 도전적인 눈길을 김선생은 피하지 않았다.

"도깨비 잡는 이야깁니다."

거센 바람에 가게 유리문이 덜컹댔다. 빗줄기가 이리저리 흔들리며 휘청이는 소리가 들렸다. 빗소리와 바람 소리가 김선생의 목소리와 한데 섞여 음울한 화음을 만들었다.

"어떤 얘기인지 들어나 보자고요."

고씨가 홍사장의 빈 잔에 술을 채우며 말했다. 이번에도 김선생은 술잔에 손대지 않았다. 고씨가 눈을 흘겼지만 김선생은 모른 체했다.

"물건이 오랜 시간 사람 손을 타면 기묘한 어떤 것이 된다고 합니다."

김선생이 이야기를 시작했다. 홍사장은 자주 들은 이야기다. 몇백 년 묵은 호랑이처럼 천 년을 버텨온 구미호처럼 물건도 세월을 견뎌내면 신비로운 존재가 되는데 그것이 바로 도깨비란다. 도깨비는 사람의 모습을 하고 있어 평범한 사람은 구별해내지 못한다는 전래 동화 같은 이야기다.

"그것은 사람 사이에 섞여 살면서 장난치는 일을 낙으로 삼습니다."

김선생이 어둠에 가려진 골목 너머를 보았다. 빗줄기 사이로 어렴풋이 헌책방의 불빛이 깜박이고 있었다.

"대부분 하찮은 장난질이지만 가끔은 정도가 지나쳐서 사람을 곤란하게 할 때도 있습니다."

홍사장은 제 가게 전등이 깜박이는 줄도 모르고 김선생의 목소리에 집중했다. 끼어들길 좋아하는 고씨도 이 순간만큼은 입을 딱 다물고 얌전히 듣고만 있었다.

"철수라는 소년이 있었습니다. 그 어린아이는 운이 없었어요. 남들과 다르게 태어났다는 이유로 평생을 고달파야 했죠."

김선생은 잠시 한쪽 눈가를 긁적이더니 자세를 고쳐 앉았다. 이야기를 어떻게 이어가야 할지 고민하는 것 같다.

"특히 재수 없게 짓궂은 도깨비를 만나 오랫동안 시달렸답니다. 어느 날 더는 참을 수 없어 덤벼들었는데 그만 도깨비가 죽어버렸어요. 죽이고 보니 사람이 아닌 도깨비라, 죽은 자리에 시체 대신 녹슨 가위가 놓여 있더랍니다."

"엿장수 가위처럼 날이 넓적한, 크고 이상하게 생긴 옛날 가위였는데 말이야. 갖다 팔았더니 큰돈을 주더래. 사는 게 막막했던 어린 녀석은 그때 눈이 번쩍 뜨였던 거지."

홍사장이 손짓까지 해가며 부연 설명을 했다.

"생계가 곤란했던 소년은 그날부터 쭉 도깨비를 찾아다니기 시작했습니다. 그것들이 아무리 사람처럼 꾸미고 있어도 소년은 끝끝내 찾아냈지요. 찾아내서 죽이고, 팔아서 돈을 얻었습니다."

홍사장은 문득 이야기를 쏟아내는 김선생의 모습에 전과 다른 낯섦을 느꼈다. 평소에는 아무렇지 않던 이야기였다. 빗소리 때문인지, 꽤 마셔버린 술 때문인지, 고씨네 가게의 분위기 때문인지 알 수 없었다. 홍사장은 어두운 길을 걸으며 도깨비를 찾는 남자의 모습을 떠올렸다. 더는 소년처럼 보이지 않았다. 키가 크고 야위었다. 핏줄이 툭 불거진 그의 손에 들린 것은 망치인가 칼인가 아니면 돌인가?

홍사장은 고씨를 보았다. 그도 미간을 잔뜩 찌푸린 채 앉아 있다. 화가 난 것이 아니라 원래 그의 표정이 그렇다. 웃으면 능글능글한 인상이지만 웃지 않을 때는 밤길에 마주치기 무서울 정도로 위협적인 얼굴. 처음 보는 사이라면, 특히 어린아이나 젊은 여자라면 비명을 지르며 도망칠 만하다.

'의심 가는 놈 있으면 전화하고요.'

홍사장은 며칠 전 헌책방에 다녀간 형사의 얼굴을 떠올렸다.

'내가 지금 무슨 생각을 하는 거야?'

홍사장이 고개를 흔들었다.

"그날도 오늘처럼 날씨가 좋지 않았습니다."

홍사장이 걷잡을 수 없는 상상에 발목 잡힌 사이에도 김선생의 이야기는 계속되었다. 김선생의 차분한 목소리가 빗소리를 뚫고 낮게 깔렸다. 그렇게 어느 도깨비 사냥꾼의 이야기가 그의 입을 타고 흘러나오기 시작했다.

그날 철수는 점심때를 조금 지나서 목적지인 시장에 도착했다. 하늘에는 거무칙칙한 구름이 잔뜩 차 있어 곧 큰비가 쏟아질 것 같았다.

'날을 잘못 잡았네.'

철수는 흐린 날에는 도깨비를 찾으러 다니지 않는다. 몸 상태가 좋지 않아서다. 하늘이 꾸물거리면 채 아물지 못한 상처들이 욱신거렸고 곳곳의 통증에 머릿속이 산만해졌다. 언제 어디에서 어떤 도깨비와 맞닥뜨릴지 알 수 없는 노릇이라 철수의 몸 상태는 곧 죽고 사는 일과 연결된다.

어지간하면 몸을 사려야 하는 날이었다. 심지어 오른쪽 어깨까지 말썽이다. 지난번 도깨비가 할퀸 상처가 덧난 자리다. 아직도 진물이 흘러나왔고, 칼로 찌르는 듯한 통증은 좀처럼 사라지지 않았다. 그런데도 오늘, 철수는 무리해서 이곳을 찾았다. 예인당에서 더는 미룰 수 없다고 못을 박았기 때문이다.

예인당은 '선화'라는 큰 무당이 머무는 입소문 난 굿당이다. 세습무인 연희가 전화를 걸어온 건 한 달 전, 시장에서 이상한 일이 일어나고 있으니 확인을 해달라고 했다. 무당이 해결할 일인지 아닌지 직접 보고 오라는 이야기다.

예인당은 도깨비를 찾아다녀야 하는 철수에게 기이한 소문을 물어다 주고, 철수는 예인당의 골칫거리를 해결해 주었다. 사람 이외의 것이 저지르는 일에 '우리도 어쩔 수 없는 일'이라고 말하는 것은 예인당의 수치라, 그들의 평판을 지켜주는 대가로 얼마간의 수수료도 받고 있다. 서로 손해 볼 것 없는 공생 관계다.

철수는 시장 입구에서 한참을 서성였다. 기괴한 모습의 장승이 그의 발을 잡았기 때문이다. 멀리서 봤을 때는 색이 지나치게 알록 달록해 시장의 홍보용 간판인 줄 알았다. 하지만 가까이 와 보니 최소 몇백 년은 견뎌냈을 문화재급 진짜 장승이었다. 철수는 쪽머 리를 한 장승의 몸통을 쓰다듬으며 중얼거렸다.

"지하여장군을 이렇게 홀대해서야 쓰나."

마을 입구를 지키던 수호신이 어쩌다가 이런 경박한 색을 입었 을까. 짝꿍은 어디 가고 홀로 외로이 서 있는 걸까. 철수는 장승의 사연이 궁금했다.

'장승은 계속 여기에 있었겠지.'

초가삼간이 사라지고 아파트와 상점, 주택이 들어섰다. 오솔길 도 사라지고 포장도로가 만들어졌을 것이다. 모두가 떠나고 사라 져도 땅에 발이 묶인 장승만은 남았다.

'용케도 살아남았네요.'

철수는 장승 앞에서 가볍게 고개를 숙였다. 예인당에서 말한 기이한 일이 뭔지는 몰라도 시장 입구에 서 있는 장승과는 무관할 것이다. 다만 책임은 피할 수 없겠다. 사람이든 귀신이든 사악한 것을 막아주는 게 장승의 역할이니 말이다.

'무슨 일이 있었던 겁니까?'

물어도 장승은 대답이 없었다.

아직 해가 지기 전인데 시장에는 손님이 드문드문했다. 상인들 의 얼굴에도 생기가 없다. 여느 시장과는 사뭇 다른 모습이었다. 한산한 시장 골목에 검은 배낭을 멘 철수의 모습이 눈에 띄었던지 힐끔거리는 상인들의 눈빛에 날이 서 있다.

철수는 걸음을 멈췄다. 중절모를 쓴 노인이 철수에게 바짝 붙어 따라오고 있었다. 모른 척 지나가려 해도 입구에서부터 쫄래쫄래 뒤따라와 신경 쓰였던 것이다. 화려한 알로하셔츠를 입고 있어 한참 전부터 눈에 띄었다. 철수와 눈이 마주쳤는데도 노인은 여유로웠다. 코와 턱에 하얀 수염이 잘 정돈된 멋쟁이 노인은 싱긋 웃으며 성큼성큼 다가오더니 급기야 말을 건넨다.

"상인회장 찾지?"

철수가 입술을 떼기도 전에 노인이 손가락을 뻗어 어딘가를 가리켰다. 손가락 끝에 분식집 간판이 보였다. 분식집 문 앞에 서서 낯선 손님을 주시하던 젊은 남자가 기다렸다는 듯 퉁명스럽게 물었다.

"뭐요?"

"아니, 나는….."

돌아보니 알로하셔츠를 입은 노인은 사라지고 없다. 가까이 다가온 젊은 남자는 체격이 꽤 좋았지만, 철수의 키가 백구십에 가까우니 어쩔 수 없이 철수를 올려다봐야 했다. 그게 혈기 왕성한 청년의 마음을 건드렸나 보다. 남자가 목소리를 키웠다.

"뭐냐고!"

함께 힐끔거리던 상인들이 때를 놓치지 않고 철수를 에워쌌다. 무슨 일을 겪었기에 다들 이렇게 예민한 걸까. 철수는 침착하게 말했다.

"예인당에서 나왔습니다. 연락을 주셨더군요."

아아, 소리를 내며 상인들이 흩어졌다. 사납게 굴던 청년도 미안한 얼굴로 뒤통수를 긁었다. 철수는 그의 안내를 받아 분식집 안으로 들어갔다. 분식집에는 연로한 여인이 앉아 있었다. 머리칼은 검은 가닥 하나 없이 하얗게 세었지만, 허리를 꼿꼿이 펴고 앉은 모습에서 비범한 기세를 느꼈다. 노인도 안에서 바깥을 보고 있었던 듯 한심한 눈빛으로 청년을 쏘아보았다. 종이컵에 담긴 인스턴트커피를 철수에게 밀어주고 청년은 도망치듯 맞은편 가게로 들어가 돌아오지 않았다. 노인이 혀를 차며 말했다.

"미안합니다. 하필 저놈이 우리 손자여요."

철수가 말없이 고개를 끄덕였다. 노인은 신기한 물건을 보듯 마주 앉은 철수를 자세히 관찰했다.

"무슨 일이 있었는지 말씀을 듣고 싶습니다."

"그려요. 대충은 들어 알겠지만요."

노인의 얼굴이 굳었다.

"요즘 세상에 무당을 불러 쓴다면 다들 웃겠지요. 여기도 교회 다니는 사람이 많은데 내가 우겼어요. 시장 망하게 생겼는데 뭐라도 해야지요."

노인은 젊은 철수에게도 깍듯이 존대를 했다.

"갑자기 애들이 나타나서 말여요."

"애들이요?"

"요사스러운 노래를 불러서 아주 혼을 빼놓는다니까요."

노인이 손바닥으로 이마를 쓸었다. 눈동자 속에 깊은 근심이 드러났다. 시장에 나타난다는 어린아이 무리 중 두어 명은 노인도 안면이 있었다. 아랫동네 아파트 단지 아이들로 부모와 가끔 가게에 왔었단다.

"애들이 갑자기 떼로 다니더라고요."

삼 개월 전이었다. 어느 날 부모 없이 저희끼리 몰려와서는 김서방, 김서방하고 노래를 불러댔단다.

"김서방이요?"

"요즘 말로 치면 김 씨, 김 씨 그러는 거지요. 애들이 알고 부르는 건 아닌 거 같고, 어른들이 하는 거 따라 했던가⋯."

누군가 부르라고 시킨 게 아닐까 싶단다.

처음 며칠은 대수롭지 않게 여겼다. 아이들 사이에서 유행하는 놀이겠거니 했다. 올망졸망한 것들이 함께 다니니 어른들 눈에는 마냥 귀여웠다. 개중에는 저보다 어린 동생을 둘러업은 아이도 있었다. 한 입 거리 주전부리를 물려주고 어디 사냐고 묻는 상인도 있었지만, 아이들은 넙죽 받아먹기만 할 뿐 아무 대꾸도 하지 않았다. 시장 곳곳을 헤집고 다니며 며칠을 김서방만 외쳐댈 뿐이었다. 슬슬 노랫소리를 꺼림칙하게 느끼는 상인들이 생겼고 그쯤에서 일이 벌어졌다. 한 아이가 손을 뻗어 이불 가게의 매대 아래를 가리키며 외쳤다.

「찾았다!」

함께 노래하던 아이들은 물론이고 주위 상인들까지 궁금해 모여

들었다. 어른들은 경악했다.

"가슴이 오그라들었다니까요."

할머니가 고개를 가로저으며 말했다. 아이 하나가 매대 밑으로 기어가 한 손으로 그걸 질질 끌고 나왔단다. 죽은 개였다. 이불 가게 딸이 애지중지하던 '코코'가 피범벅이 된 채 딱딱하게 굳어 있었다. 아침만 해도 건강하게 시장 거리를 뛰어다니던 개였다.

"어른도 만지기 꺼려지는 걸 어린애가 움켜쥐고서는 글쎄, 웃더라니까요."

정말로 기쁜 듯 깔깔대며 웃었다. 지켜보던 상인들의 마음에 차가운 바람이 불었다. 특히 이불 가게 사장의 얼굴은 시꺼멓게 변해버렸다.

"누가 봐도 죽으라고 두들겨 팬 건데 대체 누가, 왜 그랬냐는 거지요."

이런저런 흉흉한 말이 돌았다. 가게를 망하게 하려는 부정한 물건이라는 이야기, 시장의 길흉과 관련된 징조라는 이야기와 누군가의 수상한 행동을 봤다는 확인되지 않은 목격담도 많았다.

그러다 이불 가게와 오랜 갈등이 있던 족발집 사장이 의심받기 시작했다. 족발집 사장이 챙겨주는 길고양이 밥 때문이었다.

"괭이 싫어하는 사람은 지나다니는 것만 봐도 끔찍하다고 하니까요."

분식집 노인이 목격한 것만도 여러 번이었다. 이불 가게 사장은 고양이에게 온갖 해코지를 했다. 지나가는 고양이를 걷어찬다거나 담아놓은 사료 그릇을 엎어버리거나 흙을 퍼다 섞는 일이 예사였다.

"자기도 짐승 키우면서 해도 너무한다고 뒤에서 말들이 많았다니까요."

다른 짐승을 해하려다가 자기가 벌을 받았다는 이야기다. 고소하다는 사람도 많았다. 오해를 산 족발집 사장이 길길이 날뛰었다.

"말도 안 돼요. 짐승을 그렇게 좋아하는 사람이에요. 사람을 팼으면 팼지. 아무리 남의 집 개라도 절대로 그럴 사람이 아녜요."

노인이 족발집 사장 편을 들었다.

며칠은 범인을 잡자고 앞장서는 상인도 있었지만, 장본인인 이불 가게 주인이 입을 다물고 있으니 일이 진척되지 않았다. 이번에는 이불 가게 주인이 의심을 샀다. 그러나 결국 남의 점포에서 일어난 남의 일이었다. 일주일쯤 지나자 시장 사람들의 관심이 사그라들었다.

그때쯤 아이들이 다시 나타났다. 역시나 며칠간 목청껏 김서방을 불러대더니 또 뭔가를 찾아냈다.

"모가지 잘린 닭이 자빠져 있는데, 아이고 참."

할머니가 잠시 이야기를 멈췄다. 비위가 상한 듯 불편한 표정이다.

"애들이니까, 뭣도 모르고 그럴 수 있지 싶다가도…."

횟집 입간판 뒤에서 발견된 닭 사체 아래는 피가 흥건했다. 손에 찐득한 피가 묻든 말든 아이는 닭의 사체를 번쩍 들어 올렸다.

여리고 하얀 팔이 피범벅이 됐다.

"다들 헛구역질하고 난리도 아녔어요."

이번에는 닭 주인과 점포 주인이 달랐다. 소식을 듣고 기름집 사장이 헐레벌떡 뛰어왔다. 그는 이틀 전 시골서 가져온 살아있는 닭이 없어졌다고 도끼눈을 했었다. 횟집 사장은 모르는 일이라고 시치미를 뗐지만, 시장 사람 누구도 그 말을 믿지 않았다.

"얼굴이 허옇게 질려서는. 요래조래 눈치를 보지 않나, 부들부들 떨지를 않나. 확실히 뭔가 찔리는 얼굴이었어요."

횟집 사장의 식탐은 시장에서 유명했다. 젊은 사람이 보신에 관한 거라면 사족을 못 썼다. 눈에 띄는 것이 있다면 훔쳐서라도 먹을 위인이었다. 하지만 먹어 없앴으면 몰라도 피로 범벅된 사체를 제 가게 간판 아래 둘 이유는 없다. 노인은 사정을 잘 아는 누군가의 장난인 것 같다고 말했다. 못된 장난은 멈추지 않고 계속되었다.

"다섯 집이 당했어요."

개와 닭에 이어 토끼, 잘린 염소 머리도 있었다. 모두 그 아이들이 찾아낸 것이다. 김서방, 김서방 노래를 부르다가 천막을 들추고, 땅을 파고, 팔던 물건을 헤집으면 그 속에 영락없이 죽은 것이 있었다.

"그러니 어땠겠어요? 시장이 완전 상갓집 분위기지요. 우중충하게 그늘졌으니 누가 시장 오기를 좋아하겠느냐고요."

사정을 아는 손님도, 모르는 손님들도 점점 발길을 돌렸다.

"시장이 사라질 판이에요. 그런 일까지 있었으니 말 다 했지요."

이러다 사람도 죽어 나가겠다는 불평이 터져 나온 때였다. 그날 과일 가게 주인이 크게 화를 냈다. 아이들의 찝찝한 노랫소리에도 허허실실 웃기만 하던 사람이었는데 자기 가게가 당하자 화를 참지 못했다. 일은 하필 손님과 흥정을 하는 중에 벌어졌다. 아이들은 쌓아둔 사과 상자를 무너뜨리고 그 속에서 죽은 쥐를 꺼내 들었다. 손님은 기겁해 자리를 떴고 가게 주인은 분통을 터뜨리며 아이들을 불러 세웠다.

노인은 과일 가게 주인의 심정이 어느 정도 이해가 된다고 했다. 먹는 것을 파는 가게에서 죽은 쥐라니, 가슴이 철렁할 일이다.

"손님이 직접 보고 갔으니 어떤 소문이 나겠어요? 나 같아도 눈이 뒤집히지."

과일 가게 주인 역시 그랬다.

「너희들 집이 어디야? …어머 애들 봐, 웃어?」

아이들은 만만한 상대가 아니었다. 상인이 고래고래 소리를 지르며 날뛰는데도 약 올리듯 싱긋싱긋 웃기만 했다. 그녀는 이성을 잃었다. 그중 가장 가까이 있던 열 살도 안 된 남자아이의 목덜미를 움켜쥐더니 뺨을 후려친 것이다. 맞은 아이가 놀라 울음을 터뜨렸다. 상인들이 말리러 다가가는데 그중 등에 업혀 있던 아이가 심통난 얼굴로 천천히 손가락을 들어 올렸다.

「찾았다!」

아이답지 않은 걸걸한 목소리에 이어 소름 돋는 정적이 흘렀다.

손가락이 과일 가게 주인을 향하고 있었기 때문이다. 그녀의 얼굴이 시퍼렇게 변하고 당황스러워 숨만 헐떡일 뿐 더는 말을 잇지 못했다. 이웃 상인이 과일 가게 주인의 손에 잡힌 아이를 떼어내자, 아이들은 재빨리 흩어졌다. 아이들이 모두 도망쳤는데도 과일 가게 주인은 그 자리에서 움직이지 못했다.

"말이라도 괜찮다고 신경 쓰지 말라고 해줬어야 했는데, 놀란 내 가슴 매만지느라 그 집을 못 챙겼어요."

노인의 얼굴에 미안함이 스쳤다. 노인만이 아니었다. 그날 이웃 상인들은 말없이 자리를 피했다. 맞은편 상인 말로는 과일 가게 주인이 그 자리에 한참을 서 있었단다. 다음 날 시장이 뒤집혔다. 그녀가 가게 안의 쪽방에서 죽은 채로 발견된 것이다.

사인은 심장마비였다. 과일 가게 주인이 협심증으로 오래 고생해왔다는 것은 이웃 모두가 알았다. 하지만 전날만 해도 건강했던 사람이 아이들 손가락질 한 번에 갑자기 죽어 나갔으니 두려움이 걷잡을 수 없을 정도로 커졌다.

불과 한 달 전 이야기다. 그사이 상인회에서는 아이들을 경찰에 신고했다가 말도 안 되는 소리라며 무안을 당하기도 했다. 이후로 그 아이들은 시장의 무법자가 되었다.

"웃긴 얘기 같겠지만, 그 애들이 지나가기만 해도 다들 오금이 저린대요."

철수는 노인의 말이 전혀 우습지 않았다.

"기다려 봐요. 곧 올 것도 같으니까."

"매번 이때쯤에 나타납니까?"

"아니, 대중없어요. 아침에도 오고 밤에도 와요. 넷이서도 오고 다섯이서도 오고 아주 자기들 맘대로예요. 오늘은 아직 안 왔으니까, 아마."

노인의 말이 끝나기도 전에 멀리서 노랫소리가 들렸다. 귀가 어두운 노인이 뒤늦게 알아차리고 얼굴을 찌푸렸다.

"김서방! 김서방! 김서방!"

말간 아이들의 노랫소리가 가까워졌다. 먼저 이야기를 듣지 않았더라면 어떤 의심도 할 수 없는 순수한 아이들의 목소리였다. 이어 철수 눈에 들어온 것은 아이들 노랫소리에 놀라 도망치듯 가게 안으로 뛰어 들어가는 남자들이었다. 그들은 분식집 앞에서 위협적으로 철수를 둘러싼 이들이었고 그중에는 상인회장의 손자도 있었다.

"어르신."

철수가 물었다.

"혹시 저 건너편 가게에 있는 사람들이요. 저 중에 이불 가게 사장이랑 횟집 사장이 있습니까?"

노인이 앉은 자리에서 일어났다. 노인이 쳐다보자 맞은편 가게의 남자들이 시선을 피하듯 등을 돌렸다.

"그러네요. 저기 있네요. 하여튼 젊은것들이 일은 안 하고 저리 한심하게 몰려다닌다니까요."

철수는 두려움이 가득한 그들의 얼굴을 주의 깊게 보았다.

"내가 범인입네 하는 꼴이네요."

고씨가 조롱하듯 웃으며 말했다.

"그게 무슨 소리야?"

홍사장은 전혀 모르겠다는 얼굴이다. 김선생이 설명했다.

"아무래도 젊은 상인들이 몰려다니며 못된 짓을 했던 모양입니다."

개를 잡아먹으려 하고, 남의 닭을 훔친 것이 결국 이웃 상인이었다는 이야기다. 홍사장은 터무니없다는 표정을 지었다.

"뭐라고? 아니, 자기 딸내미가 애지중지하는 개를 잡아먹으려고 했단 얘긴가?"

"우리 형님은 참 순진하셔. 세상에 별의별 놈들 많아요."

홍사장은 믿을 수 없다는 듯 김선생을 보았다. 김선생도 고개를 끄덕였다.

"여기서는 좀 통하네, 기념으로 둘이 한잔합시다!"

고씨가 눈앞까지 잔을 들어 올렸는데도 김선생은 젓가락으로 수육을 뒤적이며 딴청을 피웠다. 고씨가 시무룩한 얼굴로 잔을 거둬들이자, 홍사장이 자기 잔을 가져다 맞대주었다.

"그럼 그 애들은 뭐야? 사람도 죽었다면서."

"철수도 일단은 그 아이들을 만나봐야겠다고 생각했습니다만, 도깨비라고 의심하지는 않았습니다."

"어째서?"

김선생이 젓가락을 내려놓으며 말했다.

"도깨비는 무리 지어 다니지 않거든요."

노랫소리가 들리자 시장 분위기가 이상해졌다. 상인들의 얼굴에 두려움과 수치심이 오갔다. 다 큰 어른이 아이들을 피해 숨는 일이 당당할 리 없다. 분식집 노인만이 심경의 변화 없이 허리를 꼿꼿이 세운 자세 그대로 앉아 있었다. 분식집 문은 활짝 열려 있었다. 철수가 물었다.

"어르신은 무섭지 않으세요?"

"왜 안 무섭겠어요. 그 일이 있고 나서는 애들 소리만 들어도 찜찜하지요. 그런데 막상 보면 영락없는 어린애들이잖아요."

노인이 덤덤히 말했다. 모습을 드러낸 아이는 넷이다. 노래를 부른다기보다 고래고래 소리를 지르고 있다. 건들건들 걸어가는 꼴이 꼭 옛날 장터 건달들 같다. 긴장한 어른들의 모습이 재미있는 모양이다.

"어르신, 저 아이들 가게에서 뭐 좀 먹여도 될까요?"

"필요하면 그래야지 어쩌겠어요."

노인이 철수의 눈을 들여다보며 말했다. 썩 내키진 않아도 어느 정도 철수를 의지하는 표정이다.

"얘들아, 이리 와봐."

철수가 부르자 아이들이 쪼르르 달려왔다. 주변 상인들이 분식집을 힐끔거렸다. 아이들은 재미있는 일을 기대하는 듯 생글거리며 철수를 올려다보았다. 별것 아니라는 듯 얕잡아 보는 표정이다.

'그래 봤자, 애들인데.'

마주 앉아 떡볶이를 오물거리는 모습은 누가 봐도 해맑은 어린 아이들이다. 거리를 두고 앉은 노인도 그 모습에 어이가 없다는 듯 웃고 있다. 철수가 머리를 쓰다듬어도 먹느라 정신이 없다. 이미 철수는 아이들에게서 의심을 거뒀다. 분명 사람의 아이가 맞다. 하지만 넷이서도 오고 다섯이서도 온다는 노인의 말이 마음에 걸렸다.

"학교는 안 가?"

"방학인데요."

"그렇구나. 다 같이 어디 가는 것 같은데?"

넷 다 똑같이 등에 멘 노란 가방이 궁금해 물었더니 순순히 대답한다.

"학원 가는데요."

철수는 질문을 모두 낚아채는, 목소리 큰 남자아이를 공략하기로 했다. 무리 중에 덩치도 제일 컸다.

"한 명은 어딨어?"

"누구요?"

"있잖아. 업혀 다니는 애."

"누구지?"

아이는 철수를 놀리듯 대답을 피했다.

'역시 만만한 아이들이 아니네.'

철수가 웃었다.

"걔 있잖아, 너네 대장."

"아닌데? 우리 대장 아닌데?"

아이가 발끈했다.

'옳지 그래야지.'

철수가 웃었다. 그놈이 없었다면 이 녀석이 대장이었을 것이다.

"웃기지 마, 너 걔 부하잖아. 쫄따구."

"아니라고!"

철수는 얼굴이 벌게진 남자아이를 지그시 바라봤다.

"그럼 걔는 누구야?"

"김서방!"

아이가 화를 참지 못하고 씩씩댔다. 옆에 앉은 다른 아이가 '야,
하지 마' 하고 말렸다. 말하면 안 되는 이름인가 보다.

"그렇구나, 걔가 김서방이구나."

철수가 놀란 표정을 지어 보였다.

"걔는 나한테 자기가 대장이라고 하던데?"

남자아이의 얼굴이 더욱 빨개졌다. 할 말을 찾지 못하고 우물쭈
물했다. '걔가 그래요?' 하는 표정이다. 아이라 해도 그것이 뿜어
대는 기운을 느꼈을 것이다. 그게 뭔지 몰랐을 뿐, 순순히 함께
어울리며 노래를 부른 이유가 있을 것이다.

"모두가 대장이라고 해줘야 대장인 건데, 걔가 거짓말한 거네."

철수의 말에 용기를 얻었는지 남자아이가 고개를 세차게 끄덕였

다. 나머지 아이들도 말없이 서로 눈을 맞췄다. 아이들의 마음에 파문이 인듯했다.

"그래도 동물을 그렇게 아프게 하면 안 되는 거야."

"우리가 그런 거 아니에요!"

이번에는 억울한 목소리다. 철수는 그럴 줄 알았다는 듯 의미 있는 미소를 지었다.

아이들을 돌려보내고 철수는 혼자서 시장을 둘러봤다. 규모는 크지 않았다. 갈림길 없이 쭉 한 길로 이어져 있다. 지역에서는 유명한 시장이라고 들었다. 한때는 손님으로 북적였을 골목에 사람이 거의 보이지 않는다. 철수는 이야기에 등장한 가게들을 유심히 보았다. 언제 자리를 옮겼는지 분식집 앞에서 본 남자들이 횟집 안에 모여 있었다. 다들 철수를 보고도 못 본 체했다.

"역시 그건가."

그가 실망스러운 표정을 짓고 있을 때, 멀리서 상인회장이 손짓하며 달려왔다. 노인의 몸이 상할까 걱정되어 철수도 함께 뛰었다. 노인은 숨을 헐떡이며 철수의 손목을 잡아끌었다. 이끌려 간 분식집에는 노인의 손자가 풀 죽은 얼굴로 서 있었다.

"선생님 말씀이 맞았네요. 이것들이 글쎄!"

노인이 가슴을 쳤다. 손자는 고개를 숙인 채 아무 말도 못 했다.

"얼른 말해! 네 입으로 직접 하라고!"

노인이 다그쳤다. 손자는 머리를 긁적일 뿐 쉽게 입을 열지 못했다. 결국, 노인이 참지 못하고 나섰다.

"얘들이 그런 게 맞다네요."

부끄러움과 미안함, 분노가 섞인 얼굴로 노인이 말했다.

"이것들이 개도 닭도 토끼도 염소도 깡그리 잡아 죽였답니다. 자기들 몸보신하려고요!"

철수는 놀라지 않았다. 가게를 나서기 전 노인에게 귀띔한 것이 철수였다.

"…하나도 못 먹었다니까요. 잡아만 놓으면 감쪽같이 사라졌다 고요."

"그래도 이놈이!"

노인이 손자의 등판을 후려쳤다. 손자는 아픈 시늉을 했다. 고개 도 들지 못했지만, 변명은 해야겠는지 조곤조곤 이야기를 털어놓 았다.

"개고기 먹으러 다닌다고 주위에서 하도 눈치를 주니까요. 몰래 우리끼리 다니다가…."

돈도 아낄 겸 직접 잡아먹을 생각을 했다. 그들 눈에 처음 들어온 것이 이불 가게 '코코'였다.

"그 어린애가 좋아하는 개를, 그걸 어떻게 먹을 생각을 해? 그 집 아이가 우느라 며칠을 굶었는데 너희들은 밥이 넘어가더냐? 아이고 요놈들아! 세상천지 널린 게 닭집인데, 먹을 게 없어서 남 의 닭을 훔쳐 먹어? 그거 도둑질이야!"

손자는 대꾸 한마디 못 했다. 노인이 무거운 얼굴로 철수의 손을 잡았다.

"우리끼리 해결할 일인데, 바쁘신 분을 여기까지 오게 했네요. 미안합니다. 얼마 안 되지만 차비로 받아주세요."

노인이 흰색 봉투를 내밀었다. 철수는 노인의 손을 정중히 밀어 냈다.

"돈은 괜찮습니다."

"차비만 갖고는 안됩니까?"

"이놈이 어디서!"

손자가 눈을 부릅떴다가 노인에게 호되게 혼이 났다. 짝짝 소리가 날 정도로 등짝을 얻어맞았다. 잠시 기다렸다가 철수가 입을 열었다.

"그래도 빈손으로 돌아갈 수는 없겠는데요."

두 사람이 멀뚱히 철수를 보았다.

"감쪽같이 사라졌다면서요. 죽은 거 훔쳐 간 놈, 갖다 놓은 놈도 찾아야지요."

그날 밤 시장 상인들은 일찍 가게 문을 닫았다. 분식집 노인과 손자가 집집이 다니며 부탁했기 때문이다. 다들 일찍 셔터를 내리고 비닐 천막을 단단히 묶은 후 시장을 떠났다. 불만이 있을 줄 알았는데 의외로 협조가 잘됐다. 문제의 남자들도 발 벗고 나선 덕이다. 그렇다고 쉽게 용서받지는 못하겠지만, 노인의 말대로 그들끼리 해결할 일이다.

아직 아무것도 하지 않았는데 분식집 노인은 거듭 철수에게 고개를 숙였다. 고맙다는 말과 미안하다는 말을 수차례 반복하고서야 손자를 따라 일어섰다. 철수는 생각나는 것이 있어 노인을 붙잡고 물었다.

"중절모를 쓴 멋쟁이 어르신이 계시던데 혹시 아는 분인가요?"

인상착의를 자세히 전했는데도 노인은 통 모르겠다는 얼굴로 고개를 저었다.

"내가 여기서만 오십 년 넘게 장사를 했는데요. 그런 사람은 본 적이 없네요."

기다리니, 밤이 더디게 찾아왔다. 철수는 장승 앞에 나무 상자 두 개를 겹쳐놓고 그 위에 앉았다. 등 뒤를 지하여장군에게 맡기고 모든 감각을 열어두었다. 스산한 바람을 타고 멀리 아이들 목소리가 들려왔다. 낮에 들은 것과는 다르게 음산하게 느껴지는 노랫소리였다. 곧 아이들이 철수 앞에 나타났다. 예상대로 이번에는 다섯이었다.

단발머리를 한 남자아이가 덩치 큰 아이의 등에 업혀 철수를 바라보았다. 낮에 분식집에서는 당차게 대답하던 아이가 풀 죽은 채로 저보다 어린아이를 업고 있었다. 아이들이 알려준 모습 그대로 무리보다 훨씬 앳된 얼굴이다. 모르는 사람 눈에는 동생을 업고 있는 착한 아이의 모습일 터였다. 언제 어디서 나타나는지 정작 아이들은 모른다고 했다. 정신을 차리고 보면 갑자기 등에 업혀 있고 그러다 홀연히 사라진단다. 철수는 구역질이 올라오는 것을 간신히 참았다. 놈도 정체가 들켰다는 걸 알았는지 멀찍이 떨어져 지켜보기만 했다.

"김서방, 김서방, 김서방."

아이들이 노래를 부르며 철수를 지나쳤다. 놈을 업은 소년도 뒤이어 지나가려는데 철수가 막아섰다.

"어디 가니?"

흐리멍덩하게 눈을 뜨고 있던, 놈을 업은 소년이 번뜩 정신을 차리고 멈춰 섰다. 철수가 다시 말을 걸었다.

"어디 가? 나랑 놀자."

"내가 누군 줄 알고?"

놈이 코웃음을 치며 말했다. 마치 녹이 슨 철판을 긁어내듯 듣기 싫은 말소리였다. 절대로 어린아이의 목소리가 아니다. 놈을 업은 소년이 다시 멍한 얼굴로 철수를 피해 앞으로 나가려 했다. 철수가 또 한 번 막아섰다. 그리고 감정 없는 목소리로 말했다.

"야, 나랑 내기할래?"

녀석을 업은 아이가 걸음을 멈췄다. 지켜보던 철수의 한쪽 눈에서 불길이 일었다. 눈동자가 타들어 가듯 선명한 붉은빛을 내뿜었다.

"…무슨 내기 할 건데?"

고씨가 반쯤 샛눈을 뜨고 중얼거렸다. 꾸벅이며 조는 중에도 때맞춰 대답까지 했다. 홍사장이 웃음을 터뜨렸다. 어떻게든 분위기를 깨고 마는, 고씨의 재주에 새삼 감탄했다.

"신경 쓰지 말어. 이 친구 자는 거야."

한두 번이 아니라는 말에 김선생도 따라 웃었다. 홍사장이 술이
얼마 남지 않은 주전자를 흔들자 김선생이 손사래를 쳤다. 이번
잔도 거절이다. 대신 주전자를 건네받아 홍사장의 잔을 채워주었
다.

"김선생, 오늘은 왜 한 잔도 안 하는 거야?"

"조금 피곤해서요."

눈에 보이는 핑계지만, 홍사장은 모르는 척했다.

'이유가 있겠지.'

홍사장은 취기로 몸이 나른했다. 이야기가 끊긴 사이 가게 안은
물론이고 골목 전체가 침묵에 빠져들었다. 어느새 비가 그쳤다.
이야기도 끝을 향해 가고 있다.

"그게 사람처럼 둔갑한다면서 철수는 도깨비인 줄 어떻게 아는
거야?"

"관심을 두고 보면 어딘가 한 부분이 어색하답니다."

"그 어린애는 어디가 달랐을까?"

"그림자가 너무 길더랍니다."

김선생은 말하는 중에 잠시 눈앞의 고씨를 냉랭한 눈으로 보았
다. 내내 집요하게 시비를 걸어대니 미웠던 모양이라고 홍사장은
생각했다. 그런 줄도 모르고 고씨는 드르릉드르릉 코까지 골며
잠을 잤다.

"그놈 그림자만 유독 그랬답니다."

시장 입구의 가로등 아래를 지날 때 다른 아이들의 그림자는 확연히 줄어들었다. 빛이 내리쬐는 방향에 따라 그림자의 크기는 늘어나고 줄어드는 것이 당연한 이치인데 등에 업힌 그놈만 달랐던 것이다. 멀리서 걸어올 때 그대로 길게 늘어진 그림자가 줄어들지 않았다. 사람으로 둔갑할 때는 그림자까지 스스로 꾸며내야 한다. 빛에 따라 시시각각 변하는 사람 그림자를 완벽히 흉내 내기란 쉬운 일이 아니다.

'들켜도 상관없다는 건가?'

건들건들 웃는 놈의 얼굴은 여유로웠다. 철수는 그것을 일단 붙잡아 보기로 했다.

"야, 나랑 내기할래?"

돌아보는 놈의 얼굴에 잔뜩 짜증이 서렸다.

"무슨 내기를 하자는 건데?"

네까짓 게 사람 아이를 어쩔 건데, 하는 능청스러운 표정이다. 영리한 놈이다. 도깨비와 마주쳤을 때 철수가 가장 어려운 건, 흔들리는 마음을 붙드는 일이었다. 사람이 아닌 것은 알지만, 막상 눈동자가 마주치면 아무리 철수라도 두려웠다.

'혹시라도 진짜 사람이라면?'

그런 생각이 들면 싸움은 어려워진다. 자꾸만 움츠러드는 마음 때문에 몸까지 둔해지기 때문이다. 게다가 어린아이로 둔갑한 도깨비를 마주한 건 오늘이 처음이다. 생글거리는 얼굴은 아무리 봐도 사람 아이였다.

"죽은 건 왜 훔쳐 갔어?"

"무슨 내기할 거냐니까?"

"거기에 왜 가져다 놨어?"

"무슨 내기할 건지 말하라고."

"왜 하필 아이들을 홀렸어?"

"그만 까불고 말해. 무슨 내기를 하자는 건데?"

놈이 손 닿을 거리까지 바짝 다가오자 철수가 짧게 심호흡했다. 놈은 철수에게 반응하느라 아이들의 노랫소리가 더는 들리지 않는다는 사실을 알지 못했다. 아이들은 약속대로 한참 거리를 두고 서서 귀를 막고 눈을 감았다. 원래 아이들이 어른보다 약속을 잘 지킨다. 무엇보다 할머니의 떡볶이가 큰 값을 했다.

"무슨 내기할 거냐니까?"

녀석이 방심한 틈에 철수가 먼저 움직였다. 아이의 등에서 놈을 뜯어냈다. 생각보다 훨씬 무거워서 철수의 몸이 휘청거렸다. 꼬마가 무슨 수로 놈을 업고 있었는지 생각할 겨를도 없었다. 놈을 어깨에 둘러메고 철수는 깜깜한 시장 골목을 향해 힘껏 내달렸다.

불 꺼진 시장 안은 굴 같기도 괴물의 입속 같기도 했다. 철수는 숨을 삼켰다. 다친 어깨에서 견디기 힘든 고통을 느꼈다. 상처 때문이 아니다. 놈이 철수의 어깨에 손톱과 이빨을 박아 넣었기 때문이다. 놈이 철수의 약점을 찾아낸 것이다. 철수는 이를 악물고 고통을 참아냈다.

시장 골목에는 작은 불빛 하나 없었다. 상인회장의 일 처리가 너무 완벽했다.

'걱정 말아요. 두꺼비 집을 아예 내려버릴 테니까.'

어린아이의 얼굴만 보이지 않으면 싸울 수 있다고 생각했는데 어깨가 문제였다. 놈이 물고 있는 철수의 어깨에서 피가 흥건하게 흘러나왔다.

"놔, 이 새끼야!"

철수가 몸을 아무리 흔들어도 놈은 철수의 어깨를 놓지 않았다. 철수가 결국 참지 못하고 비명을 질렀다. 천장이 설치된 시장 안쪽은 칠흑같이 어두웠다. 당장 코앞도 보이지 않는다. 도깨비를 어깨에 매단 철수가 방향을 잃으면서 이곳저곳에 몸이 부딪혔다. 예상하지 못한 일이었다. 온몸이 욱신거렸다. 어둠을 이용하려다 어둠에 당할 처지에 놓인 것이다.

'눈이 떠지지 않아.'

평소라면 이 정도의 어둠은 문제가 되지 않았을 것이다. 몸 상태가 좋지 않을 때 놈을 만난 게 화근이었다. 그때 시장 안쪽에서 허공에 둥둥 떠 있는 작은 불꽃 하나가 천천히 다가왔다.

'뭐가 더 있었나?'

철수가 헐떡이는 숨을 고르려 애썼다. 다른 놈까지 나타난다면 이번에야말로 정말 죽을지도 모르겠다고 생각했다. 가까워져 오는 불빛 아래로 눈에 익은 꽃무늬가 보였다. 알로하셔츠를 입은 백발의 노신사가 작은 불덩이를 손에 든 채 걸어오고 있었던 것이다. 어렴풋하게 주위가 보이자 철수는 있는 힘껏 상가 기둥에 제 몸을 던졌다. 한 번 두 번 세 번, 놈이 떨어질 때까지 계속했다. 철수도 충격이 컸지만 이대로 죽는 것보다는 나았다. 드디어 놈이 견디지 못하고 새된 비명을 지르며 떨어져 나뒹굴었다.

곱고 하얗던 어린아이의 얼굴은 이미 사라지고 없다. 대신 딱딱한 나무 얼굴이 드러났는데 허리 아래로 아무것도 없었다. 놈은 상반신만으로 도망치려고 애쓰고 있었다. 놈이 왜 어린아이의 몸으로 둔갑했는지, 다른 아이의 등에 업혀야 했는지 알 것 같았다. 어느새 가까이 다가온 노인이 채근하듯 철수를 보았다. 철수가 놈에게 다가갔다. 붉은 두 개의 눈알이 철수를 쏘아봤다.

"살려주라. 살려만 주면 뭐든 할게. 부자가 되게 해줄까? 오래 살게 해줄까? 너 언제 죽을지 안 궁금하니? 내가 알려줄 수도 있어."

"개소리하고 있네."

철수가 있는 힘껏 놈의 목을 밟았다.

따각!

뭔가 쪼개지는 소리가 어둠 속에서 울려 퍼졌다. 백발의 노인이 다가와 불을 비추자 놈이 있던 자리에는 나무 나침반이 뒹굴고 있었다. 노인의 시선이 나침반에서 철수의 얼굴로 옮겨갔다. 철수의 한쪽 눈이 맹렬히 붉은빛을 내뿜고 있었다. 조금 전 도깨비의 눈에서 뿜어져 나오던 그것과 닮았다. 시선을 의식한 철수가 황급히 손바닥으로 불타는 한쪽 눈동자를 가렸다. 노인은 숨을 가쁘게 쉬는 철수의 등을 말없이 토닥이고는 어둠 속으로 슬며시 돌아갔다.

상인들이 일을 시작하기 전, 이른 새벽에 시장 밖으로 나온 철수가 놀라 눈을 크게 떴다. 지하여장군 옆에 낮에는 없던 천하대장군이 서 있었다. 그의 몸통에도 짝꿍과 마찬가지로 알록달록한 색이 칠해져 있었다. 다른 신이라면 역정을 냈을지 모르겠으나 그는 제 몸에 색이 칠해지는 걸 흐뭇하게 바라보았을 것 같다. 천하대장군의 가슴에 검게 그을린 흔적이 보였다. 철수는 장승을 향해 정중히 머리를 숙이고 자리를 떠났다.

시간은 새벽 두 시를 넘어서고 있다. 홍사장은 불이 꺼진 시장 골목에 우두커니 서 있을 철수의 뒷모습을 상상했다. 희미한 입김을 내뿜으며 숨을 헐떡이는 그의 모습이 꼭 짐승 같다는 생각이 들었다. 그가 쏟은 피가 이야기 밖까지 흘러내린 듯 비릿한 피 냄새가 코끝에서 사라지지 않는다. 홍사장이 물었다.

"그럼 과일 가게 사장은 도깨비가 죽인 건가?"

"애초에 지병이 있었답니다."

"아, 그랬지."

홍사장은 바로 수긍했다. 탁자에 빈 주전자와 플라스틱병이 엎어져 뒹굴고 있다.

"오늘 너무 많이 마신 것 같네."

두어 걸음만 걸어가면 자신이 사는 헌책방인데도 홍사장은 무거워진 몸을 일으키지 못했다.

"이 사람은 어디 갔나?"

홍사장은 탁자에 턱을 괴고 고씨를 찾았다. 어디로 가버렸는지 고씨는 나타나지 않았다. 꾸벅대던 홍사장이 스르륵 탁자에 기대 누웠고 곧바로 잠이 들었다.

***

아침이 되어서야 홍사장은 눈을 떴다. 헌책방의 2층 방에서 이불까지 덮고 자고 있다. 당연히 김선생은 가고 없으며 창 아래로 보이는 고씨네 가게도 인기척이 없다.

'나이가 든 게지. 겨우 그 정도에 기억이 사라졌구먼.'

테이블에 엎드린 이후로 기억이 깜깜하다. 문득 김선생의 부축을 받아 계단을 오른 것이 생각났다.

'또 그이를 고생시켰네.'

어젯밤에 그친 줄 알았던 비가 밤새 눈이 되어 쌓였다. 홍사장은 서둘러 자리에서 일어났다. 골목에는 해가 들지 않기 때문에 저대로 뒀다가 길이 얼어버리면 큰일이다.

홍사장은 골목 안쪽부터 비질했다. 차례로 옷 가게와 구두 수선집, 국숫집, 표구사를 지나쳤다. 헌책방과 술집을 제외하고 모두 버려졌지만, 간판과 진열대 같은 한때의 흔적들은 고스란히 남아 있다. 떠난 이웃의 얼굴이 떠오르자 홍사장의 마음이 쓸쓸해졌다. 잠시 빗자루를 세워놓고 허리를 펴는데 지난밤 잊었던 일들이 드문드문 떠올랐다.

'사장님.'

2층 방에 이불을 펴주던 김선생의 모습이 떠올랐다. 그때, 그이가 뭐라고 했더라.

'술집 고씨라는 사람, 언제부터 알던 사이입니까?'

'처음부터 골목에 있던 사람인가요?'

그러고 보니 홍사장은 고씨가 언제부터 골목에 살기 시작했는지 기억이 나지 않았다.

"술을 줄여야겠어."

어느새 고씨네 술집 앞이다.

"그러게 왜 미운 말을 해대냔 말이야. 김선생 앞에서 민망해 혼났다고."

홍사장은 미운 고씨네 술집 앞을 정성스레 쓸어냈다. 그는 다짐했다. 다음부터는 절대로 셋이 함께 술 마시는 자리는 만들지 말아야겠다고. 그리고 김선생 이름이 김철수라는 것도 고씨에게는 절대로 알려주지 않을 생각이다.

2장
옥탑방 이야기

＊

"총각, 오늘 횡재한 거야."

어머니뻘의 부동산 중개인이 말했다.

"괜찮네요."

동석의 대답은 시큰둥했지만, 속마음은 달랐다.

'이 정도면 훌륭한데.'

가진 돈에 비하면 중개인이 보여준 방은 괜찮은 정도가 아니다. 동석은 일주일 내내 집을 구하러 다니며 뼈아프게 깨달았다. 자신이 가진 돈으로 서울에서 사람이 살만한 방을 구한다는 건 기적에 가까운 일이다. 절대로 배짱을 부릴 처지가 아니었다. 동석이 한 달 방세를 치른 고시원의 계약 기간이 며칠 남지 않았다. 이제는 거의 포기 상태로 고시원에 돌아가 장기 계약을 물어볼 생각이었다. 그런 동석의 눈앞에 싸고 좋은 집이 나타났으니 횡재했다는 것이 틀린 말은 아닐 것이다.

삼십 분 전, 남자 혼자 살 집을 구한다는 동석의 말에 중개인이 과장된 웃음을 보이며 말했다.

"어머! 마침 딱 맞는 방이 있어요."

중개인은 막무가내로 동석의 손을 잡아끌었다. 속으로 콧방귀를 뀌었던 동석은 '옥탑방'이라는 수식을 듣자 차라리 마음이 놓였다.

'그럼 그렇지. 창고 같은, 불법 증축한, 난방이 안 되거나 수도 시설이 없는 그런 방이겠지. 어제 본 그 집처럼.'

동석은 기대 없이 중개인을 따라나섰다. 도착한 곳은 동네 언덕에 이십여 세대가 옹기종기 모여 사는 낡은 빌라였다. 동석은 엘리베이터가 없는 5층 건물을 생각 없이 올라갔다. 3층에서부터 슬슬 다리가 무거워지더니 마지막에는 숨을 몰아쉬느라 중개인의 목소리가 제대로 들리지 않았다.

"어머, 총각! 운동 좀 해야겠다."

중개인이 놀리듯 말했다. 그녀는 동석과 달리 거뜬하게 계단을 올라갔다. 가쁜 숨을 진정시키기도 전에 탁 트인 서울 시내가 동석의 시야에 들어왔다.

"지대가 높아서 전망도 좋아요."

지나치게 긍정적인 평가였다. 하지만 눈 앞에 펼쳐진 시퍼런 하늘이 동석의 마음을 흔들었다. 직전에 보고 온 방은 창밖으로 지나가는 사람의 발목만 겨우 보이는 지하 원룸이었다.

'아무렴, 남의 발을 머리 위에 지고 사느니 그들의 머리를 내려다 보는 삶이 몇 배는 낫겠지.'

동석의 마음이 갈팡질팡했다.

'이렇게 괜찮은 집을 어째서 이 돈에 세놓는 걸까?'

가슴 한구석, 이유를 알 수 없는 불안한 마음이 고개를 쳐들었다.

「세상에 거저 얻는 것은 없다고 했잖니.」

돌아가신 어머니의 목소리가 동석의 귀에 메아리쳤다. 그의 어머니는 걱정이 많은 사람이었다. 이유 없이 시세보다 싼 방이라니, 살아계셨다면 절대 안 된다고 난리가 났을 일이다. 하지만 동석의 통장에는 시세에 맞출만한 자금이 없다.

"저기 보이죠? 5분만 내려가면 큰길이야."

중개인이 의기양양한 얼굴로 말했다. 그녀의 손끝에 정류장에 정차 중인 버스가 보였다.

"봐요. 벽지도 장판도 새것이지? 리모델링한 지 얼마 안 됐다니까."

더 말하면 입 아프지, 하는 얼굴이다. 불투명 유리창이 달린 현관문도 생각보다 번듯했다. 그의 방문이 허락되었던 집마다 일관되게 풍겼던 눅진한 곰팡내도 나지 않는다.

"저기는 파출소. 요즘 세상 험하잖아. 저런 거 가까이 있으면 얼마나 든든한데."

중개인의 손가락이 사방을 찔러댄다. 여긴 마트, 저긴 학교, 저 아래 공용 주차장, 세탁소와 교회, 철물점과 노인 회관…. 동석에게 필요한 것이든 필요 없는 것이든, 모든 장점이 중개인에 의해 나열됐다. 그럴수록 동석의 머릿속에는 '왜'라는 의심이 빳빳이 고개를 들었다.

'왜 이런 집이 내 차례까지 온 걸까?'

동석은 묻고 싶었다.

'여기서 사람이 죽었나요? 아래층에 정신이상자가 사나요? 아니면 이거 사기인가요?'

동석은 계속 머뭇댔다. 그는 속마음이 얼굴에 그대로 드러나는 타입이었다. 눈치 빠른 중개인이 다가와 속삭였다.

"지금 사는 사람이…."

당사자인 세입자는 문을 열어준 후 밖에서 줄담배를 태우고 있다. 가끔 유리창을 사이에 두고 눈이 마주치면 어색하게, 수상해 보일 정도로 어색하게 웃었다. 그는 동석과 비슷한 또래의 남자였다.

"…아주 진상이야."

겉보기와 다르게 자기주장이 강한 사람이란다.

"방 빼달라고 아주 난리였다니까."

중개인이 손사래를 치며 말했다. 그가 지방 본가에 일이 생겨 급히 방을 정리해야겠으니 빨리 보증금을 내어놓으라며 건물주를 괴롭혔다는 것이다.

"여기 건물 사장님이 얼마나 힘들었게? 계약하거든 총각은 그러지 말아요."

덕분에 방이 싸게 나왔다는, 다른 흠결이 없다는 소린데도 동석은 계속 망설였다. 방 한 칸을 얻기에는 하찮은 액수일지 몰라도 동석에게는 전 재산이 걸린 일이다.

"총각."

중개인이 동석을 불러 세웠다. 그녀도 이제 속마음을 얼굴에 드러내고 있다. 계약할 거면 하고 말 거면 말아.

"마음 없으면 그만 보고 내려갈까요?"

중개인이 한쪽 귀에 휴대전화를 갖다 댔다.

"그래그래, 그 손님 여기로 모시고 와. 아유! 여기는 융자 없어. 아주 깨끗해."

동석이 들으라는 듯 큰 소리로 통화를 이어나간다. 그녀의 눈빛이 말하고 있다. 자, 어쩔래? 우린 아쉬울 거 없어.

"제가 계약할게요!"

더는 물러설 곳 없는 동석이 손을 번쩍 들고 말했다.

'그래, 이만한 데를 어디서 구하겠어?'

방은 크지 않았지만, 두 평짜리 고시원에 비하면 작다고도 할 수 없다. 부엌도 있고 번듯한 욕실도 있다. 창문으로 볕이 쏟아져 들어오고, 넓은 옥상도 있다.

"어머! 여기 먼저 온 손님이 계약하신다네요."

만족스러운 미소를 지으며 중개인이 전화를 끊었다. 미소의 의미는 말로 하지 않아도 알 수 있었다. 총각, 정말로 오늘 횡재한 거야.

이삿날, 건물 앞 전봇대 아래에 눈에 익은 가구들이 버려져 있었다.

"아이고, 누가 저 멀쩡한 걸 다 내다 버렸대?"

트럭 운전사가 관심을 보였다.

'어디서 봤더라?'

동석은 잠시 머릿속을 뒤적이다 말았다.

'가구야 다 비슷하지.'

"총각이 저거 가져다 쓰면 되겠네."

십만 원에 동석의 이삿짐을 실어다 준 기사가 오지랖을 부렸다. 동석이 거절하자 운전기사는 콧노래를 부르며 제 트럭에 가구를 싣고 사라졌다.

「남이 쓰던 물건은 함부로 집에 들이지 말아라. 괜히 궂은일 당할라.」

어머니의 잔소리는 돌아가신 후에도 끝나지 않았다.

'그래서 안 가져왔잖아요.'

동석은 목소리뿐인 어머니를 안심시켰다. 그의 어머니는 섬약한 사람이었다. 걱정이 많고 예민해 온갖 미신에 의지했다. 본인은 덕분에 안정을 찾았는지 몰라도 가족들은 불안한 삶을 살아야 했다. 어머니가 좋지 않은 꿈이라도 꾼 날에는 동석은 학교는커녕 집 밖으로 단 한 걸음도 나가지 못했다. 문 쪽으로 머리를 향한 채 잠이 들면 굳이 깨워 방향을 바꿔 재웠다. 가방 안쪽, 신발 밑창, 베갯잇 속 숨겨진 곳에 부적이 끼워졌다. 집에 놀러 온 아들의 친구에게 태어난 날과 시를 물었다. 동석에게는 징글징글한 기억들이다.

'자기는 그렇게 죽었으면서.'

동석의 어머니는 교통사고로 돌아가셨다. 그렇게 간절했는데도 액운을 피하지 못한 것이다. 동석은 미신이라면 학을 떼는 사람이 되었다. 다만 어머니가 남긴 부적은 유품이 되어 그의 지갑 속에 꽂혀 있다. 미웠다고 해서 그립지 않은 것은 아니다.

동석의 짐은 단출했다. 1인용 냉장고, 앉은뱅이책상, 조립식 옷걸이, 벽시계 하나, 상자 몇 개가 전부다.

'앞으로 하나하나 늘려가야지. 텔레비전도 사고 침대도 사고 나중에는 집도 한 채 사겠지? 좋은 방을 구했으니 이제 좋은 일만 있을 거야.'

동석은 자신을 다독였다.

대충 짐을 정리하려는데 싱크대 안쪽에 칼이 하나 꽂혀 있다. 오래된 칼이다. 동석의 본가에도 어머니가 삼십 년을 써온 부엌칼이 있다. 닳고 닳아 칼날의 아치 부분이 사라진 뾰족한 칼을 숫돌에 갈아 쓰셨다.

"우와! 이거는 한…, 백 년은 쓴 건가?"

동석이 칼을 손에 들고 가까이 살펴보았다. 어머니의 칼보다 훨씬 닳은 골동품 같은 칼이다. 나무로 된 손잡이도 수많은 손길이 닿아 반질반질 윤이 돌았다. 전날까지 사용한 것처럼 길이 들었는데 외형은 몇십 년 세월을 겪은 듯 낡은 칼이었다. 동석의 기분이 이상해졌다. 칼을 쥔 손에 힘이 들어갔다. 그때 휴대전화가 울렸다. 본가에 홀로 남은 아버지였다.

—이사는 잘했니?

"네, 그럼요."

—별일 없지?

혼자가 된 아버지는 안 하던 걱정을 하기 시작했다. 어머니가 떠나고 십 년이 지났는데도 아버지와 아들은 여전히 그늘에서 벗어나지 못했다.

"무슨 일이 있겠어요?"

—밥도 약도 잘 챙겨 먹어라.

"네, 걱정하지 마세요."

동석은 손에 쥐고 있던 길을 원래 있던 자리에 꽂았다. 부자는 무뚝뚝하게 안부를 주고받고 전화를 끊었다. 그 사이 현관 유리창 너머 센서 등이 꺼졌다.

"저게 왜 켜졌었지?"

문을 열고 밖을 살폈다. 옥상에는 아무도 없었다.

동석은 일찍 잠자리에 들었다. 그것도 이사라고 온몸이 쑤셨다. 동석은 한참을 뜬눈으로 누워 보냈다. 눈을 깜박일 때마다 낯선 천장이 눈앞에 나타났다 사라졌다. 잠이 들 때쯤 기억이 났다. 건물 앞에 버려진 가구는 옥탑방 전 세입자의 것이었다.

'무슨 일이길래 그렇게 도망치듯 다 버리고 갔을까.'

남자의 어색한 미소가 떠올랐지만 금세 잊혔다.

그날 동석은 잠을 설쳤다. 밤새 어머니의 목소리가 동석을 내버려 두지 않았다.

「애야, 새집에 들어갈 때는 밥솥이 먼저 들어가는 거란다. 그래야 밥 굶는 일이 안 생겨. 고시원 방이 습하기는 했어도 거기서 취업도 하고 경사가 많았잖니? 잘 돼서 떠날 때는 꼭 문을 열어놓고 이사를 왔어야 했는데, 그렇게 했니? 이사 도중에 뭐든 깨진 것은 없었어? 너 지금 머리를 어느 쪽에 두고 자는 거니? 엄마가 몇 번을 말해? 어서 돌아눕지 못하니? 현관에 소금 한 움큼 뿌리는 거 잊지 말고. 그 칼 말인데 당장 내다 버려라. 세상에 누가 배워 먹지 못하게 칼을 버리고 간단 말이니? 미신이라고 생각하지 말고 엄마 말 좀 들어….」

"아, 알았다고요!"

동석이 잠꼬대하며 눈을 떴다. 실제로 어머니의 잔소리를 들은 것처럼 목소리가 너무 생생했다. 자면서 땀을 얼마나 흘렸는지 입은 옷과 이불이 축축이 젖어 있었다.

이사 후 며칠간은 정신없이 보냈다. 첫 직장의 첫 출근이었다. 어리바리한 얼굴로 선배의 꽁무니를 쫓아다니다 보면 하는 일 없이 하루가 갔다. 퇴근 후 긴장이 풀어진 몸은 짐처럼 무거웠지만, 막상 자리에 누우면 쉽게 잠이 오지 않았다. 겨우 잠이 들더라도 꿈속까지 찾아든 어머니의 목소리는 지칠 줄을 몰랐다. 끝없이 이어지는 잔소리를 들으며 꿈인지 현실인지 모를 시간을 헤매다 보니 어느새 아침이 돼 있었다.

「수맥이 흐르는 건 아니니?」

퇴근 후 동석이 옥탑방 계단을 오를 때 어머니의 목소리가 말을 걸어왔다.

'아니요. 걱정하지 마세요. 이사해서 낯설어 그래요. 좀 지나면 나아지겠죠.'

계단 끝에 돌아가신 어머니가 팔짱을 끼고 서 계실 것만 같다. 어머니는 할 수만 있다면 그러고도 남을 사람이었다. 못다 한 걱정을 하기 위해 죽어서도 찾아올 사람이다. 그런 생각을 하며 도착한 옥상에 실제로 사람 그림자가 있었다.

"저기요!"

동석이 놀란 표정을 애써 숨기며 남자를 불렀다. 남자는 옥상 난간에 기대어 서 있었다. 팔을 뻗으면 동석의 집 현관문이 손에 닿을 거리였다.

"왜 남의 집 앞에 있어요?"

동석의 질문에 남자는 대답도 움직임도 없이 그저 보기만 했다. 서 있는 자세도 시선도 침묵도 모두 부자연스러운 남자였다.

"여긴, 옥상입니다."

그가 한 음절씩 떼어 읽듯 어색하게 말했다. 틀린 말은 아니지만, 수상히 여기는 마음은 사라지지 않았다.

'이 넓은 옥상에 하필 거기 서 있는 게 우연이라고?'

"아, 이 건물 살아요?"

동석이 물었다. 꺼림칙했지만 어쩔 수 없이 그에게 다가서는 중이다. 남자는 다시 침묵했고 현관 앞에 다다른 동석 때문에 센서 등에 불이 들어왔다. 어둠 속에 숨었던 그의 얼굴이 드러났다. 마른 얼굴에 각진 턱, 짙은 눈썹 아래 길게 찢어진 눈과 새까만 눈동자가 사납게 느껴졌다. 이목구비가 큼직해 잘생긴 편에 속했지만, 어딘가 굶주린 인상이다. 한 번 보면 쉽게 잊기 어려운 얼굴이었다.

그 남자가 동석을 내려다보고 있다. 동석도 키가 작은 편이 아닌데 남자가 훨씬 컸다. 남의 시선이 정수리에 꽂히니 동석의 몸이 움츠러들었다. 현관에 다다른 동석이 머뭇거렸다.

'그렇게 대놓고 보면 비밀번호를 어떻게 누르라는 거야?'

"여기 삽니까?"

남자가 물었다.

"네. 이사 왔어요."

'그러니 제발 내려가 줘.'

동석은 제집 문 앞에 어정쩡하게 서서 남자를 올려다보았다. 남자는 또 한참 말이 없다. 겁먹은 동석의 심장이 요동쳤다. 남자는 태연히 동석의 얼굴을 관찰하듯 뜯어보았다.

그 사이 센서 등이 꺼졌다. 어둠이 무겁게 내려앉았다. 동석이 휘휘 팔을 저어 불을 켰다. 어둡게 됐다가는 큰일이 벌어질 것만 같다. 허공을 가르는 동석의 손에 남자의 시선이 날카롭게 꽂혔다.

"잠시 들어가도 될까요?"

남자가 물었다.

"우리 집에요?"

동석이 기함할 듯 놀랐다.

"…왜요?"

'별 미친놈을 다 보겠네.'

다시 말하지만, 동석은 속마음이 얼굴에 드러나는 타입이다.

"가져갈 물건이 있습니다."

남자는 황당한 말을 태연히 내뱉었다.

"전에 살던 분이 아니잖아요?"

동석은 집을 보러 오던 날 어색하게 웃던 전 세입자를 떠올렸다.

'다른 동거인이 있었나? …설마?'

동석은 길가에 버려졌던 가구를 떠올렸다. 이걸 어쩐다.

"전에 살던 분이 쓰던 걸 전부 건물 앞에 버렸던데요. 그거 사람
들이 다 주워갔어요."

가져다 쓰지 않길 잘했다고 생각했다. 트럭에 실려 간 책상과
장롱을 제 손으로 실어주었다는 말은 하지 않았다.

"진짜로 다 버렸습니까?"

"저야 모르죠. 이사 왔을 땐 깨끗하게 비어 있었어요."

동석은 거듭, 제발 그만 가달라는 듯 말했지만 남자는 물러서지
않았다.

"뭘 찾든, 버린 사람한테 가서 따져요!"

동석이 용기를 내 눈을 치떴다. 하지만 남자의 눈동자를 마주하
고는 몇 초도 견뎌내지 못하고 시선을 떨궈야 했다. 상대의 검디검
은 눈동자는 어딘가 섬뜩했다. 힐끔 내려다본 골목에 파출소 불빛
이 눈에 들어왔다. 힘껏 소리를 지르면 저기까지 들릴 것도 같다.

요즘 세상이 무섭다던 중개인의 말이 떠올랐다.

남자는 빤히, 정말 빤히 동석의 얼굴을 보았다. 그의 시선이 어찌나 무거운지 동석은 뒷걸음치고 싶은 마음을 꾹꾹 참아냈다. 한참을 버텨내자 결국, 남자가 계단을 내려갔다. 처음부터 끝까지 표정 변화가 전혀 없는 이상한 사람이었다. 동석은 난간을 잡고 서서 골목을 내려다보았다. 건물 입구에서 나온 남자가 큰길가로 모습을 감추고서야 동석은 비로소 후들거리는 다리를 움직여 제집으로 들어갈 수 있었다. 당연히 그날 밤에도 동석은 잠을 설쳤다.

"설마 이건가?"

동석은 싱크대에 꽂혀 있던 칼을 꺼내 들었다. 낯선 남자가 찾아오고 이틀이 지난 날이었다. 그간 칼의 존재를 완전히 잊고 있었기 때문에 칼과 낯선 남자를 연관 짓지 못했다. 오랜만에 이른 퇴근을 하고 뭐라도 해먹을 생각으로 싱크대를 뒤적이다 칼을 발견했다.

'설마 그 밤에 이걸 찾으러 왔으려고?'

손에 든 칼을 다시 살폈다. 그냥 오래된 칼인데 또 어찌 보면 귀해 보이는 것도 같다.

「얘야, 칼은 주워 쓰는 게 아니란다.」

어머니의 목소리가 생생히 들렸다. 칼뿐인가, 어머니는 남이 쓰던 물건이라면 질색하셨다.

「오래된 물건에는 이상한 것들이 들러붙는단 말이야.」

백번은 더 들었던 말이다. 칼을 손에 쥔 동석이 씁쓸한 표정을 지었다. 자신이 떠난 뒤에도 잊지 않게 하려고 그렇게 한 말을 또 하고 또 하고, 수백 번을 반복하셨던 건가. 지난밤, 끈질기게 괴롭히던 어머니의 목소리를 떨쳐내려는 듯 동석은 고개를 흔들었다. 하지만 시선은 뾰족한 칼끝에서 떨어지지 않았다.

「어디에 썼는지도 모르는 칼이야. 찝찝하지도 않니?」

어머니의 목소리는 포기를 모른다.

"괜한 걱정이십니다, 어머니."

그 말을 뱉자마자 동석의 손에서 피가 뚝뚝 떨어졌다. 동석이 저도 모르게 날을 쓰다듬은 것이다. 살짝 베인 줄 알았는데 피가 멈추지 않고 흘러나왔다. 부엌 바닥에 피로 얼룩진 휴지가 쌓였다. 뭐든 먹고 싶던 마음이 싹 사라졌다.

「그러게 내가 뭐랬니? 언제까지 엄마 말을 무시할 거야?」

가뜩이나 정신이 없는데 어머니의 목소리까지 호들갑이다. 동석은 피곤했다. 그냥 얌전히 잠이나 잘걸. 주방에 벌여놓은 것들을 치우고 바닥에 떨어진 피까지 닦아냈더니 진이 빠졌다. 동석은 칼 위에 흥건했던 핏방울이 사라져버렸다는 걸 깨닫지 못했다. 다시 꽂아 두려고 칼을 잡았을 때 전보다 묵직한 기분이 들었지만, 마음이 불편한 탓일 거로 생각하고 담아두지 않았다. 그 밤에 찾아온 악몽은 동석이 평생 꾼 것 중 최악이었다.

너무 생생한 꿈이다. 어떤 것이 동석의 방문을 긁어대고 있다.

<u>드르륵득득득. 드르륵득득득.</u>

거북하고 괴상했다. 바로 문 너머에서 들리는 것도 같고 멀리서 들리는 것도 같은 정체 모를 소리였다. 분명한 건 문밖에 뭔가가 있다는 것이다. 동석은 사지가 묶인 듯 몸을 꼼짝할 수 없었다. 무방비 상태로 누워 눈만 껌벅였다.

'문이 열리면 어쩌지! 저게 문 열고 들어오면 어쩌지!'

동석은 겁이 났다. 소리를 내는 저것이 대체 무엇인지 상상도 할 수 없었다.

아침에 눈을 떴을 때 이번에도 동석의 몸은 땀으로 흠뻑 젖어 있었다. 어찌나 이를 악물었는지 턱뼈와 어금니가 찌릿하게 아팠다. 어깨와 목, 등과 허리, 어디든 쑤시지 않은 데가 없었다. 특히 칼에 베인 상처가 심하게 아팠다.

"뭐, 이런 꿈을 꿔."

동석은 건성건성 들어 넘겼던 어머니의 잔소리를 떠올렸다. 출근길에 굵은 소금 한 줌을 손에 쥐고 나왔다. 태어나 처음 해보는 일이었다. 현관문에 소금을 뿌릴 때는 혹여 누가 보기라도 할까, 연신 주위를 살펴야 했다.

오늘도 퇴근이 늦었다. 동석이 버스 정류장에 내렸을 때는 밤 열한 시였다. 동석은 주위를 두리번대며 집으로 향했다. 그는 지금껏 밤길이 두려웠던 적이 없다. 거구까지는 아니더라도 평균 이상으로 덩치가 큰 편이고 운동도 남들만큼 했다. 제 몸 하나 지키지 못할 일은 없다고 자부했는데 요즘은 집에 가는 길이 너무 무섭다.

'길에 지나는 사람 하나 없네.'

걸음이 무거웠다. 전에는 괘념치 않았던 것들이 자꾸 눈에 들어왔다.

'위험하게 가로등 하나 안 켜두고.'

드문드문 켜진 창문 불빛 아래로 온갖 그림자가 일렁거린다. 혹시나 하는 마음에 가까이 다가갔다가 머쓱해져 돌아섰다. 누군가 버린 곰 인형이었다.

'왜 이렇게 예민하게 구는 거야.'

동석은 자신을 타일렀다. 한동안 스트레스가 심했던 탓이라고 자위하기도 했다. 그때 휴대전화의 진동음이 들렸다. 아버지였다.

—아직 퇴근 전이니?

"지금 집에 가는 중이에요."

동석은 왈칵 눈물을 쏟을 뻔했다. 아버지의 목소리가 너무 반가웠다.

—왜 그렇게 전화가 없냐. 걱정되잖니.

"죄송해요. 일이 너무 바빴어요."

여전히 무뚝뚝한 말투였지만 동석에겐 위로가 되었다.

—그래, 몸은 어떠니? 약은 잘 챙겨 먹고 있지?

동석이 대답을 주저했다.

"…제가 알아서 할게요."

—너 설마 아직도 엄마 목소리 듣니?

아버지의 목소리가 냉랭해졌다. 동석이 감정을 참지 못하고 소리를 질렀다.

"저 안 미쳤어요!"

자신을 부르는 아버지의 목소리를 무시하고 전화를 끊었다. 곧바로 후회가 밀려왔다.

'이게 다 잠을 못 자서 그래.'

다시 전화를 걸고 싶지는 않았다. 아무도 없는 골목에 힘없는 동석의 발소리만 울려 퍼졌다. 겨우 빌라에 도착해 계단을 오르는데 이번에는 계단 전등이 말썽이다. 건물 입구에 하나 켜진 게 전부였다. 휴대전화 불빛에 의지해 계단을 오르려니 동석은 울화가 치밀었다. 이사 오고 하루도 마음이 편한 적이 없었다.

'횡재했다더니.'

당장 부동산으로 뛰어가고 싶다. 하지만 간다고 한들 할 수 있는 말이 없었다.

'현관 센서 등이 이유 없이 켜져 무섭다고 말해? 밤마다 가위에 눌린다고 말해? 낯선 놈이 찾아와서 오줌 쌀 뻔했다고 말해? 소름 끼치는 칼이 꽂혀 있더라고 말해?'

황당한 상상에 웃음이 났다.

'미친놈 소릴 들을 거야.'

며칠간 계속 가위에 눌려 제대로 잠을 못 잤더니 정말로 이상한 사람이 되어가는 것 같다. 이제는 어머니의 목소리도 현실인 듯 또렷하게 들렸다.

「집에 두면 안 되는 물건이 있는 법이야.」

어머니의 목소리만 들리지 않아도 숨통이 트일 것 같다. 차가운 현관문 손잡이를 움켜쥐고서 동석은 어머니를 떠올렸다. 잔소리를 멈추게 하는 유일한 방법은 그 말을 따르는 것뿐이다. 동석은 집 안으로 들어가 문제의 칼을 꺼내 들었다.

'진짜 이거 때문인가?'

여전히 퍼렇게 날이 서 있다. 칼을 쥔 동석의 손이 떨렸다. 피부에 닿는 느낌이 찜찜했다. 그냥 버렸다가는 누구든 다치게 할 것 같아 신문지로 여러 번 둘둘 말아 감쌌다.

'여기 두면 찾아갈까?'

동석은 수상한 남자가 서 있던 자리에 던지듯 칼을 버려두었다.

'빨리 가져가, 제발.'

등 뒤에서 희미하게 어머니의 웃음소리가 들리는 것 같았다.

그 밤, 동석의 눈에 또 한 가지 이상한 것이 눈에 띄었다. 문에 붙은 갈색 시트지와 손잡이, 문틀에 미세하게 긁힌 자국이 여러 개 있었다.

'이걸 이제 봤네. 다 새로 했다더니.'

하나둘 집의 단점이 드러나기 시작했다.

"아직은 괜찮아. 지낼만해."

동석은 이불을 펴고 누우며 혼잣말을 했다. 안 괜찮아도 방법이 없다. 지금으로써는 다른 데로 옮길 돈도 시간도 없었다.

'익숙해지면 괜찮을 거야.'

애써 자신을 타이르며 잠자리에 든 그는 기절하듯 잠에 빠져들었다. 그 밤, 동석은 가위에 눌리지도 어머니의 목소리에 시달리지도 않았다. 아무 일 없었다는 것만으로도 몸이 개운하고 머리가 맑아진 기분이 들었다.

'그냥 피곤했던 게 아닐까.'

피로가 가시니 불안도 가라앉았다. 동석은 어제까지 예민했던 자신의 모습이 한심하게 느껴졌다. 처음 시작한 회사 생활이 어렵고 낯선 동네로 이사까지 했으니 뒤늦게 몸살을 앓은 것일 뿐, 걱정할 일이 아니라고 동석은 스스로에게 되뇌었다. 물론 현관 앞에 던져둔 칼이 여전히 신경 쓰였지만, 두려움은 서서히 무뎌졌다.

며칠이 지났다. 누군가 현관문을 두드리는 소리에 잠들었던 동석이 눈을 떴다. 자정을 조금 지난 때였다.

"누구세요?"

동석이 비척대며 일어섰다. 문밖의 손님은 대답 없이 신경질적으로 문을 두드려댔다. 동석은 잠이 덜 깬 상태로 현관문을 열었다. 이른 봄, 차가운 밤공기가 동석의 종아리를 스치며 들어왔다. 아무도 없다. 또 꿈을 꾼 걸까, 동석이 손톱으로 다른 쪽 팔꿈치를 긁적였다.

'분명 소리를 들었는데.'

열린 문손잡이를 잡고 오른쪽 발을 밖으로 내디딘 동석의 몸에 묘한 긴장이 흘렀다. 옥상에는 아무런 기척도 없다. 무언가를 발견한 동석이 재빨리 문을 닫고 방으로 돌아왔다. 며칠째 자리에 있던,

현관에 던져둔 칼이 사라지고 없었다.

'그 남자가 왔다 간 건가? 문은 왜 두드린 거지?'

이불 속에 몸을 뉘었지만 이미 달아난 잠은 다시 오지 않았다. 천장 벽지의 기하학적인 무늬가 마치 수십 마리의 뱀이 꿈틀대는 것처럼 보였다. 또다시 악몽이 시작되었다.

드르륵득득득, 드르륵득득득.

그것이 또 찾아왔다. 동석이 다급히 눈동자를 굴려봐도 아무것도 보이지 않았다. 어느 쪽이 벽이고 창문인지 알 수 없을 정도로 까만 밤이었다. 눈을 감는다고 어둠이 사라질 리 없지만, 당장 동석의 눈앞에 있는 것은 그렇게라도 외면하고 싶을 정도로 끔찍한 어둠이었다. 이번에는 눈꺼풀도 깜박여지지 않는다. 몸에 감각이 없다. 꿈이니 당연하지 싶다가도 움직일 수 없는 갑갑한 느낌이 너무 생생했다.

「내가 뭐랬니? 그 집 맘에 안 든다고 했잖아.」

어머니의 목소리가 벌어진 마음의 틈을 파고들었다.

'그래서 어쩌라고요!'

동석은 자꾸 찾아와 다그치는 어머니에게 소리 지르고 싶었다. 하지만 아무리 애를 써도 목소리가 나오지 않았다.

드르륵득득득, 드르륵득득득.

문밖의 소리는 잠시도 멈추지 않았다. 정체를 알 수 없는 것이 동석의 방문을 열려고 밤새 안간힘을 써댔다.

'나를 죽이려는 거야!'

부릅뜬 그의 눈에 눈물이 차올랐다. 눈물방울이 귓속으로 흘러 들어가자 동석은 꿈이 아닐지도 모른다는 생각이 들었다. 하지만 현실로 받아들이기에는 말이 안 되는 상황이었다. 동석은 양쪽 눈동자를 제외하고는 아무것도 움직일 수 없는 상태로 밤을 보냈다.

드르륵득득득, 드르륵득득득.

저게 무엇이든 방문을 뜯어내고 무방비 상태의 제 몸을 난도질 할 것만 같은 공포에 짓눌렸다. 호흡이 가빠진다. 동석은 숨을 쉬려고 발버둥 쳤지만 소용없었다. 죽음의 공포를 강렬히 느끼며 동석은 그대로 의식을 잃었다.

눈을 떴을 때 지난밤의 억압이 잔상으로 남아 몸이 무거웠다. 온몸이 벌레에 뒤덮인 듯 간질거렸고 숨을 들이마시는 게 어색했다. 동석이 겨우 몸을 일으켰다. 꿈에서 깬 건지 아직도 꿈에 시달리는 중인지 구별되지 않았다. 손바닥으로 얼굴을 감싸 쥐려다 시계를 보니 출근 시간이 이미 지나 있었다.

"일 났네!"

동석은 세수도 못 한 얼굴로 허겁지겁 뛰어나갔다.

'이렇게 살 수는 없어.'

퇴근하는 동석의 걸음에 힘이 없다. 잦은 실수에 지각까지, 회사에 제대로 찍혀버렸다. 눈치 보며 하루를 보내야 했지만, 차라리 회사에 있을 때가 나았다. 동석은 집으로 돌아가고 싶지 않았다.

'계약서에 부동산 전화번호가 있을 거야.'

미친놈 소리를 듣더라도 이런 집에서 더는 살 수 없었다. 해가 짧은 계절이었다. 버스에서 내렸을 때는 이미 캄캄한 밤이었다. 억지로 걸음을 걷던 동석이 골목 한가운데 우뚝 섰다. 빌라 꼭대기 자신의 집 창문에 불이 켜져 있었기 때문이다. 아침에 급히 나오느라 불을 끄는 것도 잊은 모양이다. 계단을 오르는 동석의 다리가 후들거린다.

'너무 무서워.'

집이 자신을 산 채로 삼켜버릴 것 같다. 계단을 다 올라와서도 동석은 현관 앞을 서성였다. 제대 후 끊었던 담배를 다시 입에 물었다. 이것만 피우고, 이것까지만 피우고 했던 게 벌써 다섯 개비째다. 집으로 들어가고 싶지 않았다. 옥상을 어정거리던 동석이 물고 있던 담배를 떨어뜨렸다. 부엌에 난 환기창으로 집 안이 보였기 때문이다. 입을 황급히 틀어막은 채 동석은 그대로 내달려 도망을 쳤다. 하마터면 소리를 지를 뻔했다. 칼을 든 남자가 방문 앞에 서 있었다.

무슨 정신으로 계단을 내려갔는지 모르겠다. 중개인 말대로 파출소는 가까웠지만, 그는 한참을 뛴 것처럼 가쁘게 숨을 헐떡였다.

"강도! 강도가 들었어요!"

뛰어 들어온 동석을 경찰이 부축하며 물었다.

"어디에요?"

"우, 우리 집이요. 저기 슈퍼 옆 빌라 옥탑방에….."

파출소에 침묵이 흘렀다. 당장이라도 출동하려던 경찰이 어정쩡한 자세로 멈춰 서서는 서로 눈빛을 주고받을 뿐 별다른 말도 행동도 하지 않는 것이다.

"어…, 일단 진정을 좀 하시고."

머리가 희끗희끗한 경찰이 동석에게 물을 한 잔 건네며 말했다. 그는 동석의 얼굴을 지긋이 바라보았다.

"정말 강도가 든 게 맞아요?"

동석은 황당했다.

'이 사람들이 지금 뭐 하자는 거야?'

집 안의 남자를 목격한 지 5분도 지나지 않았다.

"방금 내 눈으로 보고 왔어요! 칼도 들고 있었다고요! 이러다 놓치면 누가 책임질 건데요?"

동석이 고래고래 소리를 지르는데도 경찰들은 움직이려 하지 않았다. 물을 건네준 경찰만이 동석의 등을 두드리며 친절하게 말했다.

"아니, 너무 놀란 것 같아서 하는 말이지. 진정되셨으면 한 번 같이 가 봅시다."

나이 든 경찰이 산책하듯 앞서고 젊은 경찰이 굳은 얼굴로 뒤따랐다. 불평하는 표정이었다. 동석은 속으로 빠득빠득 이를 갈며 따라나섰다. 무시당한 것 같아 기분이 좋지 않았다.

옥탑방의 불은 꺼져 있었다. 현관은 굳게 잠겼고 옥상도 텅 비었다. 집 안에도 사람 그림자 하나 없었다.

'도망친 건가?'

나이 든 경찰이 화장실과 방문을 차례로 살피더니 나른한 목소리로 말했다.

"없어진 거 있나 확인해 보세요."

집 안은 어느 것 하나 달라진 것이 없다. 워낙 단출한 살림이라 한눈에 알 수 있었다.

"직접 봤다고 했죠? 그 남자 인상착의 기억나요?"

"분명히 남자가 칼을 들고…, 칼을 들고…."

동석의 머리가 멍해졌다. 이상하게도 그 외의 것이 기억나질 않는다. 말을 멈춘 동석의 뒤에서 젊은 경찰이 짜증을 냈다.

"작작 좀 합시다, 작작. 아니면 병원에 가 보든가."

"어허, 그만 못해?"

나이 든 경찰이 후배에게 눈치를 주었다.

"이 동네에 오인 신고가 많아서요."

그가 동석의 등을 쓸어주며 말했다.

"지난번에도 착각했다고 했잖아요."

"지난번이라뇨?"

"한 달 전인 가? 한번 신고하러 왔었잖아요?"

"제가요? 저 이사 온 지 한 달도 안 됐는데요?"

나이 든 경찰이 동석의 얼굴을 살피더니 멋쩍게 웃었다.

"그때 그분이 아닌가? 젊은 사람들은 다 똑같아 보여서."

동석의 머릿속이 복잡해졌다. 어색하게 눈치 보던, 같은 또래의 전 세입자가 생각났다.

"한 달 전에 이 집에서 사는 사람이 신고했었다고요?"

동석이 방을 보러 왔을 때다. 경찰이 의심스러운 얼굴로 말했다.

"아이고, 뭔 일인지 모르겠네."

동석의 귀에는 경찰의 말이 들리지 않았다.

'분명히 칼을 들고… 칼을?'

멍하니 서 있는 동석을 두고 경찰이 서로 눈짓을 주고받으며 조용히 밖으로 나갔다. 젊은 경찰이 손가락을 머리에 대고 빙글빙글 돌리며 속삭였다.

"찬장에 약 있는 거 보셨어요? 그거….''

선배 경찰이 소리 없이 후배를 꾸짖었다. 그는 안쓰러운 얼굴로 동석을 보며 말했다.

"오해 없이 들었으면 좋겠는데…, 신고 접수하실 겁니까?"

동석은 말없이 고개를 저었다. 이해한다는 듯 경찰이 고개를 끄덕였다. 경찰이 모두 떠나고 동석은 한동안 싱크대를 노려보며 그대로 서 있었다.

'난 안 미쳤어! 난 안 미쳤다고!'

동석이 싱크대 문을 열어젖혔다. 다리가 후들거렸다. 칼이 꽂혀 있다. 현관 앞에 던져둔 그 칼날에 감쌌던 신문지가 너덜너덜 붙어 있다. 동석은 비명을 지르며 집 밖으로 뛰쳐나왔다.

「그러게 뭐랬니? 칼은 주워 쓰는 게 아니라니까.」

어머니의 목소리가 쩌렁쩌렁하게 동석의 가슴을 찔렀다.

다음 날 아침, 부동산 문 앞을 지키듯 서 있는 동석을 보고 공인
중개사는 떨떠름한 표정을 지었다.

"어머, 웬일이에요?"

"어떻게 그딴 집을 소개할 수 있어요?"

동석의 말에 중개사는 불쾌한 얼굴을 했다.

"총각, 무슨 소릴 하는 거야?"

계약할 때처럼 상냥한 태도가 아니었다.

"젊은 사람이 정말 못쓰겠네! 왜 아침부터 행패를 부리고 난리
야?"

저보다 더 큰 소리를 내지르는 중개인 앞에서 동석은 입만 벙긋
댈 뿐 아무 말도 하지 못했다. 셔츠 깃이 땀으로 축축해졌다.

"그 집이 왜요? 말해보라고!"

중개인의 반말 섞인 말투는 전과 같았지만, 이번에는 공격적이
고 자신을 하대한다는 느낌이 들었다. 그간의 일을 모두 전해 듣고
도 그녀는 팔짱을 풀지 않았다. 내내 비웃는 얼굴로 '계약대로'라
는 말을 반복할 뿐이었다. 동석은 제대로 당했다는 생각이 들었다.

'…다들 한통속이었구나!'

아침에 눈을 뜨자마자 집주인에게 수차례 전화를 걸었지만 받지
않았다. 중개인이 딱하다는 듯 고개를 흔들며 말했다.

"어머, 땀을 왜 이렇게 흘러? 총각 어디 안 좋아요?"

이제는 동석을 아픈 사람 취급했다. 분해 미칠 지경이지만 아쉬

운 건 그였다.

"정 급하면 방을 내놔요. 계약 기간 전이니까 복비는 총각이 내고."

선심 쓰는 듯한 말투였다. 세가 저렴해 빨리 나갈 거라며 걱정하지 말란다.

「싼 데는 다 이유가 있다니까.」

어머니 말씀이 옳았다.

'셋이서 짜고 나를 속인 거야.'

동석의 숨이 가빠졌다.

'건물주는 싼값이라도 꾸준히 세 받아서 좋고 중개인은 매번 수수료를 챙기니 얼씨구나 했겠네. 전 세입자 그 자식도 보증금 지키자고 거짓말한 거고. 없는 놈이 없는 놈한테 폭탄을 돌린 거야.'

이번에 폭탄을 손에 쥔 사람은 동석이다. 그는 방을 내놓겠다고 말하고 힘없이 집으로 돌아왔다.

'나는 미치지 않았어. 그래, 이건 내 잘못이 아니야.'

동석은 급한 대로 옷가지만 몇 개 챙겨 들고 다시 밖으로 나왔다. 더는 그 집에 있을 자신이 없었다.

중개인의 장담과 달리 방은 쉽게 나가지 않았다. 보러 오는 사람은 많았지만 알 수 없는 찜찜함을 느끼고는 더 둘러보고 오겠다며 가버렸다. 동석만큼 무딘 사람은 쉽게 나타나지 않았다.

한 달이 지났다. 잠은 찜질방에서 자면서 월세도 내야 하니 억울하고 분했다. 자연스럽게 동석의 태도가 적극적으로 바뀌었다. 낮은 방세를 의심하는 사람들에게 자신의 사정이 급하다고 나서서 해명했다.

"제가 본가에 일이 생겨서….."

중개사가 입에 달고 있던 '이 가격에 횡재'라는 소리를 동석이 했다. 떠나게 돼 아쉽다는 말이 저절로 나왔다. 싱크대 안의 칼을 들킬까 봐 그 앞을 가리듯 기대섰다. 그러면 기분 탓인지는 몰라도 미세한 떨림이 느껴졌다. 그 안에 웅크리고 앉은 것이 동석을 비웃는 것 같았다.

―총각 이제 됐네. 이사 올 사람 정해졌어!

근무 중에 중개인의 전화를 받았다. 집을 내놓은 지 두 달 만이었다. 다음 세입자는 왜 세가 싼지, 동석이 왜 계약 기간 전에 이사를 나가는지 전혀 관심이 없다고 했다. 당장 들어올 수 있다기에 이튿날로 이삿날을 정했다.

동석은 아침 일찍 모든 가구와 물건을 사거리 공터에 버렸다. 어차피 다시 돌아갈 곳은 고시원이었다. 둘 공간도 없거니와 마음에도 아무 미련이 없다.

「잘했다! 부정 탄 물건 가져가 봐야 어디 쓰겠니?」

흡족해하는 어머니의 목소리를 들었다.

「얘, 거기 손도 대지 마! 재수 없다.」

경찰이 다녀간 이후로 동석은 싱크대를 열어본 적이 없다. 모든

게 빠져나가고 텅 비어버린 집을 등지고 섰을 때 동석은 등이 따끔
거리는 느낌을 받았다. 누군가 집 안에서 떠나는 자신의 뒷모습을
노려보는 것 같았기 때문이었다.

계단을 내려가는 중에 몇 번을 주저앉았는지 모른다. 동석이
마지막 층을 내려갈 때였다. 가방 하나만 달랑 짊어진 남자가 그를
스쳐 위층으로 올라갔다. 남자가 목인사를 하기에 동석도 고개를
숙였다. 동석은 한 걸음이라도 서둘러 건물에서 멀어지고 싶었다.
남자가 계단에 서서 자신의 뒷모습을 보고 있는 줄도 모르고 동석
은 그저 계단을 내려가기 바빴다. 그는 어느 밤, 옥상에서 동석과
마주쳤던 남자였다.

'난 이제 몰라. 나는 아무 상관없어.'

한 계단 한 계단 옥탑방에서 멀어질수록 죄책감이 줄었다. 마지
막 계단에 발을 디뎠을 때 동석은 마음이 평온해짐을 느꼈다. 이제
완전한 남의 일이었다.

**

"이걸 어쩐다."

헌책방 홍사장이 난감한 얼굴로 몇 가닥 남지 않은 머리카락을
쓸어 넘겼다. 계산대에 앉은 그가 내려다보는 것은 열린 서랍 안쪽
에 놓인 물건이다. 대충 수건에 말아 놓은 쇠붙이 때문에 그의
마음이 종일 불편했다.

자루가 깨져 칼날만 남은 이것은 며칠 전 김선생이 주고 간 물건이다. 조각난 자루는 따로 잘 맞춰 끈으로 묶어 두었다. 벼락 맞은 대추나무로 만들었다니 깨진 조각도 혹시 가치가 있을까 싶어 버리지 않은 것이다.

'김선생, 오다가다 오래된 칼 같은 거 보면 하나 집어다 줘.'

먼저 구해달라고 부탁을 한 것은 홍사장이다. 오래된 날붙이를 사들인다는 수집가가 있다기에 김선생에게 이야기를 꺼낸 것이다. 들은 말을 허투루 넘기는 법이 없는 김선생이 전화를 걸어왔다.

'말씀하셨던 칼이요. 하나 구했는데 큰돈은 안 될 것 같아요.'

상관없다고, 일단 가져와 보라고 채근한 것도 홍사장이다. 큰소리를 쳤으니 얼마라도 받았으면 좋았을 텐데, 며칠 전에 만난 수집가에게 퇴짜를 맞고 말았다. 값을 제대로 못 받을 거라던 김선생의 말이 맞았다. 수집가는 질색하며 칼날에 손도 대지 않고 떠났다.

'홍사장, 자루 깨진 칼을 누가 사?'

수집가 역시 중개인이라 물건을 구하러 전국을 다니는 사람이다. 알음알음 주워듣는 이야기가 많은데, 대부분이 미신에 가까운 이야기였다.

'칼날에 서린 기운을 자루가 이겨내지 못해 깨진 거야.'

날붙이를 좋아하는 사람들 사이에 통하는 이야기란다. 홍사장은 무슨 말도 안 되는 소리인가 싶었다.

"하여튼 간에 골동품 수집한다는 사람들은 이야기 지어내는 걸 참 좋아하나 봐."

수집가는 부서진 자루도 칼날도 함부로 버리지 말라고 조언했다. 하지만 어떻게 버려야 하는지는 자기도 잘 모른다며 도망치듯 가버렸다.

"제대로 알지도 못하면서 괜히 그러는 거 아니야?"

뾰로통한 얼굴로 홍사장이 투덜댔다. 그러면서도 고물상에 가져다줘야 할지 신문지에 말아 재활용 쓰레기로 버려야 할지 고민하는 중이다. 칼날이 겉보기와 달리 어찌나 날카로운지 홍사장도 무심코 손을 댔다가 손가락을 베이고 말았다. 살짝 베인 것뿐인데 피를 엄청나게 쏟았다. 아직도 베인 자리가 욱신거린다.

'아깝네, 좋은 칼인데.'

수집가가 던지고 간 말이 뇌리에 남았다. 홍사장이 보기에도 그랬다. 말은 안 해도 김선생이 어렵게 구했을 것이다. 워낙 생색 내지 못하는 사람이라 아무 말 없었지만, 구해달라는 말에 이런저런 신경을 썼을 걸 안다. 그런 물건을 그냥 버리자니 홍사장 마음이 좋지 않았다.

"다른 데 가져가서 보여 볼까?"

홍사장은 자신이 벌써 몇 시간째 칼날만 들여다보고 있다는 걸 모른다. 매번 버리려고 책상 서랍을 열었다가도 칼날만 보면 어찌된 일인지 늘 같은 생각에 빠져버린다.

그런 홍사장을 두 개의 노란 눈동자가 지켜보고 있었다. 놈의 몸은 가게 밖 어둠 속에 묻혀 보이지 않고 오직 호박색 눈동자만이 반짝이고 있다. 한심하다는 듯 지켜보다가 날카로운 울음소리를 냈다. 마치 홍사장더러 정신을 차리라고 호통치는 것 같다. 고양이 우는 소리에 놀란 홍사장이 고개를 들고 두리번댔다. 창밖에는 까만 어둠뿐 아무것도 보이지 않았다. 할 일을 다 했다는 듯 두 개의 눈동자가 어둠 속으로 유유히 사라져버렸기 때문이다.

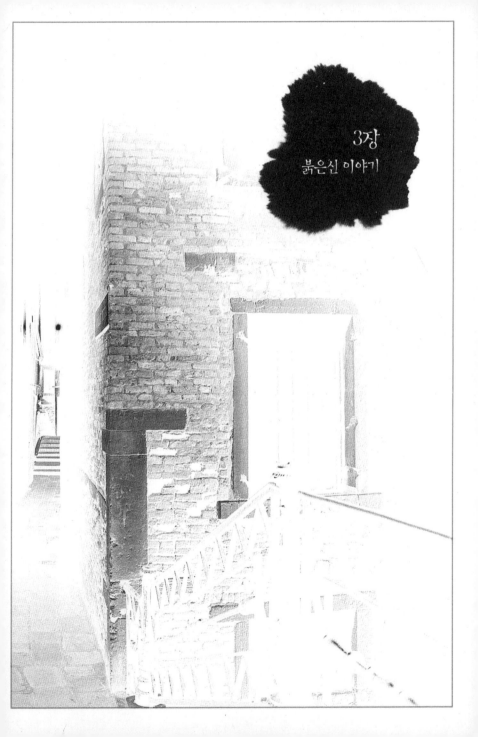

3장
붉은신 이야기

*

그날 헌책방에 아침저녁으로 소동이 있었다.

먼저 밤사이 누군가 책방의 유리창을 깼다. 홍사장 키보다 높은 전면 유리창 하나가 산산이 조각났다. 112에 신고를 하고 경찰이 오기를 기다리던 홍사장은 문득 걱정되었다.

'설마 지난번의 건방진 형사 놈이 오는 건 아니겠지?'

가뜩이나 속상한데 그때처럼 속을 긁어댄다면 이번에는 홍사장도 참아낼 자신이 없었다. 다행히 순찰차를 타고 온 경찰은 처음 보는 사람이었다. 하지만 그 역시도 누가 밖에서 뭔가를 던진 것 같다는 뻔한 소리로 홍사장을 실망하게 했다.

'그러니까 대체 뭘 던졌느냔 말이야?'

책방 안에는 깨진 유리 조각들만 흩뿌려져 있을 뿐 창문을 깰 만한 어떤 물건도 남아 있지 않았다.

"아무래도 으슥하고 구석진 데니까요, 조심하세요."

경찰의 충고에 고개를 끄덕이긴 했지만 홍사장은 억울했다.

'어떻게 조심했어야 한다는 거야?'

눈으로 보기에 없어진 물건은 없다. 책이야 한두 권 사라져도 금방 파악이 어렵다.

'아무렴 책 한 권 가져가자고 유리를 깼을까.'

홍사장은 머리를 짜내 몇몇 용의자를 추려냈다. 몇 달 된 이야기지만 새벽에 나타나 유리창을 깨부술 듯 두드렸던 술 취한 노숙인은 꽤 위협적이었다. 정기적으로 나타나 책을 훔쳐 가는 남자아이도 있다. 사정이 있겠거니 싶어 아직은 못 본 척 보내주고 있다.

"책을 훔쳤다고요? 어디 사는 누굽니까?"

"그거야 모르죠."

경찰은 난감한 표정을 지었다. 그건 홍사장도 마찬가지였다. 별소득 없이 경찰이 떠나고 남은 일은 모두 홍사장의 몫이었다. 깨진 유리가 책방 안쪽으로 쏟아진 바람에 치우느라 애를 먹었다. 책들 사이 어딘가로 유리 파편이 끼어들었을까 봐 한 권 한 권 털어내고 마른 수건으로 닦았다. 그러고도 안심이 되지 않아 종일 청소기를 붙잡고 책방을 돌아다녔다. 치우고 치워도 걱정이 사라지지 않았다. 책은 손으로 잡는 물건이니 자칫 손님의 손을 상하게 할까 두려웠다.

사실 홍사장이 진짜 털어버리고 싶었던 것은 깨진 유리가 아니라 스멀스멀 올라오는 자책감이다.

'아무리 잠귀가 어두워도 그렇지. 그 큰 소리를 못 듣고….'

깨진 창문은 신문지와 박스테이프로 대충 막아 놓았다. 워낙 낡은 나무틀이라 유리 가게도 곤란했던 모양이다. 이틀은 지나야 새 유리를 끼워 넣을 수 있다고 했다.

"도둑 들었어요, 형님?"

"아이고, 깜짝이야!"

깨진 창 틈새로 고씨의 머리가 쑥 들어왔다. 때마침 그 앞에서 생각에 잠겼던 홍사장이 신문지를 뚫고 들어온 커다란 머리에 놀라 주저앉았다. 쌓아둔 책 더미가 쏟아져 내렸고 그 아래 깔린 홍사장은 그만 허리를 삐끗하고 말았다. 창에 얼굴을 집어넣은 채로 눈동자만 데굴데굴 굴리던 고씨가 바닥에 널브러진 홍사장을 발견하고 큰 소리로 웃기 시작했다. 눈앞에서 정신없이 웃어대는 고씨의 희멀건 얼굴이 홍사장의 눈에 괴기하게 보였다.

"거기다 얼굴은 왜 집어넣고 난리야!"

바닥에 주저앉은 채로 홍사장이 투덜거렸다.

"웜마, 형님이 거기 딱 붙어 서 있을 줄 내가 알았나?"

"뭐해? 어서 나 좀 일으켜줘."

홍사장이 손을 뻗으며 불렀지만 고씨는 머뭇거렸다. 뭔가 꺼리는 표정이다.

"안 들려? 나 좀 일으켜 달라고! 허리를 못 펴겠단 말이야!"

그제야 고씨는 창틀에서 얼굴을 빼내고 쭈뼛대며 책방 문 앞에 섰다. 한 손에 묵직한 비닐봉지를 든 채 느릿느릿 한 발을 뻗어 문지방을 넘고 조심스럽게 나머지 발을 끌어당겨 책방 안에 완전히 들어왔다. 조심조심 한 걸음씩 떼는 속도가 어찌나 느릿한지 홍사장은 기가 막혀 말이 나오지 않았다.

'장난칠 때가 따로 있지.'

고씨는 문지방을 넘은 뒤에도 전혀 서두르지 않고 거위처럼 어기적어기적 걸었다.

"자네 오기 기다리다, 나 오늘 여기서 자겠네."

고씨는 투덜대는 홍사장을 버려두고 헌책방 안쪽을 두리번거렸다. 왜인지 감격스러운 얼굴이다. 홍사장의 얼굴이 붉게 달아오르다 못해 터질 지경이 되어서야 고씨는 수줍은 얼굴로 손을 내밀었다.

"자네, 나랑 내외하나?"

겨우 고씨의 손을 붙잡은 홍사장이 냉기에 놀라 빠르게 손을 거둬들였다. 오랜 시간 물속에 있었던 것처럼 고씨의 손이 차가웠다.

'물에 빠진 시체처럼….'

끔찍한 상상이 홍사장의 머릿속을 채웠다.

"자네, 손이 왜 이렇게 차가워?"

"찬술 빚다 왔으니까 그렇죠, 형님."

부축을 받아 일어선 홍사장은 겨우 의자에 기대앉고 나서야 마음을 풀었다. 고씨는 뭐가 좋은지 상기된 얼굴로 책방 이곳저곳을 기웃거렸다.

'어떨 때는 꼬장꼬장한 상늙은이 같았다가 이럴 때 보면 또 애 같단 말이야.'

홍사장이 허리를 문지르는 사이 책방 구경을 끝낸 고씨가 다가
와 물었다.

"형님, 병원 가야 하는 거 아녜요? 뭘 그렇게 쉽게 자빠져요?"

미안한 건지 자신의 꼴이 우스운 건지 묘한 표정을 짓는 고씨
때문에 홍사장은 다시 부아가 치밀었다.

"자네는 정말 밉상이야. 자네 때문에 놀라서 넘어진 거잖아."

홍사장이 눈을 흘기며 말하는데도 고씨는 여전히 입꼬리를 씰룩
댔다.

"형님, 나 책방에는 처음 들어와 봐요."

뜬금없는 고백이지만 사실이었다. 홍사장이 고씨네 술집에 다닌
적은 많았어도 고씨가 책방 문턱을 넘은 건 분명 오늘이 처음이다.
매번 문 앞에서 수다만 떨고 돌아갔다.

"자네도 책 좀 읽어. 돈 주고 사라고 안 할 테니까 가져가서 읽고
갖다 놔."

"아유 나도 바빠요, 형님."

고씨가 다급히 손사래를 쳤다. 그렇게까지 기겁할 일인가 싶어
고씨 얼굴을 살피던 홍사장이 고개를 끄덕였다. 그가 왜 책방에
들어오지 않았는지 묻지 않아도 알 것 같다.

"나불대는 건 그렇게 좋아하면서 읽는 건 또 싫은가 보지."

"누가 싫대요? 옛날이야기나 재밌지, 요즘 것에는 흥미가 없네
요."

헌책방에서 하기에는 어색한 핑계다. 멋쩍게 웃던 고씨가 막

생각났다는 듯 바닥에 내려둔 봉지를 들어 올렸다. 막걸리가 가득
찬 페트병이 들었다.

"오늘 뜬 항아리 술이 진짜 예술이에요. 형님 생각나서 갖고
왔는데…."

하더니 안타까운 얼굴로 홍사장을 본다.

"다쳐서 안 되려나?"

"그럴 리가 있어?"

홍사장은 고씨가 도로 가져갈까 봐 얼른 술병 마개를 열었다.
역시나 좋은 냄새가 났다. 홍사장이 서랍에서 종이컵 두 개를 꺼냈
다. 고씨가 힐끔 서랍 속을 들여다봤다.

"거기는 없는 게 없네요."

"돈이 없지."

"그것참, 안타깝네요."

"안주도 없고."

고씨네 술은 맛이 좋아서 특별한 안주 없이도 심심하지 않다.

"술은 누가 따르느냐에 따라서 맛이 달라지지요, 형님?"

잔에 술을 따르며 고씨가 말했다. 덩치가 산만 한 이 남자는
홍사장 앞에서 자주 애교를 부렸다.

"그래, 자네 말이 맞네."

아저씨 둘이 나란히 앉아 홀짝홀짝 술을 마셨다. 쉬지 않고 떠들
던 고씨도 잠시 조용하다. 열린 문 사이로 어두워진 골목의 풍경이
액자 속 그림처럼 보였다. 아침부터 허둥댔더니 마음도 고달팠던

모양이다. 고요하고 적막한 골목의 밤이 홍사장에게 위로가 되었다. 남들이 아무리 귀신 골목이라 불러도 홍사장에게 이곳은 고향이고 안락한 터전이다.

'좋구먼. 이런 시간도.'

하지만 그건 홍사장의 사정이고 고씨는 역시 입이 근질거리는 모양이다.

"내가 제일 좋아하는 형님이랑 이러고 있으니 좋네요."

"행여나."

'입바른 소리를 꺼내는 거 보니 또 실없는 얘기로 놀릴 생각인 게지.'

홍사장은 바짝 정신을 차려야겠다고 생각했다.

"지난번에 책방 손님이 해준 얘기요. 고것 참 재밌었네요, 형님."

고씨가 끄집어낸 것은 뜻밖에도 김선생 이야기다.

"자네는 그때 듣는 둥 마는 둥 했잖아. 나중에는 졸았지 아마?"

"눈 감고 집중한 거라니까요, 형님."

지난겨울, 셋이서 술자리를 한 뒤로 고씨는 가끔 그날 이야기를 꺼낸다. 도깨비 이야기가 마음에 들었던 모양이다.

"들은 얘기 더 있지요? 안주로 도깨비나 내놔 봐요."

홍사장은 마침 생각나는 것이 있었다. 끙, 신음을 내며 아픈 허리를 부여잡고 홍사장이 몸을 굽혔다. 계산대 아래 감춰둔 상자를 꺼내기 위해서였다. 상자에는 김선생이 주고 간 붉은색 스웨이드 펌프스가 한 켤레 들어있다. 낡아 색이 바랜 오래된 구두였다.

"취향이 변하셨네요. 잘 어울려요, 형님."

"무슨 소릴 하는 거야? 김선생이 가져온 거야."

고씨의 눈이 반짝였다.

"이거 팔 수 있는 물건인지 좀 봐줘."

지난번 고씨가 정보를 준 덕분에 지관용 나침판을 좋은 값에 팔 수 있었다. 고씨의 말대로 풍수쟁이가 명당자리를 찾아다닐 때 쓰는 나침판이 맞았다. 자그마치 조선 시대 물건이란다. 물건을 팔 때 미리 어느 시대의 물건인지, 무엇에 쓰는 물건인지 알아두면 거래에 큰 도움이 된다. 파는 사람은 비싸게 팔고 싶고 사는 사람은 싸게 얻고 싶은 게 당연하니 정보가 많은 쪽이 거래에 유리하다.

'이번에도 자네 도움 좀 받아보자고.'

"이거는…."

고씨가 신중한 얼굴을 했다. 평소 보기 힘든 귀한 장면이다.

"여자 구두네요. 너무 낡아서 이제는 못 신겠어요."

홍사장은 실망했다. 고씨는 그런 홍사장을 재미있다는 듯 쳐다봤다.

"제가 여자 구두까지 어떻게 알아요, 형님."

"자네는 모르는 게 없는 사람이니까, 뭐든 다 아는 줄 알았지."

뜻밖의 칭찬에 고씨가 흐뭇한 얼굴을 했다. 홍사장도 전혀 소득이 없는 건 아니었다. 고씨의 싱거운 반응을 보니 귀한 물건은 아닌 모양이다. 나침판 이전에도 몇 번 고씨는 괜찮은 물건을 구별

해주었다. 장사꾼답게 물건을 보는 눈이 탁월한 사람이다.

아쉬운 마음에 홍사장이 구두를 어루만졌다.

'멋쟁이들이 신는 새빨간 구두였을까? 아니면 새색시가 좋아할 만한 진분홍 구두였을까?'

이제는 너무 낡고 바래서 원래 구두 색이 어땠는지 알 수 없다. 더는 누구도 신을 수 없어 수집가의 진열장에 어울리는 신세가 된 것이다.

'그러니까 김선생이 가져왔겠지만.'

어디를 다니느라 이렇게 세월을 입었을까. 홍사장은 한눈에 구두가 마음에 들었다. 구두는 색이 바랬는데도 고운 태가 났다. 누구에게 팔리든 좋은 곳으로 가길 바랐다. 홍사장이 혼자 갖은 청승을 떠는 동안 홀짝홀짝 술잔을 비우던 고씨가 입을 열었다.

"구두가 사람을 끌어당기네요. 요망한 데가 있나 봐요, 형님."

구두 표면을 쓰다듬던 홍사장이 멈칫했다. 손끝에 한기가 느껴졌다. 고씨의 이상한 말 때문이다.

"하여튼 사람 기분 망치는데 도사라니까."

"과찬이세요, 형님."

고씨가 키득거렸다. 구두는 다시 상자 속으로 들어갔다.

"그러지 말고 책방 손님이 해주고 간 이야기나 얼른 읊어 보라니까요."

"알았으니까, 오늘은 졸지 말고 잘 들어."

능글능글 웃으며 고씨가 이야기를 재촉했다. 홍사장도 술잔을 손에 들고 자세를 고쳐 앉았다.

"이번에 철수가 찾아간 곳은 서울 외곽의 어느 오래된 복도식 아파트였다네."

**

찻잔을 밀어주는 여자의 손가락이 앙상했다. 뼈마디가 그대로 드러난 손목, 퀭한 눈, 툭 튀어나온 광대뼈까지 곧 죽을 사람 같다. 그런 꼴이라 대접받는 사람들 마음이 오죽 불편했을까.

이제 막 오십 대에 들어섰다는 여자의 이름은 김혜정이다. 너무 야윈 탓에 본래 나이보다 열 살은 더 들어 보였다.

"어서 드세요, 식겠어요."

가뜩이나 힘없는 목소리가 바들바들 떨리기까지 한다. 여러 가지로 불안한 모습이다.

"감사합니다. 향이 좋네요."

철수를 따라온 연희가 먼저 입을 열었다. 단정하고 울림이 있는 목소리였다. 연희는 스물다섯 먹은 예인당의 세습무다. 차디찬 큰 무당이 수양딸처럼 아낀다는 소문도 있다. 찻잔 손잡이를 쥐는 연희의 움직임이 자연스러웠다. 모르는 사람이 본다면 그녀가 앞을 보지 못한다는 걸 상상도 못 할 정도다. 혜정도 신기했는지 차를 홀짝이는 연희의 얼굴을 뚫어지게 보았다.

"남편분은 안 계시네요?"

"아, 네."

철수의 목소리에 정신이 든 혜정이 빠르게 눈꺼풀을 깜박이며 대답했다. 철수는 시선을 피하는 상대를 유심히 보았다.

"그 사람은 낮에 집에 없어요. 일찍 나가고 늦게 들어와요."

사는 집을 둘러보는 혜정의 눈빛이 공허했다.

"어디서 오셨다고 하셨죠?"

"예인당입니다."

"미안해요. 자꾸 묻네요."

그리고는 엄지와 검지 사이를 손톱으로 누르며 아무 말도 하지 않았다. 피부에 초승달 같은 손톱자국이 사라지지 않고 겹겹이 쌓였다.

"갑자기 와서 놀라셨죠?"

연희의 말간 웃음에 굳었던 혜정의 얼굴이 조금 풀어졌다.

"예인당이면 그 티브이에도 나오는 유명한 무⋯ 무⋯?"

교양 있는 사모님은 '무당'이라는 단어가 차마 입에 붙지 않는지 입술만 들썩일 뿐 말을 잇지 못했다.

"선화 보살이 계신 곳이에요."

"티브이에서 봤어요. 유명한 분이죠."

연희가 말을 이어주자 혜정의 대답이 자연스러워졌다.

"남편이 그렇게까지 할 줄은 몰랐어요. 괜히 폐를 끼치게 됐네요."

허공을 떠돌던 혜정의 시선이 현관을 향했다. 아주 잠깐이었지만 경멸하듯 무언가를 노려보았다. 철수는 현관에 놓인 붉은 스웨이드 구두를 떠올렸다. 눈길을 끄는 물건이었다. 하지만 철수를 예민하게 만든 이유는 따로 있었다. 집에 들어온 순간 집 안 곳곳에 배어 있는 냄새 때문에 철수의 신경이 바짝 곤두선 것이다. 고약한 그 냄새는 아는 사람만 맡을 수 있는 귀물(鬼物)의 냄새였다.

며칠 전 예인당에 혜정의 남편이라는 사람으로부터 전화가 걸려왔다.

—제발 제 아내를 도와주세요.

목소리는 불안했고 우는 것처럼 들렸다. 전화 상담은 받지 않는다고 말해도 막무가내였다. 사정이 급하다는 말만 일방적으로 쏟아내고는 당장 집으로 찾아와 달라며 전화를 끊었다. 몇 시간 후 큰돈이 담긴 종이가방이 배달되었다. 오토바이 배달기사는 물건을 확인하기도 전에 떠났고 대충 이야기를 전해 들은 큰 무당은 귀찮은 얼굴을 했다.

'우리 일이 아니다.'

그 말 한마디를 던져놓고 산 기도에 들어가 버렸다. 큰 무당은 가끔 홀로 산행을 하는데 훌쩍 떠나면 열흘이고 한 달이고 소식이 없다. 정해진 행사는 아니고 큰 굿을 앞두고 있거나 안 좋은 일을 예감했을 때 홀연히 떠나고는 했다.

문제는 연희다. 전화도 받고 돈다발까지 받은 장본인이었다. 고민 끝에 그녀는 철수에게 전화를 걸어 도움을 청했다.

—우리 일이 아니라면 김선생님의 일이란 얘기잖아요?

연희는 도깨비가 사람을 홀려 생긴 일 같다고 했다. 그렇지 않고 서야 큰 무당이 매몰차게 굴지 않았을 거라는 이야기다. 무당은 실체가 없는 귀신은 상대할 수 있지만, 도깨비는 어쩌지 못한다. 도깨비와의 싸움은 대부분 육탄전이고 그들은 인간보다 힘이 세기 때문이다. 아무리 영험한 무당이라도 나이 든 몸으로는 별도리가 없는 것이다.

철수의 생각은 연희와 달랐다. 큰 무당은 사람의 일이라도 매몰 차게 끊는 사람이다. 하지만 딱히 할 일이 있었던 것은 아니어서 받은 돈을 돌려주려는 연희와 함께 이곳에 오게 된 것이다.

큰 무당은 별것 아니라는 듯 무심했다지만 혜정과 마주 앉은 철수의 마음은 그렇지 못했다. 그녀의 남편이 왜 병원이 아니라 예인당에 먼저 전화를 걸었는지 의심스러웠다. 혜정은 당장이라 도 숨이 사그라들 것처럼 위태로워 보였다. 모습을 볼 수 없는 연희도 불편한 기운을 느끼고 유난히 다정하게 굴었다.

"어려운 상황이라고 들었어요."

"…네."

처음 '예인당'의 이름을 들었을 때도 껄끄러워 보이던 혜정은 계속 딱딱한 태도로 두 사람을 대했다. 남편의 부탁이라니 마지못 해 문은 열었지만, 무속인에 대한 거부감이 있는 사람처럼 보였다. 연희가 혜정과 대화를 나누는 동안 말없이 거실을 살피던 철수가 무뚝뚝하게 말했다.

"저희는 무당이 아닙니다."

혜정이 눈을 크게 떴다.

"무속인은 아니고 예인당에서 일을 돕고 있어요."

연희가 재빨리 말을 보태고는 손을 뻗었다. 혜정이 홀린 듯 연희의 손을 잡았다. 연희는 그 상태로 몇 초간 말이 없었다. 혜정도 연희의 얼굴을 멍하니 들여다보기만 했다.

"남편분이 너무 간절하셔서 오지 않을 수 없었어요."

연희가 다정하게 말했다.

"그리고 이거는 받을 수가 없어요."

돈이 든 종이가방을 혜정의 앞으로 밀어주었다. 혜정이 열어보고 한숨을 쉬었다.

"도움이 될 거라고 자신 있게 말씀은 못 드려요. 그래도 얘기해주실 수는 없을까요? 할 수만 있다면 뭐든 해드리고 싶어요."

연희의 목소리에 힘이 들어갔다. 입술을 깨물며 고민하던 혜정이 어렵게 이야기를 털어놓았다.

"아이를 잃었어요."

혜정의 눈동자가 허공을 더듬었다. 보고 있는 철수도 보이지 않는 연희도 알 수 있었다. 혜정은 울고 있었다. 울다 지쳐서 눈물 없이 우는 법을 터득한 사람 같았다.

"사고였어요. 같은 차에 타고 있었는데…, 고작 스무 살이던 내 딸이 죽었어요. 길에서요."

아이를 잃은 어머니의 눈동자는 일 년 전 그날을 눈으로 보듯 계속 허공에 머물렀다. 남편이 전화로 설명하지 않은 이야기였다.

"아직도 믿기지 않아요. 당장이라도 그 아이가 '엄마!' 하고 나를 불러줄 것만 같아요."

혜정은 매일 밤 아이가 돌아오는 꿈을 꾼다고 말했다. 현관문을 열고 들어와 팔을 벌리고 허리를 감싸 안는다고. 그 손이 너무 차가웠다. 깜짝 놀랄 정도로 차가워서 매번 그 순간에 꿈에서 깨어났다. 그녀는 그때부터가 진짜 악몽의 시작이라고 말했다.

"잠에서 깨고 나면 영락없이 와 있는 거예요."

혜정의 시선이 다시 현관을 향했다. 돌아온 것은 딸이 아니었다.

"저 망할 구두! 귀신에 씐 게 틀림없어요!"

혜정이 뒤틀린 얼굴로 현관을 노려봤다. 현관에 놓인 붉은색 스웨이드 펌프스는 죽은 딸의 구두라고 했다. 혜정의 시어머니가 손녀에게 물려주고 간 구두란다.

"노망난 년이! 자기가 신던 낡아빠진 걸 내 딸한테 신으라고 줬다고요!"

흥분한 혜정은 완전히 딴 사람 같았다. 조금 전의 유약한 모습은 사라지고 일그러진 얼굴로 고래고래 소리를 질렀다. 연희가 잡고 있던 혜정의 손을 토닥였다. 정신을 찾은 듯 혜정은 다시 힘없는 얼굴로 돌아왔다.

혜정이 말하는 시어머니는 상대하기 어려운 사람이었다. 조금이라도 마음이 틀어지면 찾아와 대뜸 집 안에 소금을 뿌렸다. 현관에, 아들 내외의 침대에, 며느리 얼굴에도 굵은소금을 집어 던졌다.

"부정한 년이 들어와 집안 꼴이 이 모양이라고 그렇게 원망을 했어요. 그 여자가 가고 나면 눈 내린 것처럼 집 안이 하얘졌어요. 그 소금밭에 주저앉아서 한참을 울었지요."

시어머니는 죽기 전에 손녀딸에게 자신이 신던 구두를 물려줬다. 주변 사람들은 그래도 핏줄은 예쁜가 보다고 말했지만, 혜정의 마음은 타들어 갔다.

"우리 애가 배 속에 있을 때 삼베로 만든 발싸개를 준 사람이에요."

뭣도 모르고 받았지만 영 개운하지 않았다. 의지할 친정이 없던 혜정은 옆집 할머니에게 이야기를 털어놓았다. 아기 피부에는 너무 거칠 것 같다는 혜정의 말에 노인이 화들짝 놀랐다.

"얼른 갖다 버리라고 하시더라고요. 그거 늙은이의 수의 조각 아니냐면서."

혜정은 그날 거품을 물고 쓰러졌다. 그럴 리가 없다며 찾아간 남편 앞에서 시어머니는 태연히 말했다.

'그런 밭에서 태어나 봤자 애가 온전하겠니?'

차라리 배 속에서 잘못되라고 자기 수의를 잘라 아기 발싸개를 만들어 준 것이다.

"그런 사람이 우리 애한테 구두를 물려줬어요. 연락 끊고 지냈는데, 죽기 전에 대뜸 구두를 보내왔다고요."

죽어 가면서까지 자신을 저주하는 거라고 혜정은 생각했다. 자기만 죽기 억울해 기어코 손녀를 데려가겠다는 듯한 시어머니의 행동에 그녀는 불안했다. 문제는 혜정의 딸이다. 아이는 할머니의 선물을 좋아했다.

"뭐에 홀린 듯이 기어이 그 신발을 신고 나가길래 따라갔죠. 말려도 소용없었거든요. 그래서 내가 지켜주려고 했는데!"

그날 딸이 죽었다.

"망할 년!"

혜정이 다시 소리를 지르는 바람에 연희가 놀라 몸을 떨었다.

"…나쁜 년! …기어코 내 딸을! 내 딸을!"

철수와 연희의 존재를 잊은 듯 혜정은 허공을 바라보며 중얼거렸다. 연희의 초점 없는 눈동자가 불안하게 흔들렸다. 그래도 혜정의 손은 놓지 않았다.

"아, 죄송해요. 제가 손님 앞에서."

정신을 차린 혜정이 고개를 숙였다. 그녀의 정수리까지 빨갛게 달아올랐다. 앙상한 어깨가 걱정스럽게 흔들렸다. 철수가 차분한 목소리로 말했다.

"구두가 자꾸 돌아온다고요?"

"…아, 처음 꿈에 우리 아이가 찾아왔을 때였어요. 보니까 맨발인 거예요. 제가 손으로 감싸 쥐었는데 너무 차가워서."

딸을 보내고 반년이 지난 때였다. 혜정은 그제야 구두의 행방이 궁금해졌다.

"어디 갔을까 한참을 생각했거든요. 아무리 생각해도 기억에 없는 거예요."

사고를 수습하면서 잃어버린 줄 알았다. 남편에게 물었더니 황당한 표정을 지었다.

'무슨 구두를 말하는 거야?'

"자기 엄마가 물려준 구두를 기억도 못 하더라고요. 너무 이상하지 않아요? 그날 밤 꿈에서 깼을 때 또각또각 걷는 구두 굽 소리가 들리는 거예요."

그것도 꿈인 줄 알았다. 다음 날 아침 현관에서 남편을 배웅하던 혜정이 놀라 주저앉고 말았다.

"그게 갑자기 저기 있었어요. 말도 안 되죠? 마치 스스로 걸어 들어온 것 같았다니까요."

이전에는 분명히 거기 없던 구두였다.

"끔찍해 죽겠어요. 버려도 버려도 자꾸만 돌아와요. 이제 끝났다 싶어 바라보면 저기 다시 놓여 있어요."

종량제 봉투에 묶어 버리기도 하고 폐지를 줍는 노인 손에 들려 주기도 했다. 경비원에게 수고비를 주고 태워달라는 부탁을 한 적도 있었지만 소용없었다.

"다음 날이면 저기 저렇게 놓여 있어요. 꼭 누가 신고 나갔다가 벗어 놓은 것처럼요."

"딸이 돌아온 거란 생각은 안 했습니까? 딸이 신고 나갔던 구두 잖습니까?"

철수가 물었다. 무슨 소리인지 알아듣지 못하겠다는 듯 멍하게 앉아 있던 혜정이 벌떡 일어섰다.

"지금, 내 딸이 귀신이라도 됐단 말이야?"

혜정이 급하게 얼굴을 붉혔다. 툭 터져 나온 자기감정에 놀란 듯했다.

"그러니까, 제 말은…, 그런 생각은 해본 적이 없다는 거였어요. 두 분 앞에 두고 할 말은 아니지만, 저는 사실 귀신이라든지 그런 거를 믿지 않아요. …죄송합니다."

"아니에요. 이해해요."

연희가 혜정을 달랬다. 하지만 나중에 털어놓길 연희도 혜정의 감정 변화가 인상적이었다고 했다. 죽은 시어머니는 딸을 빼앗은 악귀 취급을 하면서 자신은 귀신을 믿지 않는다고 말했던 순간이 특히 그러했다고.

철수가 자리에서 일어났다. 연희가 불안한 표정으로 보이지 않는 철수의 얼굴을 올려다보았다.

"잠깐 여기 좀 있을래? 밖에서 담배 좀 태우고 올게."

연희와 달리 혜정은 반가운 눈빛을 보였다. 그녀는 처음부터 철수를 불편하게 대했다. 키가 크고 무뚝뚝한 철수에게는 익숙한 일이었다. 밖으로 나올 때, 그는 구두를 자세히 살폈다. 구두는 사람들이 제 이야기를 요란히 떠드는 중에도 얌전히 자리를 지키고 있었다.

철수가 먼저 향한 곳은 관리사무소였다. 적당한 핑계를 찾기 위해 열심히 머리를 굴렸는데 그럴 필요가 없었다.

"아, 404호요? 가족이시죠?"

기다린 듯 자연스럽게 시시티브이 화면을 찾아 보여줬다.

"안 그래도 이웃들이 걱정을 많이 하세요."

404호는 단지 내 골칫거리였다. 새벽마다 비명에 가까운, 우는 소리를 내는 바람에 몇 달째 항의 민원에 시달린다고 했다. 혜정이 현관에 놓인 구두를 발견할 때마다 소리를 질러댄 모양이다. 밤이든 낮이든 이웃이 듣기에 좋은 소리는 아니다.

"우리 아파트는 오래 거주한 분들이 많아요. 서로 사정을 잘 아니까, 아직은 참아주시는데요."

계속 그러면 감당이 안 될 거라고 관리소 직원이 덧붙였다. 이미 혜정의 집 문을 두드리고 욕을 하는 사람도 여럿 있었다고 한다.

영상을 본 철수는 씁쓸한 표정을 지었다. 예상했던 대로였다. 혜정이 구두를 품에 안고 어딘가로 뛰어가고 있었다. 놀란 이웃이 손짓해 부르는데도 돌아보지 않았다. 몇 시간이 지나 다시 구두를 안고 나타난 사람도 혜정이다. 화질이 선명한 편은 아니었지만, 확신할 수 있었다. 넋이 나간 사람처럼 비틀거리는 앙상한 몸, 분명 그녀였다.

"놀라셨죠? 저희도 걱정 많이 했어요. 어딘가 편찮으신 게 아닌가 싶어서요."

사무소 직원이 멋대로 철수를 혜정의 가족으로 오해한 덕분에 여러 이야기를 들을 수 있었다.

"저 구두가 뭔지는 몰라도 다른 사람은 손도 못 대게 하신대요."

구두를 안고 뛰어나갔다 해 질 무렵 돌아오는 것이 한두 번이 아니란다.

"딸을 잃어서 아무래도 충격이 컸던 것 같습니다."

철수가 대신 변명을 했다. 직원이 놀란 얼굴로 말했다.

"아, 그런 일이 있었어요? 사실 저는 여기서 일한 지 얼마 안됐어요."

사정을 잘 안다더니 이제 와 다른 소릴 한다.

"경비실 한 번 가 보세요. 대부분 십 년 넘게 근속한 분들이라 입주민 사정은 저희보다야…."

형편도 모르고 걱정 운운한 게 민망했던지 직원은 멋쩍은 얼굴로 말끝을 흐렸다.

사무소 밖으로 나오니 어느새 해가 졌다. 경비실을 향해 걷는 철수의 눈에 공중전화 부스가 들어왔다. 철수가 거리를 두고 멈춰섰다. 눈에 띄는 남자가 부스 안에서 수화기를 손에 들고 있었다. 그는 철수를 알아보고 후다닥 도망치듯 사라졌다. 익숙한 냄새가 코를 찔렀다. 혜정의 집 거실에 진동하던 그 냄새였다.

경비실에서도 별문제 없이 이야기를 전해 들었다. 사무소에서 먼저 말을 전해준 모양이다.

"한 서너 달 됐나? 그 집 사모님이 재활용품 버리러 나왔다가 누가 내다 버린 구두를 보셨거든. 갑자기 눈이 돌아서 주워 가더라고. 그때부터였던 거 같아. 그 집 사모님이 새벽마다 울고불고하신게."

구두도 시어머니의 유품이 아닌 모양이다. 우리 일이 아니라던 큰 무당의 말이 옳았다. 연희의 생각과는 다르게 '우리'라는 말속에는 철수도 포함돼 있었다.

"하긴 그전에도 불안 불안했지. '아저씨, 우리 애가 벌써 스무 살이네요', 하시는데 일 났다 싶었다니까."

철수는 경비원과 한참 더 이야기를 나누고 자리에서 일어섰다. 404호로 돌아가는 걸음이 편치 않았다.

그사이 연희는 혜정과 둘도 없는 사이가 돼 있었다. 손을 꼭 붙들고 나란히 앉은 모습이 꼭 어머니와 딸처럼 보였다. 그들의 분위기와 대조적으로 철수의 목소리는 건조했다.

"남편분은 아직 퇴근 전입니까?"

"네. 오늘 일이 늦어진다네요."

철수를 보는 혜정의 얼굴이 한결 부드러웠다.

"오시면 예인당으로 전화 달라고 말씀 전해주세요. 구두 버리는 법을 알려드리겠습니다."

"버려주는 게 아니고요?"

"직접 버려야 다시 돌아오지 않습니다."

구두를 내려다보던 혜정의 눈동자가 빛났다.

"왜 저한테는 말 안 해주세요? 아까 제가 귀신이 어쩌고 해서…."

"아닙니다. 남편분이 부탁하신 일이라 직접 말씀드리고 싶어 그렇습니다."

고개를 든 혜정의 얼굴이 창백하다. 다정했던 얼굴은 사라지고 불안한 눈빛으로 철수를 경계하듯 쏘아보았다.

"또 올게요."

한 걸음 물러 서 있던 연희가 앞으로 나서자 굳었던 혜정의 얼굴이 풀어졌다. 두 여자가 아쉬운 마음에 거듭 인사를 나누는 통에 철수는 결국 연희의 소맷자락을 잡아끌어야 했다.

아파트 현관 밖으로 나와서야 연희는 지친 얼굴을 드러냈다. 긴장이 풀어진 것이다. 철수가 연희의 어깨를 토닥이며 말했다.

"저 아주머니 말이야. 다른 연락할 가족이 있는지 한 번 찾아봐 줄래? 병원에 모시고 가야 할 것 같아."

연희도 그다지 놀란 얼굴은 아니다. 혜정과 오래 대화를 나누면서 어느 정도 짐작했던 모양이다.

"치매인가요?"

"검사를 받아봐야겠지."

"그 구두는 정말 두고 와도 되는 거예요?"

연희가 걱정 가득한 목소리로 말했다. 철수가 제 목덜미를 쓸어 넘기며 대답했다.

"그건 아무것도 아니야. 도깨비도 귀신에 씐 것도 뭣도 아니라고. …남편도 알고 있을 거야."

연희의 얼굴에 그늘이 졌다. 생각했던 것보다 혜정의 상태가 좋지 않다는 걸 깨달았기 때문이다.

"그래도 다행이에요. 혼자가 아니니까."

철수가 자리를 비웠을 때 혜정의 남편에게서 몇 번이나 전화가 걸려왔다고 했다. 그때마다 그녀의 얼굴에 꽃이 피더라며 연희가 부럽다는 듯 말했다.

"우리가 아직 있는지 확인한 거겠지."

"네?"

연희가 놀란 얼굴을 했다. 그러는 사이 예약 등을 켠 택시가 단지 안으로 들어섰다. 연희는 아직 궁금한 게 많은 얼굴이었지만 고집부리지 않고 얌전히 택시에 올랐다.

혼자 남은 철수는 다시 경비실로 향했다. 걸으면서 경비원이 해준 이야기를 머릿속으로 곱씹었다.

'무슨 소리야? 404호 사모님은 혼자 살아.'

이십 년 넘게 근무했다는 경비원의 말이었다. 철수는 혜정의 집 거실에 진열된 사진 액자들을 눈여겨봤다. 모두 혜정의 사진이었다. 꽤 오래전부터 누군가 찍어준 듯 세월의 변화가 눈에 보이는 수십 장의 독사진이 늘어서 있었다.

'그 사모님 고생 많았어. 그때부터 살던 주민들은 그 집 사정 다 알지. 시어머니 자리가 어찌나 독한지 맨날 찾아와서 며느리 사주가 어떻다고 고래고래 소릴 질렀다니까.'

철수가 눈인사하며 경비실에 들어섰다. 경비원이 고개를 끄덕이고는 순찰을 다녀오겠다며 자리를 비웠다. 경비실 의자에 앉으니 아파트 단지가 훤히 내다보였다. 공중전화 부스와 단지 입구와 404호의 현관문까지 한눈에 보였다. 얼마 지나지 않아 공중전화 부스 그늘에 웅크리고 있던 그것이 일어섰다. 아까 도망쳤던 도깨비였다. 겁에 질린 얼굴로 연신 주위를 살폈다.

'교통사고가 나서 배 속 아기가 잘못됐다고 그랬던 것 같아. 시댁에서 집 한 채 던져주고 이혼시켰지 아마. 아이고 십 년이 뭐야, 이십 년은 된 얘기야.'

경비원은 혜정의 사정을 모두 기억하고 있었다. 그만큼 시댁의 행패가 심했다. 시어머니는 옛날 사람 같지 않은 멋쟁이였는데 늘 고급 투피스에 빨간 구두를 신고 나타나 경비원들 사이에서 '빨간 구두'라는 별명이 붙을 정도였다.

'아유, 사람들이 말을 잘 지어내. 사모님이 웃기도 하고 다시 사람처럼 사니까 애인인지 뭔지 남자가 드나들어서 그렇다고 뒷말을 그렇게 하더라고. 시간이 지나면서 살아지는 거지. 뭐 꼭 이유가 있었겠나.'

경비원은 혜정의 집을 드나드는 남자는 본 적 없다고 했다. 아마도 그것의 재주가 하찮았던 모양이다. 아니면 혜정을 온전히 속여내느라 다른 사람을 홀리는 데는 신경을 덜 썼는지도 모른다. 혜정의 말이 떠올랐다.

'그 사람은 낮에 집에 없어요. 일찍 나가고 늦게 들어와요.'

사람들의 시선을 피하려면 그 방법밖에 없었을 것이다. 철수는 이해할 수 없었다.

'그런 주제에 감히 예인당에 전화를 걸어?'

도깨비니까 인간의 병을 몰랐을 수 있다. 마음에 든 병을 고치려면 무당을 찾아가야 한다고 생각했는지도 모른다. 하지만 공중전화 부스에서 철수와 눈이 마주쳤을 때도 놈은 잔뜩 겁먹은 얼굴을 하고 있었다. 철수가 무슨 일을 하는지 아는듯했다. 그런데도 도망치지 않고 여기 남아 있다. 뭔지는 몰라도 아직 목적을 이루지 못한 모양이라고 철수는 생각했다.

철수는 조용히 몸을 일으켰다. 도깨비의 사정까지 헤아릴 처지가 아니다. 아파트 단지 안에서 도깨비를 잡는 일은 쉽지 않을 것이다. 잡을 수 없다면 겁이라도 줘서 멀리 쫓아낼 생각이다. 일단 혜정의 곁에서 떼어내는 것이 목적이었다. 그때 문제의 도깨비가 다급히 부스 밖으로 뛰어나오려다 철수와 눈이 마주쳤다. 놀라 멈춰 선 것은 철수였다.

"여보!"

혜정의 목소리가 들렸다. 돌아보니 그녀가 아파트 현관 입구에 서 있었다. 멍한 눈동자에 곧 울음을 터뜨릴 듯한 표정이었다. 도깨비는 혜정을 향해 달렸다. 철수를 신경 쓰느라 뛰는 도중 다리가 꼬여 데굴데굴 굴렀다. 그런데도 벌떡 일어나 혜정을 향해 뛰었다. 도깨비가 가까워질수록 그녀의 얼굴이 밝아졌다. 그러고는 철수의 눈앞에서 둘이 손을 맞잡고 섰다.

"밖에 나오면 안 된다고 했잖아요. 또 길을 잃어버리면 어쩌려고요."

도깨비의 말에 혜정이 웃었다. 남편의 전화를 받은 그녀의 얼굴에 꽃이 피더라는 연희의 말이 떠올랐다. 둘은 사이좋게 손을 잡고 건물 안으로 들어갔다. 도깨비는 계속 뒤를 돌아봤다. 여전히 겁먹은 얼굴이었다.

"말도 안 돼."

철수는 눈앞의 일을 믿지 못하겠다는 듯 고개를 저었다.

"제깟 게 진짜 사람처럼…."

철수는 그런 생각을 하는 자신을 비웃으며 고개를 흔들었다.

며칠 뒤, 예인당으로 낡은 구두와 돈이 든 봉투가 배달되었다. 큰 무당이 찝찝한 물건이라며 철수를 불러 집어 던지듯 봉투째 넘겨주었다.

***

"형님, 철수는 뭘 보고 그렇게 놀랐대요?"

고씨가 무심하게 물었다. 별로 궁금한 것 같지 않은 말투였다.

"도깨비의 눈빛이 간절해서 그랬다던 것 같은데."

"그게 뭐야!"

고씨가 허탈하게 웃었다.

"그래서 그 도깨비는 어떻게 했대요? 끝까지 쫓아갔대요?"

홍사장은 흐뭇했다. 고씨가 계속 질문을 해대는 걸 보면 영 재미없지는 않았던 모양이다.

"거기까지는 잘 모르겠지만, 아줌마랑 잘 살라고 보내주지 않았을까?"

"그거는 좀 이상한데요, 형님."

고씨가 심드렁한 얼굴로 말했다.

"도깨비가 뭐 하러 늙고 아픈 아줌마랑 산대요?"

"자네는 낭만이라는 게 없는 사람이구먼. 그게 서로 아끼는 마음이라는 거야."

"아이고 간질간질하니 영 내 스타일 아니네요. 나는 그런 이야기 싫어요, 형님. 피가 뚝뚝 떨어져야 흥미진진하니 재밌었을 텐데."

홍사장이 황당한 얼굴로 고씨를 보았다. 잘 듣고 나서 바로 투덜대는 꼴이라니 고씨답다. 어느새 술병도 깨끗이 비웠다. 홍사장은 종이컵에 깔린 마지막 한 모금을 털어 넣었다. 술 내음이 입안 가득 퍼져나갔다.

'좋은 꽃향기가 나네.'

홍사장은 제 입으로 끝낸 도깨비 이야기 속에서도 달콤한 꽃내가 진동하는 것 같아 기분이 좋았다. 그는 입안에 남은 향처럼 이야기의 여운을 즐기고 싶었다. 하지만 내버려 둘 고씨가 아니다.

"연희가 누구예요?"

갑작스러운 질문에 홍사장은 또 한 번 황당한 얼굴을 했다.

'하여튼 저 인간은 결말이 늘 이렇다니까.'

홍사장은 어린아이를 타이르듯 조곤조곤 말했다.

"자네, 아까부터 왜 이러나? 연희는 진짜 있는 사람이 아니잖아. 이야기 속에 등장하는 인물이라고. 콩쥐 팥쥐처럼. 심청이처럼. 이몽룡처럼."

"아아, 그렇지."

별일 아니라는 듯 고씨가 대답했다. 홍사장은 다친 허리를 문지르며 생각했다.

'엉뚱하기는. 저이랑 길게 말을 섞으면 안 된다니까.'

홍사장은 문득 자신을 넘어뜨리고 깔깔대던 고씨의 얼굴이 생각났다. 술을 다 얻어먹고 나니 미웠던 마음이 스멀스멀 되살아 난 것이다. 다시 한 번 괘씸했다.

"다 마셨음 어여 가. 가게 오래 비웠잖아."

"예쁘대요?"

"뭐라고?"

"연희라는 여자애, 예쁘냐고요."

이 친구가 진짜 왜 이러나, 홍사장이 참지 못하고 화를 냈다. 고씨가 나간 후 골목에 울려 퍼지는 웃음소리를 듣고 나서야 홍사장은 그가 저를 놀리려고 일부러 그랬다는 걸 깨달았다.

"또 당했네."

한 손으로 허리를 짚고 서서 앉았던 자리를 치우려는데 밖에서 기척이 느껴졌다.

"오늘은 자네랑 말 섞는 거 그만할 거니까, 자네 가게로 가."

한껏 성난 얼굴을 하고 돌아섰는데, 문밖에 서 있는 것은 고씨가 아니었다.

4장
갈대밭 이야기

*

끈적한 입김이 목덜미에 닿았다. 오소소 소름이 돋았다. 돌아보니 바로 등 뒤에 낯선 남자가 서 있다. 이토록 바짝 다가설 때까지 눈치를 못 챘다니 믿기지 않는다.

"뭡니까?"

목소리는 대범하게 뻗어 나가지 못하고 입안에서 웅얼댄다. 멍청해 보이겠지. 아니, 수상해 보이려나? 수상한 거라면 상대도 못 지않다. 무시하는 건지 아니면 내 말을 듣지 못한 것인지 남자는 대답 없이 그냥 서 있다. 달도 구름에 가려진 캄캄한 밤. 저수지 옆 갈대밭 사잇길에는 젖은 풀이 바람에 부대끼는 소리만 가득 찼다.

"불 좀 빌립시다."

남자의 목소리는 태연했다. 겁먹은 건 나뿐인가.

"…불이요?"

"담뱃불 말입니다. 멀리서도 보이던데요."

그러고 보니 남자는 담배 한 개비를 입에 물고 있다. 그의 눈동자가 내 손과 다리와 몸통을 샅샅이 뒤졌다.

"아, 불이요. 불!"

나는 그보다 더 수상할 수 없는 표정으로 양손을 바지 주머니에 찔러 넣었다. 거짓말처럼 오른손에 일회용 라이터가 잡혔다.

"이게 켜지려나."

녹슨 휠이 서너 차례 헛돌다 가까스로 불꽃을 피워냈다. 새끼손톱만 한 불 너머로 남자의 얼굴이 드러났다. 생기 없는 무표정한 얼굴, 눈썹에 숱이 쓸데없이 많고 턱 주변의 털도 너저분하다. 분명 사람의 눈, 코, 입인데 가만히 들여다보고 있으니 어쩐지 야생의 짐승 같다. 무엇보다 움직임이 없는 검은 눈동자가 거슬린다. 묘하게 기분 나쁜 남자다.

그는 깊이 숨을 들이마시고 곧장 뿌연 연기를 내뿜었다. 남자의 숨이 담배 연기를 타고 공중에 흩어졌다.

"안 갑니까?"

남자가 말했다.

"계속 거기 서 있을 거냐고요."

"아뇨. 가야죠, 갑니다."

나는 뭐에 홀린 듯 다시 앞을 향해 걸었다. 바로 남자가 뒤따른다. 아뿔싸, 수상한 사내를 등 뒤에 두고 안개 낀 갈대밭 사잇길을 걷게 될 줄이야. 둘이 나란히 걷기에는 길이 좁고 이제 와 당신이 앞장서라고 말할 핑계도 용기도 없었다.

아무리 신경을 곤두세워도 남자의 발소리는 자꾸 바람에 묻혔다. 그때마다 고개를 돌려 남자와 나의 거리가 어느 정도인지, 나를 앞세우고 뒤에서 수상한 짓을 하고 있지는 않은지 확인하고 싶어졌다. 힐끔 돌아보면 서너 걸음 떨어져 걷고 있는 남자의 그림자와 그가 태우는 담뱃불만 눈에 들어왔다.

"어디서 오셨어요?"

말을 걸어본다. 뒤를 힐끔거리지 않아도 상대를 경계할 수 있는 유일한 짓이었다.

"일찍 오셨나 봐요. 버스에서는 못 봤거든요…. 우리를 내려준 버스가… 막차였대요."

남자는 계속 듣기만 할 뿐 웬만해서는 입을 열지 않았다. 호락호락한 놈이 아니다. 등 뒤의 발소리가 자꾸만 가까워지는 것 같아 뒤를 돌아보려 하면 상대는 귀신처럼 '그렇군요' 또는 '그렇습니까'라는 짧은 말로 존재를 알려왔다.

"여기가 귀신 나오는 길이라던데요. 혹시 알고 있었어요?"

순간 바람이 갈대를 타고 크게 꿈틀댔다. 갈대의 흔들림이 모든 소리를 잡아먹었다. 아직 남자의 대답을 듣지 못했다. 실로 불편한 밤이다.

어디서 오셨어요? 일찍 오셨나 봐요. 버스에서는 못 봤거든요. 우리는 서울에서 왔어요. 찬석이랑 용구, 현수 그리고 저까지 고등학교 동창 넷이서요.

버스에서 내렸을 때가 아마 네 시쯤이었을 거예요. 그때는 시간
이 더 지난 줄 알았어요. 너무 어둡더라고요. 사방에 안개가 차서
몇 걸음 앞도 잘 안 보였죠. 우릴 내려준 버스가 안개 속으로 도망
치듯 가버렸는데 찬석이 말로는 그게 막차였대요.

「우와 여기 죽인다 진짜.」

찬석이 목소리가 살짝 떨렸어요. 자꾸 안경테를 만지작대는 게
긴장한 것 같더라고요. 사실 오늘, 우리를 여기로 끌고 온 게 그
자식이에요. 아침에 갑자기 전화를 걸어오더니 버스터미널에 집
합시켰어요. 걔가 좀 별나요. 충동적이고요. 뭐에 꽂히면 눈이 회
까닥 뒤집히는 녀석이거든요.

오란다고 온 우리도 이상하긴 매한가지죠. 솔직히 거절할 이유
가 없더라고요. 토요일인데도 딱히 할 일이 없었거든요. 용구는
아르바이트를 쉬는 날이었고요. 현수는 제대 후에 할 일 없이 지내
는 애고, 저도 혼자 노는 게 지겨운 처지라 좋은 건수라고 생각했
죠.

「잊지 마. 내가 이기면 너희들 진짜 백만 원씩 내놓는 거야.」

「알았다고 이 자식아. 몇 번을 말하냐?」

찬석의 말에 용구가 곧바로 짜증을 냈어요. 용구는 뭐랄까, 화가
많은 친구예요. 부정적이라고 해야 할까요? 찬석이가 뭘 하려고
할 때마다 말로 초를 쳐서 둘이 자주 싸우죠. 오늘도 반나절 동안
몇 번이나 부딪혔는지 몰라요. 주먹질까지는 아니고 말로만 서로
으르렁대는 거예요. 둘 다 키가 고만고만해서 투덕거리는 걸 보고

있으면 귀여울 때도 있어요.

「미쳤지, 미쳤어.」

용구가 계속 혼잣말을 했어요. 내기하자고 한 찬석이 미쳤다는 건지 여기까지 따라온 자기가 미쳤다는 건지 알 수 없었죠. 찬석이는 벌써 한참을 앞서가고 있었어요. 현수가 달래듯 용구 어깨에 팔을 둘렀어요. 현수는 키가 커서 그 품에 용구가 쏙 안긴 꼴이 되었죠. 현수는 평범한, 성격이 무난한 친구예요. 찬석이랑도 잘 맞고 용구랑도 잘 맞고. 둘이 싸울 때 말리는 것도 잘하는 그런 녀석이죠.

「이왕 온 거, 술이나 진탕 마시고 가자.」

「술이고 뭐고 너는 괜찮냐? 아까부터 냄새가⋯. 우웩, 이 냄새 뭐야?」

용구가 코를 움켜쥐었어요. 자꾸 이상한 냄새가 난다더라고요.

「밭에 거름 줬나 보지. 소똥 냄새 아닌가?」

「더 심한데? 비릿한 게 꼭 살 썩는 냄새 같잖아.」

나는 잘 모르겠던데. 걔는 참 쓸데없는데 예민한 척한다니까요. 솔직히 나는 냄새보다 등 뒤가 더 신경 쓰였거든요. 뒤에서 자꾸 이상한 기척이 느껴지는데 걔네는 뭣도 모르고 계속 냄새 타령인 거예요. 괜히 맨 끝에서 걷는 나만 뒤를 살피느라 정신없지 뭐예요. 그러니까 출발이 그다지 좋았다고는 말 못 하겠어요. 게다가 비가 부슬부슬 내리는데 우리는 우산 하나 없었다고요.

다행히 저수지까지는 멀지 않았어요. 안개에 가려서 아무것도 안 보이더니 갑자기 잔잔한 수면이 눈앞에 나타났어요. 거기가 우리 목적지였죠.

「아무리 물가라도 그렇지, 안개가 이렇게까지 끼냐?」

분위기 때문인지 내내 툴툴대던 용구의 목소리가 소심해졌더라고요. 녹슨 슈퍼 간판 아래, 앞서가던 찬석이가 서 있었어요.

「여기에 진짜로 그것이 있단 말이지.」

목소리가 어찌나 비장하던지 그때는 용구도 걔를 비웃지 못했어요. 누가 봐도 귀신이 나올 것 같은 가게였죠. 사람이 다니기는 하는 건지 처마 아래에는 거미줄이 덕지덕지 늘어져 있었고요. 갈라진 문틀 사이로 벌레가 줄줄이 기어 나왔어요. 찬석이가 슈퍼 유리창에 얼굴을 바짝 들이밀고 가게를 살피는데.

「히익! 뭐야!」

용구가 어깨를 잡은 바람에 찬석이가 소리를 지르며 자빠졌어요. 뒤에 있던 현수가 겨우 찬석이를 잡아 일으켰죠.

「뭐 이렇게까지 놀라?」

용구의 핀잔에도 찬석이는 입을 꾹 다물고 멍청한 얼굴로 서 있었어요. 유리창에 친구들 얼굴이 비쳐 보였는데 눈동자가 한쪽으로 쏠렸다가 급하게 흩어지더라고요. 다들 겁쟁이 같은 얼굴을 하고 있었어요.

「안에 뭐가 있는 것 같은데?」

용구가 속삭였어요. 옆에 있던 현수의 숨소리가 가빠졌어요. 자세히 보니까 창 건너편, 어둠 속에서 뭔가 반짝거리는 거예요. 빛

나는 눈알 두 개가 유리창을 사이에 두고 우리를 노려보는데, 살아 있는 사람이라는 걸 깨닫기까지 시간이 조금 필요했어요.

백 살은 먹었을 것 같은 할아버지였어요. 머리랑 수염이 전부 하얗고, 몸에 물기 하나 없이 말라비틀어진 게 꼭 죽은 사람 몸뚱이 같았어요. 얼마나 놀랐는지 넷 다 꼼짝 못 했어요. 덜컹덜컹 소리가 나면서 슈퍼 문이 열리는 걸 보고만 있었다니까요.

「뭐야?」

할아버지의 목구멍에서 카랑카랑한 쇳소리가 흘러나왔어요. 정말 듣기 싫은 목소리였다고요. 다들 어쩔 줄 몰라서 눈을 피하는데 그나마 겁이 없는 용구가 나섰어요.

「여기 영업해요?」

「보면 몰라?」

께름칙한 건 목소리만이 아니었어요. 눈이 꼭 뱀 같았는데, 작은 눈동자가 빠르게 돌아다니면서 눈치를 살피더라고요. 이번에는 찬석이가 물었어요.

「근처에 민박집이 있다던데요. 혹시 어느 쪽으로 가야 하는지 아세요?」

「낚시하게?」

「…그건 아니고요.」

쏘아보는 기세가 어찌나 대단한지 다 큰 남자애들이 겁을 잔뜩 집어먹었다니까요.

「여기야, 민박집.」

최악이라고 생각했죠. 거기서는 하룻밤도 묵고 싶지 않았거든
요. 웃긴 건 할아버지도 손님이 전혀 반갑지 않은 표정이었다는
거죠.

「들어와.」

말리기도 전에 찬석이가 할아버지를 따라 들어갔어요. 제멋대로
앞장서서는 우리더러 빨리 오라고 눈짓하더라고요. 싫은 얼굴로
줄줄이 따라 들어가는데 찬석이가 들릴락 말락 한 목소리로 말했
어요.

「다른 데가 없어. 민박집은 여기 하나뿐이래.」

용구랑 현수가 차례로 한숨을 쉬었어요. 나도 그랬고요.

슈퍼 안쪽에 있는 쪽문을 지나니까 가정집 같은 작은 마당이
나왔어요. 조금 신기했어요. 밖에서 볼 때는 안쪽에 그런 데가 있
을 줄 몰랐거든요. 마당 맞은편에 툇마루가 딸린 쌍둥이 방이 두
개 붙어 있더라고요.

할아버지가 손가락으로 오른쪽 방을 가리켰어요. 그 손가락은
뭐랄까…, 마른 나뭇가지 같았어요. 곧 껍질이 툭툭 벗겨져서 뼈가
드러날 것 같더라고요. 그런 손가락으로 우리의 얼굴을 하나하나
짚는 거예요. 기분 별로였어요. 너무 이상하잖아요. 고작 넷을 한
놈 한 놈 세는 게 말이에요. 그뿐인가요? 어찌나 천천히 움직이는
지 보다가 숨넘어가겠더라고요.

「저쪽 방 쓰라고요?」

찬석이가 쥐어 짜낸 듯한 목소리로 말했어요. 할아버지는 대꾸

138

도 없이 손바닥을 펼쳐서 찬석이 얼굴 앞에 바짝 들이댔어요.

「…아, 숙박비요? 얼마예요?」

찬석이가 허둥대며 꺼낸 지갑을 할아버지가 낚아챘어요. 순식간에 오만 원짜리 두 장을 꺼내고는 볼일 다 봤다는 듯 가버리더라고요. 찬석이가 정신 나간 사람처럼 멍하니 서 있는데 부슬부슬 내리던 비가 갑자기 장대비가 되더니 천둥 번개까지 요란한 거예요.

「일단 들어가자!」

현수가 찬석이랑 용구를 방으로 잡아끌었어요. 어차피 경비는 찬석이가 전부 내는 거라서 다들 크게 신경 쓰지는 않았는데요. 그래도 기분은 썩 좋지 않더라고요.

긴장이 풀려서 다들 여기저기 드러누웠어요. 방은 밖에서 봤을 때 보다 훨씬 크더라고요. 넷이서 짐까지 내려놓고 누웠는데도 남는 자리가 있었으니까요.

「진짜로 뭐에 홀린 것 같아.」

찬석이가 조그맣게 입속말을 했어요. 왜 그런지 잔뜩 풀이 죽은 얼굴이었어요. 그래서 찬석이한테 물어봤어요.

「귀신 없을까 봐 걱정돼?」

대답은 안 했지만, 표정이 안 좋더라고요.

「술 사준다더니, 여기서 밥이나 제대로 얻어먹겠냐?」

용구가 눈치 없이 밥 타령을 했어요. 그 말에 찬석이가 감정이 상했는지 용구를 곁눈으로 노려보더라고요. 나는 그 모습이 차라리 보기 좋았어요. 기운이 없던 녀석의 눈에 그렇게라도 생기가 도니까요. 용구가 짜증을 내는 게 도움이 될 때도 있더라고요.

「걱정 마, 안 굶겨! 대신 너희들 백만 원 진짜 줘야 해. 딴소리하기 없기야.」

우리가 군말 없이 이곳에 온 건 사실 찬석이와 한 내기 때문이에요. 그 녀석이 전부터 귀신에 빠져서 요란을 떨었거든요. 친구들이 헛소리 말라고 하도 무시하니까 자존심이 상했나 봐요. 이번에 기절초풍할 데를 발견했다면서 우릴 불러 모으더니, 자기가 여행 경비를 전부 내는 대신 귀신을 보면 각각 백만 원씩 내놓으라는 거예요. 귀신이라니, 그 내기는 안 할 이유가 없잖아요?

「아이고, 여기 귀신이 있겠냐? 저 할아버지 무서워서 진즉 도망 갔겠다. 혹시 할아버지가 귀신 아냐?」

용구가 놀리든 말든 찬석이는 못 들은 척 현수에게 잡지 얘길 꺼냈어요.

「여기서 사람들이 귀신을 봤다고 했어. 잡지에 인터뷰 기사가 있었다고.」

얼마 전에 우연히 헌책방에서 읽었다더군요. 발간된 지 이십 년도 더 된 옛날 잡지래요.

「그 헌책방, 아직도 거기 있냐? 귀신 본다고 거기서 한참 삐댔잖아?」

현수의 말에 찬석이가 말없이 고개를 끄덕였어요.

「참 열심이다. 귀신 보면 부자라도 된 대냐?」

용구가 계속 놀리는데도 찬석이는 꿋꿋하게 말을 이어 갔어요.

「이십 년 전에 여름 특집으로 나온 기사야. 여기 슈퍼 사진도 있더라. 아까 간판 보는데 소름이 끼쳤다고. 기사에서 본 거 그대로였단 말이야.」

「거기 할아버지 사진은 없었냐? 이십 년 전에도 똑같은 얼굴로 사진 찍혔으면 대박인데. 완전 무서워.」

용구가 전혀 무섭지 않은 말투로 말했어요. 찬석이가 용구한테서 아예 등을 돌려 누웠어요. 그리고 오래전에 자기 아버지한테 들은 거라면서 뜬금없이 이야기를 하나 더 해주더라고요.

「우리 아버지가 젊었을 때 여기 저수지로 밤낚시를 하러 왔거든. 어쩌다 잠깐 졸았는데 꿈결에 누가 자꾸 이름을 부르더라는 거야. 잠이 덜 깨서 해롱해롱한 상태로 '그래 알았어, 지금 가' 하고 대답을 했는데 갑자기 누가 뺨을 후려치더래. 그때 정신이 번쩍 든 거야. 깜짝 놀랐지. 허벅지까지 물속에 잠겨 있었거든. 나도 모르게 물속으로 걸어 들어간 거야. 지나가던 동네 주민이 놀라서 붙든 거고.」

찬석의 목소리가 무거웠어요. 완전히 몰입해서 자기가 직접 겪은 것처럼 얘기하더라고요. 헛소리도 자꾸 들으니까 세뇌되는지 다 같이 진지해졌어요.

「그날 동네 어른한테 엄청나게 혼났어. 누가 밤에 여기서 낚시하라고 했냐, 비도 오는데 겁도 없다…. 어른이 하는 말이라 뭐라고 대꾸하지도 못하고 그대로 민박집으로 돌아왔는데 글쎄, 친구 한 명이 없는 거야. 낚시 갈 때는 넷이었는데 돌아와 보니 셋인 거지.」

용구도 웬일로 조용했어요. 이야기 때문은 아니고 딴생각에 정신이 팔린 것 같더라고요.

「밤새 갈대밭을 뒤졌어. 하지만 다들 알고 있었지. 물속이다, 물속을 뒤져야 한다. 속으로는 그렇게 생각했지만 차마 입 밖으로 말을 내뱉지 못한 거야. 너무 끔찍하니까. 다음 날 결국 잠수부가 와서 저수지를 수색했는데 물속에서 시체가 세 구나 나왔어.」

건져 올린 시체 중에 애타게 찾던 친구도 있었대요.

「아무도 안 믿어 줬거든. 아버지도 얘기하면서 자꾸 꿈을 꾼 것 같다고 그랬으니까. 그런데 그 저수지가 진짜로 있었던 거야.」

찬석이한테는 미안한 말이지만요. 나는 그때 찬석이가 자기 아버지를 닮았다고 생각했어요. 귀신에 집착하는 것 말이에요. 물론 찬석이한테는 말 안 했죠. 생각나는 대로 다 뱉을 수 있나요. 나는 용구가 아니니까요.

「저수지에 빠져 죽은 사람들이 몇 번이나 갈대밭에서 목격됐대. 산 사람처럼 다가와서 말을 걸었다는 거야. 거기 인터뷰 기사를 보면 그렇게 나와 있어.」

「죽은 거 억울해서 못 떠난다는 거야?」

현수도 조금씩 찬석이 얘기에 몰입하는 것 같았어요.

「고약한 귀신이 죽은 사람 흉내를 내는 것인지도 모르지.」

찬석이가 진저리쳤어요.

「그냥 흔해 빠진 물귀신 얘기야.」

용구가 단번에 분위기를 깼어요. 자꾸 그러니까 정말 질리더라고요. 찬석이 대신 한마디 해주려고 벌떡 일어났더니 애들이 다 놀라서 쳐다보는 거예요. 너무 빤히 보니까 막상 말을 못 하겠더라고요. 때맞춰 좋은 냄새가 방 안으로 흘러들었어요.

「…고기 냄새 안 나냐?」

그때 친구들 표정이 너무 안 좋았어요. 나는 조용히 있다가 겨우 말 한마디 한 것뿐인데 용구랑 같은 사람이 된 거죠.

「아니 내 말은….」

뭐라도 해명하려고 하는데 갑자기 방문이 활짝 열렸어요. 어둠 속에 할아버지가 밥상을 들고 서 있더라고요. 언제 해가 졌는지 밖이 깜깜했어요. 할아버지가 양은 밥상을 던지듯 마루에 내려놓는 바람에 그릇이랑 쇠젓가락이 부딪쳐서 덜거덕 소리를 냈어요. 그리고 무뚝뚝하게 말했죠.

「먹어.」

상에 묵직한 놋 주전자랑 김이 모락모락 나는 삶은 돼지고기가 있었어요. 그럼 그렇지, 분명히 맛있는 냄새가 났거든요. 촉촉하게 잘 삶아진 살코기에 반질반질 윤기까지 돌았어요. 그런데 밥상에 선뜻 다가앉지 못하겠는 거예요. 할아버지가 그대로 서서 우리를 내려다보고 있었거든요. 빨리 가줬으면, 하고 있는데 용구가 자리에서 벌떡 일어났어요.

「저기, 할아버지! 여쭤볼 게 있는데요.」

할아버지의 눈에서 뭔가 번쩍, 빛이 난 것 같았어요.

「여기 갈대밭에서 귀신 나온다는 얘길 들었거든요.」

「시답잖은 소리 하고 자빠졌네.」

할아버지가 용구 너머로 어색하게 앉아 있는 우리를 쳐다봤어요. 나한테 불똥이 튈까 봐 조마조마했다니까요. 나댄다고, 속으로 용구를 얼마나 욕했는지 몰라요. 할아버지의 입술이 한참 뒤에 꿈틀댔어요.

「귀신이 아니고….」

「귀신이 아니면 뭐예요? 사람이에요?」

찬석이가 끼어들었어요. 할아버지가 털썩 툇마루에 걸터앉아 등을 돌린 상태로 말했어요.

「사람 거죽을 입었다고 다 사람이냐?」

그리고는 웃었어요. 온몸의 털이 쭈뼛 섰어요. 목구멍을 긁어대는 듯한, 듣기 싫은 소리였거든요.

「정도껏 놀아라. 감히 여기가 어디라고 찾아와?」

할아버지가 고개를 돌려서 우리를 봤어요. 가까이 다가앉으려던 찬석이가 당황해서 목을 움츠렸어요.

「그거나 처먹고 얌전히 사라져.」

말은 그렇게 하면서도 뭔가 재밌다는 얼굴이었어요. 하지만 찬석이는 재미를 느낄 여유가 없었죠. 내기를 했으니까요.

「만약에 사람이 아닌, …그거랑 만나면 어떻게 해요?」

「아는 체 말어.」

할아버지가 다시 무서운 얼굴을 했어요.

「절대 아는 체 말고 그냥 있어.」

할아버지는 찬석이뿐 아니라 뒤에 쪼르르 앉은 우리도 한 명씩 쏘아봤어요. 내 말 안 들으면 큰일 난다고 경고하는 것 같았어요.

「말을 걸어와도 대답하지 말어. 오래 말 섞다간 그대로 끌려들어 가니까.」

할아버지가 천천히 일어서서 다시 슈퍼로 돌아갔어요. 그때는 눈앞의 고기 때문에 깜빡 모르고 넘어갔는데요. 그 할아버지는 쓸데없는 말로 겁만 잔뜩 주고는 귀신도 아니고 사람도 아닌 그것이 무엇인지는 결국 말을 안 해줬어요.

「일단 먹자. 배고파 죽겠어!」

나는 먹고 싶어서 안달이 나는데 선뜻 젓가락을 쥐는 사람이 없었어요. 께름한 얼굴로 서로 눈치만 봤죠. 더는 못 참고 먼저 고기를 입안에 욱여넣었어요. 할아버지가 말은 못되게 해도 음식은 솜씨 좋게 잘했더라고요. 찬석이가 찌그러진 잔에 술을 따라주는데, 뭐가 불안한지 손가락을 달달 떨었어요. 아, 술은 엄청나게 맛있었어요.

「가위바위보로 정하자.」

뭔 말인가 싶어 찬석일 쳐다봤어요.

「귀신 보러 가는 순서, 가위바위보로 정하자고.」

「귀신 아니라잖아.」

웃자고 한 말인데 아무도 안 웃데요?

「십 분 간격으로 출발하는 거야. 갈대밭을 쭉 돌고 낚시터에서 다시 만나자. 낚시 푯말 있는 데까지 가면 돼.」

「다 같이 가면 안 돼?」

현수가 말했어요. 그 녀석도 내심 무서웠나 봐요.

「혼자 있는 사람 앞에만 나타난다잖아. 여기까지 왔는데 제대로
해야지.」

「그냥 빨리하자, 가위바위보. 진 사람이 먼저 가는 거야.」

용구가 재촉했어요. 입속에 든 고기를 씹어 삼키면서 나도 얼른
오른손을 내밀었죠. 내 주먹 앞에 보자기가 세 개 있더라고요.

「아! 왜 나야?」

내 말은 신경도 안 쓰고 셋이서 말없이 다시 가위바위보를 하더
라고요. 자기들 일이 아니라는 거죠. 나, 용구, 현수, 찬석이 순으
로 정해졌어요. 찬석이가 꼴찌라니, 못마땅했다고요.

「왜 네가 맨 나중이야? 귀신 보고 싶다며?」

대답 없이 딴청을 부리더군요. 백만 원씩 내놓으라고 그 난리더
니. 그 녀석의 귀신 타령이 오늘로써 끝날 것 같다는 생각이 들었어
요. 그런 주제에 심지어 재촉까지 하더라고요.

「비 그쳤을 때 슬슬 나가야 하지 않을까?」

「나 아직 덜 먹었어!」

진짜 짜증이 나더라고요. 제일 먼저 나가는 건 난데 제대로 먹지
도 못하게 하니까요. 한 점이라도 더 입에 쑤셔 넣으려고 허겁지겁
먹는데 다들 멀뚱멀뚱 보고만 있는 거예요.

「간다, 가!」

할 수 없이 젓가락을 내려놨어요. 그렇게 눈치를 주는데 어떻게

버티겠어요? 방문을 벌컥 열고 나와서 축축한 신발 속으로 발을 밀어 넣었죠. 비가 완전히 그쳤더라고요. 비 핑계로 좀 더 눌러앉을 생각이었는데 꼼짝없이 나가야 했어요.

「십 분 뒤야. 꼭 출발해. 만약에 너희들 안 오면 재미없을 줄 알아!」

그때 좋은 생각이 떠올랐어요. 속으로 '의리 없는 놈들, 두고 보자!' 그러면서 슈퍼로 들어갔죠. 슈퍼는 영업이 끝났는지 불이 꺼져 있었어요. 할아버지를 다시 보는 게 싫었는데 다행이었죠. 나가는 통로가 그것뿐이었거든요. 녹슨 문을 조심스럽게 여닫고 밖으로 나섰어요. 어두운 길을 혼자 걸으려니까 버스정류장에서처럼 오싹한 기분이 들더라고요. 진짜 뭐가 나오는 건 아닐까, 괜히 신경 쓰였어요. 지금 비웃는 거예요? 아저씨도 종일 귀신 얘길 들어봐요. 오만가지 상상을 하게 된다고요.

걸으면서 숨어 있을 만한 자리를 찾았죠. 얄미운 그놈들을 제대로 놀려줄 생각이었으니까요. 딱히 숨을 데가 없어서 갈대 속으로 들어가 앉았어요. 눈앞에서 놀라 자빠질 걸 생각하니까 기분이 좋았어요. 그런데 한참을 기다려도 소식이 없는 거예요.

바람이 불 때마다 풀들이 사방에서 사부작대는데 그 소리를 듣고 있으니까 생각이 많아졌어요. 나는 왜 여기 혼자 있는 걸까? 내가 속았나? 혹시 친구들이 귀신도 아니고 사람도 아니라는 그것을 만난 것은 아닐까? 마음이 어수선해서 있는 힘껏 친구들 이름을 불렀어요.

「찬석아아! 용구야아! 현수야아!」

몇 번을 불러도 대답이 없었어요. 이곳에 길은 여기 하나뿐이라고 했으니까 서로 어긋날 일은 없었거든요. 오지 않는 것인지 올수 없는 것인지 돌아가서 확인해야겠다고 생각했어요. 아무리 생각해도 그 슈퍼 할아버지가 수상했어요. 귀신도 아니고 사람도 아닌 것. 누가 봐도 그 할아버지잖아요? 그걸 이제 깨닫다니! 두고온 친구들 생각에 가슴이 답답하더라고요.

죽을힘을 다해 뛰었어요. 길은 하나뿐이고 왔던 길로 되돌아가기만 하면 될 줄 알았는데 아무리 뛰어도 슈퍼가 안 나오는 거예요. 살면서 이렇게까지 무서웠던 적이 없어요. 뭐가 나타날까 봐 두려우면서도 한편으로는 아무것도 나타나지 않으니 겁이 났어요. 그때 아저씨를 만난 거예요.

더는 할 이야기가 없다. 줄곧 나 혼자 떠들었고 남자는 여전히 등 뒤에 있다. 말하는 중에 몇 번이나 뒤를 힐끔댔는지 모른다. 그래 봤자 얼핏얼핏 보이는 거라고는 얌전히 걷고 있는 그림자와 타들어 가는 담뱃불뿐이었다. 남자는 아무 짓도 않는데 왜 내 마음이 불편한 걸까.

"어떻게 생각하세요?"

역시 대답이 없다. 슬슬 화가 났다. 제깟 게 뭔데 나를 이토록 괴롭히는 거지? 언제까지 이렇게 걸어야 하는 거야? 놈은 여전히 입을 꾹 다물고 발소리만 내고 있다. 이러고 있을 때가 아닌데.

시간을 끌다 슈퍼 노인네한테 친구들을 빼앗기면 정말 되돌릴 수 없게 된다. 녀석들 생각에 결심이 섰다. 저놈이 귀신이든 사람이든 한번 붙어 보자고.

남자의 숨소리에 온 신경을 집중했다. 기회를 잘 살펴야 한다. 의외로 별거 아닐지도 모른다. 체격은 좋아 보이지만 그래 봤자지.

"믿기 힘든 얘기죠?"

또 말이 없다. 이번에도 대답하지 않으면 뒤돌아 남자의 머리를 후려칠 것이다.

"사람도 아니고 귀신도 아니면 대체 뭐….."

말을 다 뱉기도 전에 남자의 뜨거운 입김이 목덜미에 닿더니 몸이 공중에 떠올랐다. 남자가 내 허리를 잡아 갈대밭으로 집어 던진 것이다. 엄청난 힘이었다. 떨어진 충격에 하마터면 정신을 잃을 뻔했다. 대동댕이쳐진 몸을 재빨리 일으켜 세웠다. 턱이 덜걱덜걱 소리를 내며 흔들렸다. 갈대가 빼곡하지 않았다면 몸이 단박에 부서졌을 것이다. 아찔하다.

그래, 저것이구나. 사람도 아니고 귀신도 아닌 그것! 나는 갈대밭에 그대로 몸을 숨겼다. 섣불리 움직일 수 없었다. 조금만 움직여도 갈대들이 요란하게 나를 알릴 테니까.

놈은 내가 보이지 않겠지만 내 눈에는 놈의 담뱃불이 선명하게 보였다. 아직도 담배를 입에 물고 있다니 너무 얕보인 것 같아 기분이 나쁘다. 그런데 정신이 몽롱해진다. 담뱃불에 너무 집중한 탓인가? 조그만 담뱃불이 어둠 속에서 이글대며 타올랐다. 담뱃불이 저렇게 생겼던가? 그러고 보니 한참 전부터 담배 타는 냄새가 나지 않는다. 말도 안 돼. 그럼, 저기 벌겋게 타고 있는 건 뭔데?

담뱃불이 나를 향해 빠르게 달려왔다. 무슨 일인지 깨닫기도 전에 남자의 손이 내 목을 움켜쥐었다. 아무리 쥐어뜯어도 놓지 않는다. 놈에게 짓눌려 갈대 위로 쓰러졌다. 그리고 보았다. 담뱃불이라 여겼던 것은 남자의 한쪽 눈이었다. 분명 사람의 얼굴을 하고 있는데 그 눈 하나는 사람의 것이 아니었다.

"저한테 왜 이러는 거예요?"

최대한 불쌍한 목소리로 내뱉었다. 남자가 웃었다. 아니, 입이 벌어져 웃는 것처럼 보였을 뿐 눈동자에 증오가 서려 있다. 그는 혐오스럽다는 표정으로 나를 내려다봤다. 남자가 속삭였다.

"너잖아. 사람도 아니고 귀신도 아닌 이 한심한 도깨비야."

남자의 머리 위로 갈대가 흔들린다. 서걱대는 소리가 꼭 나를 비웃는 것 같다. 슈퍼 할아버지의 듣기 싫은 목소리가 떠오른다.

'정도껏 놀아라. 감히 여기가 어디라고 찾아와?'

'그거나 처먹고 얌전히 사라져.'

그건 내게 하는 말이었나. 남자의 붉은 눈동자가 무섭게 이글거린다. 남은 한 개의 까만 눈동자에 실망한 빛이 스쳐 지나갔다. 나의 무엇이 남자를 실망하게 한 걸까. 물으면 말해주려나. 남자의 손에 힘이 들어갔다. 따각. 나는 내 목이 부러지는 소리를 듣는다. 곧 머리가 뜯겨 나가겠지. 정말로 불편한 밤이다.

**

철수가 갈대밭에서 몸을 일으켰다. 언제 할퀴었는지 손등과 손목에 깊게 팬 상처가 여러 개다. 드러난 속살에서 핏물이 배어났다. 쓰러진 갈대 위에 남은 것은 깨진 흰색 사기 조각들이었다. 완전히 깨져 원래의 모습을 알 수 없게 되었다. 철수는 메고 있던 가방 속에서 붉은 보자기를 꺼내 바닥에 펼치고 그 위에 깨진 조각을 모두 주워 담아 단단히 묶었다.

멀리 슈퍼의 불빛이 보였다. 도깨비가 죽기 전까지 눈에 보이지 않던 것이다. 짙게 깔렸던 안개도 어느새 사라져버렸다. 잠시 망설이던 철수는 반대쪽으로 걸음을 돌렸다. 얼마 가지 않아 낚시터 푯말이 모습을 드러냈다. 도깨비와 함께 걸었다면 끝나지 않았을 길이었다.

백발의 노인이 저수지에 발을 담그고 서서 뜰채로 죽은 물고기를 건져내고 있었다. 그는 철수 쪽으로 고개 한 번 돌리지 않고 아는 척 말을 건넸다.

"그놈이 결국 뒈졌구먼. 축하해. 몇 년을 허탕 치더니 결국 잡아 죽였네."

카랑카랑한 목소리가 까만 저수지의 수면 위로 울려 퍼졌다.

"자신이 뭔지도 모르고 여태껏 떠돈 가엾고 불쌍한 놈."

"뭐가 불쌍해? 사람을 몇이나 죽였는데."

철수의 목소리가 서늘했다.

"그거야 악의로 그랬겠나? 그놈은 그냥 사람이 좋았던 거야. 사람이 물속에 들어가면 죽는다는 걸 몰랐던 게지. 좀 모자란 놈이라니까."

"그 불쌍한 놈을 죽였으니 이제 네놈이 달려들 건가?"

"아이고, 내가 왜? 그놈 때문에 내가 이 고생을 하는구먼!"

노인이 뜰채 그물에 담긴 죽은 물고기를 내밀었다. 역한 냄새에 철수가 얼굴을 찌푸렸다.

"그놈 냄새가 어찌나 고약한지. 물고기를 모조리 죽여놔서 낚시꾼들이 안 와. 살던 사람들도 다 떠났다고. 덕분에 장사가 안돼서 얼마나 고생했는지 알아? 에잇 잘 죽었다, 잘 죽었어. 이거 은혜를 어찌 갚아야 할지 모르겠네."

비꼬는 말투다.

"나도 도왔다는 걸 잊지 말라고. 내가 그놈을 배불리 처먹이지 않았으면 자네가 그렇게 쉽게 당해낼 수 있었겠어?"

노인이 철수의 손에 난 흉터를 보더니 피식 웃는다.

"생각보다는 덜 쉬웠나 봐?"

철수는 코를 벌렁대는 노인에게서 한걸음 물러섰다. 철수의 피 냄새가 노인을 자극하고 있었다. 더 남아 있을 이유가 없다. 철수가 묶어 놓은 붉은 보자기를 꺼냈다. 노인이 질색하며 소리를 질렀다.

"그건 왜 꺼내? 설마 여기에 도로 넣으려는 건 아니겠지?"

말이 끝나기도 전에 보자기가 풍덩 소리를 내며 물속으로 떨어졌다. 노인은 못마땅한 얼굴로 고개를 흔들었다.

"성격 한 번 지랄 맞네."

"저거 원래 뭐였지?"

"알아서 뭐 하게? 죽어 쓸모도 없는 거."

"대답이나 해."

노인이 눈을 흘겼다.

"한 칠십 년 됐나? 예쁜 처녀가 품에 안고 와서 물속에 던져 버리더구먼. 눈물 콧물 질질 빼가며 하도 서럽게 울길래 가까이는 못 가고 숨어서 보기만 했지."

노인은 그날을 떠올리듯 눈을 가늘게 떴다.

"처녀가 가고 나서 보니까 사람 뼈가 들었더라고."

"저게 유골함이라고?"

"허접한 사기그릇 같은 거였는데. 뭐, 뼈 그릇으로 쓰게 된 사연이 있겠지. 원래 사람 일이 복잡하잖아? 백 년도 못 채우고 가는 것들이 구구절절 사연만 많지."

철수는 보자기가 사라진 수면을 바라보았다. 이미 깊숙이 가라앉았을 것이다.

"뚜껑이 단단히 봉해진 게 아니니 뼈가 자연스럽게 흩어졌겠지. 언젠가부터 그놈이 물 밖으로 나와서 대신할 것을 찾더라고."

"대신 품을 뼈를 찾았단 말인가?"

"그랬는지 어쨌는지 아무도 모르지. 다만 사람들이 너무 열심히 시체를 건져내서 말이야. 그놈 딴에는 겨우 하나 구해다 놓을 때마다 매번 **빼앗긴** 셈이지."

철수가 코웃음을 쳤다.

"웃기지도 않네. 시체를 하나 넘겨줬으면 이 사달이 안 났다는 거야?"

"나도 모른다니까."

철수의 한쪽 눈동자가 다시 붉게 타올랐다.

"민박집에 있는 사람들 무사히 돌려보내. 만약에 무슨 일 있으면."

"자네가 다시 오겠지. 그건 정말 싫구먼."

뜰채를 어깨에 멘 노인이 허리를 폈다.

"그건 그렇고 자네는 뭘 그렇게 찾아다니나?"

"너랑 상관없는 거."

그 말을 던져놓고 철수는 뒤돌아섰다. 늙은 도깨비가 천천히 거리를 좁히고 있다는 걸 알고 있었다.

"그런데 말이야. 자네도 각오는 해야 하지 않겠어?"

철수는 대답하지 않았다. 그는 부지런히 걸어서 노인에게서 멀어졌다. 노인은 철수의 등에 대고 계속 말했다.

"오늘을 잊지 마시게. 내가 오래 구경해봐서 아는데 사람 사는 게 돌고 돌더란 말이야. 뭐든 그대로 돌려받더라니까. 그때는 울면서 후회해도 늦는다고!"

철수의 모습은 이제 어둠에 파묻혀 보이지 않았다. 노인은 철수가 떠난 방향으로 팔을 크게 휘저으며 소리쳤다.

"잘 가! 다시는 오지 말어!"

노인은 다시 뜰채를 손에 쥐고 죽은 물고기를 건져내기 시작했다. 일이 끝나자 허리를 펴고 선 노인이 잠시 생각에 잠겼다. 그는 허리춤에 차고 있던 술병을 꺼내 안에 담긴 술을 저수지에 쏟아부으며 말했다.

"자네도 잘 가게."

노인은 남은 술 한 모금을 제 입에 털어 넣고는 첨벙첨벙 물을 밟으며 저수지 밖으로 나왔다. 어느새 날이 밝으려 했다. 죽은 물고기를 등에 진 노인은 서둘러 갈대숲으로 걸음을 옮겼다.

***

민박집에 남은 세 명 중 누구도 음식에 손대지 않았다. 석찬이 못 먹을 음식 대하듯 슬쩍 상을 밖으로 밀어놓았다. 석찬은 모든 게 꿈 같았다. 그것이 함께 앉아 고기를 씹어 삼키던 모습이 특히 그랬다. 나머지 둘도 비슷한 생각을 하는지 멍한 눈동자가 각기 다른 데를 향하고 있다.

개구리 우는 소리가 요란하게 시골 밤을 채웠다. 바람이 방문을 흔들 때마다 셋 다 흠칫 놀란 얼굴을 했다. 문밖에 그것이 돌아와 서 있을까 봐 작은 기척에도 온 신경을 쏟는 중이었다. 석찬이 무심결에 크게 숨소리를 냈다. 그것이 방 안의 긴장을 깨뜨린 듯

수현과 구용의 표정이 조금 풀어졌다. 구용이 석찬에게 속삭이듯
물었다.

"언제 알았냐?"

"슈퍼 들어가기 전에. 가슴이 철렁했어. 유리에 비친 그림자가
넷이더라고."

구용은 자신이 석찬의 어깨에 손을 올렸을 때 그가 소리를 지르
며 바닥에 주저앉던 것을 떠올렸다.

"그거 버스정류장에서부터 따라붙었어. 동민이 옷 입은 남자가
갑자기 뒤에 서 있더라고."

이번에는 수현이 말했다. 죽은 동민이를 본 줄 알고 소리를 지를
뻔했지만, 덜덜 떨리는 손을 구용의 어깨에 올리는 것으로 위기를
모면했다.

"얼굴이 다르더라고."

수현의 말에 구용이 씁쓸히 웃었다. 구용은 친구들보다 한참
늦었는데 노인이 방 앞에서 한 명씩 손가락으로 셀 때 비로소 그것
을 보았다.

"슈퍼 할아버지 말이야. 그게 옆에 있다고 알려주려는 것 같지
않았냐?"

구용이 몸을 부르르 떨었다. 그때부터 구용은 그것이 친구들에
게 가까이 가려 할 때마다 일부러 시비를 걸어 신호를 보냈다.
그것은 주로 석찬에게 관심을 보였다. 세 사람은 조금 전까지 그것
과 살을 부딪치고 같은 공간에 있었다는 게 믿기지 않았다. 구용이

다시 소곤댔다.

"이런다고 정말 동민이 한이 풀어질까?"

입술을 잘근잘근 깨물던 석찬이 천천히 고개를 끄덕였다.

"복수는 했잖아."

석찬은 십 년 전 물 밖으로 끌어올려지던 동민의 시체를 떠올렸다. 상하의가 모두 벗겨져 겨우 속옷만 걸치고 있었다. 범죄를 의심했지만, 마을 주민은 물론 경찰들도 하나같이 잊으라는 말만 되풀이했다. 오랜 시간 동안 사람을 잡아먹은 저수지라고 했다. 스무 살 치기로 하지 말라는 밤낚시를 한 너희 잘못이라는 소리까지 들었다.

그때부터 이십 년이 지난 지금까지 석찬은 한순간도 동민을 잊은 적이 없다. 죄책감 때문이었다. 귀신이 부른 건 자신인데, 동민이 대신 물속으로 끌려 들어간 게 아닐까, 하는 생각을 지울 수 없었다.

석찬이 오랫동안 귀신 골목의 헌책방을 찾은 이유는 귀신이 궁금해서가 아니었다. 그곳은 어렸을 때 동민의 손에 이끌려 자주 가던 곳이었다. 그곳에 가면 아무 일도 일어나지 않았던 때로 돌아간 것처럼 마음이 편안했다. 아무리 오래 머물러도 말을 걸어오거나 눈치를 주지 않는 주인 덕에 몇 시간씩 책을 읽다 돌아오고는 했다.

어느 날 헌책방 주인이 바뀌어 있었다. 원래 주인은 아담한 체구의 아저씨였는데 키가 크고 마른 남자가 계산대에 앉아 있었다.

석찬과 비슷한 또래로 보였다. 그날은 날씨가 끄물대서 기분이 좋지 않았다. 우울증이 심해 감정을 조절하지 못할 때였다. 마음을 위로하기 위해 헌책방을 찾았던 석찬은 구석에 쌓인 책더미에서 절판된 잡지를 한 권 발견했다. 귀신을 목격했다는 지역 주민의 인터뷰가 실려 있었다. 두꺼운 야상점퍼에 검은색 반바지. 목격담 속에 죽은 친구가 있었다. 물에 빠지던 날 동민이 입고 있던 옷이었다. 위아래 계절이 다르다고 셋이서 놀렸던 기억이 있다.

'괜찮으십니까?'

불안해 보였는지 헌책방의 남자가 말을 걸어왔다. 그 남자의 눈동자를 보고 있으니 뭐든 털어놓고 싶은 기분이 들었다. 석찬은 잡지 기사를 펼쳐 보이며 가슴에 묻은 잃어버린 친구의 이야기를 쏟아냈다. 구용과 수현을 제외하고는 아무도 모르는, 누구도 믿어주지 않는 이야기였다. 비웃을 줄 알았는데 뜻밖에도 남자는 관심을 보였다.

'도깨비에 대해서 들어본 적 있습니까?'

오히려 남자가 더 믿기 힘든 이야기를 했다.

'원한을 갚고 싶지 않습니까?'

허무맹랑한 소리다. 게다가 그 저수지에 다시 가라니 끔찍한 소리 하지 말라며 남자에게 화를 냈다. 며칠 뒤 석찬은 오랜만에 친구들을 만나 헌책방에서의 일을 전했다.

'제발 그냥 잊고 살자!'

구용이 질린다는 얼굴로 말했다. 수현도 비슷한 반응이었다. 하지만 새벽까지 술자리가 이어지자 두 사람의 태도가 달라졌다.
지금껏 죄책감에 짓눌려 온 것은 석찬만이 아니었다. 세 사람은
술기운을 빌어 남자에게 전화를 걸었다. 마침 토요일이었고 술이
깼을 때는 이미 달리는 고속버스 안이었다.

　석찬은 이렇게 된 마당에 뭐든 해보자는 마음이었다. 죽은 친구
의 행세를 한다는 그것을 눈으로 직접 보고 싶었다. 버스에서 내린
순간부터 친구들은 약속대로 스무 살 그때로 돌아간 듯 행동하려
애썼다. 하지만 불혹의 나이로 철없던 시절을 흉내 내는 것은 생각
보다 어려웠고 다들 말을 아껴야 했다.

　셋은 미끼였다. 미끼가 되기 위해서는 지켜야 할 약속이 있었다.
'서로 진짜 이름은 부르지 마세요.'

　그것이 이름을 불러 사람을 홀린다기에 서로의 이름을 뒤집어
부르기로 했다. 어려서 했던 장난이라 그리 어렵지 않았다.

'민박집에서 주는 것은 아무것도 먹지 마세요.'

　그건 일부러 약속하지 않아도 될 일이었다. 식욕이 돋는 상황이
아니었다. 눈앞에 이십 년 전 친구가 입었던 옷을 걸친 그것이
있었다. 젖은 옷에서 물이 뚝뚝 떨어지는 걸 볼 때마다 물속에서
건져지던 죽은 친구의 맨몸이 떠올랐다.

　내기를 빙자해 그것이 홀로 갈대밭으로 오게 하는 것이 목표였
다. 책방 남자는 그 도깨비라는 것이 내기를 거절하지 않을 거라고
장담했다.

'간다 가.'

그렇게 말하고 놈이 일어섰을 때까지도 세 사람은 일이 틀어질까 봐 가슴을 졸였다. 도깨비가 밖으로 나가고 뒤이어 옆방에서 문이 덜컹거리더니 눈에 익은 사람이 밖으로 나왔다. 석찬은 헌책방에서 만난 남자가 검은 가방을 메고 놈을 뒤따르는 것을 보았다. 남자는 책방에서 봤을 때와 달라 보였다. 그때도 기가 남달랐지만, 오늘은 가까이 가고 싶지 않을 정도로 살기가 가득 느껴졌다. 이제 석찬은 헌책방 남자도 의심스러웠다.

'저걸 혼자서 어쩌겠다는 거야?'

그 역시도 사람이 아닌 걸까. 석찬은 무서웠다. 밤새도록 친구들의 가짜 이름을 외쳐대는 저 끔찍한 목소리에서 도망치고 싶었다.

"지금 또 들렸지? 이름 부르는 소리."

수현이 속삭였다. 벌써 열 번이 넘는 부름이었다. 세 사람은 자리에 앉아 각각 제 손바닥만 들여다봤다.

마지막 외침이 들리고 세 시간이 지났다. 석찬이 방문을 열었을 때 멀리서 동이 트고 있었다. 석찬이 일어나 마당으로 나갔다. 어둠이 물러갈수록 그의 마음이 편안해졌다. 구용과 수현도 석찬의 옆에 서서 떠오르는 해를 바라보았다.

"동민아 잘 가."

세 친구 모두 눈물을 쏟았다. 이십 년 전에 잃어버린 친구를 향한 늦은 인사였다.

5장
목소리 이야기

*

큰 무당은 오늘도 자리에 안 계시는가요? 내가 전할 말이 있어 그러는데요. 또 혼자서 훌쩍 떠났다는 말이지요? 여태 소식이 없다니 걱정이네요. 아무리 대단한 무당이라도 껍데기는 약해빠진 늙은이잖아요. 귀신이나 상대할 줄 알지, 사람이 덤비면 별수 있나요? 아, 말이 심했네요. 설마 그대로 일러바치는 건 아니겠지요?

먼저 그 이야기가 맞는지 확인을 해줘야겠어요. 예인당이 기이한 이야기를 모은다는 거 말이에요. 진짜인가요? 누가 전한 말인지는 묻지 말아요. 남을 고해바치는 그런 고약한 성격은 못 된답니다. 어쨌든 몇몇이 나불나불 입소문을 내고 다니던데, 사실이라면 내 이야기를 잘 들었다가 큰 무당께 전해주세요. 지금껏 어떤 이야기를 들었든 간에 내 이야기만 한 게 없을 거랍니다.

어느 한갓진 동네의 점쟁이 이야기예요. 선녀님 소리를 들어가며 몇십 년을 한 곳에서 자리를 지키고 있는데 보통 용한 것이 아니랍디다. 사진 한 장만 들고 가면 산 사람인지 죽은 사람인지를 알려준다는데 지금껏 단 한 번도 빗맞힌 적이 없다네요.

　그러니 콧대가 얼마나 높을까요? 금덩이를 가져다 바쳐도 얼굴 한 번 제대로 보여주지 않는다네요. 겨우 얼굴을 훔쳐본 사람들이 자랑삼아 여기저기 말을 하고 다니는 모양인데요. 이야기를 들을 수록 나는 그 사람이 너무 소름 끼치고 보통 사람 같지 않다는 생각이 들어서 말이에요. 글쎄 거기 선녀님이요. 녹의홍상 입은 어린 새색시 모습으로 어두운 방 안에 앉아 있는데 아무리 세월이 흘러도 그 모습이 늙지를 않더라네요.

**

　"죽었네. 거참, 불쌍하게도 죽었어. 진즉에 비명횡사했다."

　영감님이 내게만 들리는 소리로 말했다. 사람이 죽었다는데 목소리에 기쁨이 묻어났다. 벽 너머의 여자 손님이 끙끙 앓는 소리를 낸다. 기다리기 지루하다는 항의 표시다. 나는 최대한 예의를 갖춰 점괘를 전했다.

　"돌아가셨네요. 오래전에 땅속에 묻혔답니다."

　"아이고, 아이고."

　답을 들은 여자가 소리를 냈다. 웃는 건지 우는 건지 알 수 없는 소리다.

　"동생이 죽었다는데 저리도 좋아하는구나."

　영감님이 까르르 웃었다. 여자에게는 영감님이 웃는 소리가 들리지 않는 모양이다. 여자는 너머에 있는 것이 나뿐인 줄 알고 계속 떠들어댔다. 고맙다느니 비싼 값을 한다느니 듣기 싫은 소리를 줄줄이 내뱉었다.

"고년이 증말 죽었단 거지요? 확실허지요?"

더는 말하지 않으련다. 입을 다물고 있는 게 손님을 빨리 쫓아내는 방법이라는 것을 아니까. 여자의 앙칼진 목소리는 너무 커서 듣고 있자니 머리가 아파 죽겠다.

"아이고! 선녀님 덕분에 지가 인자 발 뻗고 자겠네요. 살날이 십 년 아니 이십 년은 늘으난 것 같애요!"

동생의 죽음을 그토록 반기더니 저는 오래 살고 싶은가 보다. 여자가 들고 온 사진은 정말로 친동생의 것일까? 여자는 오래전에 헤어진 피붙이가 어떤 삶을 살았는지 묻지 않았다. 이런 사람에게도 가족이 있다니 억울한 기분이 든다.

"근데요, 선녀님. 만약에 고년이 살아 있으믄 이미 바친 금괴는 어쩌지요? 아까워 이러는 게 아니고요···."

그럼 그렇지. 얌전히 나갈 리가 있나. 내 침묵에 용기를 얻었는지 여자의 목소리에 힘이 들어갔다.

"선녀님, 이리 가까이 와보세요. 어두워서 뵈는 게 하나 없네. 얼굴이라도 보고 싶습니다."

덜컹거리는 소리가 들리는 걸 보니 또 그 안으로 손을 집어넣은 모양이다. 이 방에는 문이 없는 대신 손바닥만 한 구멍이 하나 있다. 방 앞의 손님은 점을 보기 전에 무조건 안으로 금괴를 하나씩 집어넣어야 한다. 대부분은 그 구멍을 통해 안을 들여다보거나 손을 집어넣어 뭐든 잡아보려 애쓴다. 던져 넣은 금괴를 되찾고 싶거나, 목소리만 들려주는 선녀의 옷자락이라도 만져보고 싶은 것이다. 구멍 너머 새카만 어둠 속에 무엇이 있는 줄 알고 저러는지.

"아니, 그렇잖아요. 선녀님 얼굴도 안 뵈주시고 죽었다고만 말씀하시믄, 아무래도 믿음이 안 가지요."

돈 아깝다는 말을 길게도 한다. 나는 심부름꾼일 뿐이라 어르신처럼 죽고 사는 일은 알 수 없다. 하지만 이것 하나는 알겠다. 저 아줌마, 곧 소리를 지르며 도망치겠네.

"아이고, 이게 뭐야?"

여자의 비명에 귀가 찢어질 것 같다. 재빨리 손가락으로 귓구멍을 틀어막았지만 늦었다. 날카로운 소리가 귓속을 비집고 들어왔다. 구멍에 집어넣은 여자의 팔을 어르신이 움켜잡은 것이다. 차갑고 축축하고 더러운 기분이겠지. 정체를 모르니 징그럽고 섬뜩하고 두려울 거야. 내가 그랬듯이 당신도 미칠 것 같겠지.

"살려주세요! 제발요, 잘못했어요!"

웃는 것 못지않게 우는 소리도 참 가관이다. 겨우 팔이 풀려난 여자가 요란을 떨며 도망쳤다. 여기저기 부딪히는 모양인지 쿵쾅대는 소리가 계속되었다.

나는 눈을 떴다. 그런다 한들 캄캄한 세상이 밝아질 리 없지만, 새까만 허공을 도화지 삼아 여자의 모습을 그려보았다. 목소리가

꽤 울림이 있었으니 흉통이 넓은 사람이려나. 앉을 때 쿵, 소리가
난 것도 같은데 살집이 많겠지. 살찐 손가락에 주렁주렁 어울리지
않는 반지를 끼고 비싸기만 한 꼴사나운 가방을 손에 들었을 거야.
여자가 데굴데굴 구르고 넘어지는 모습이 실제로 눈에 보이는 것
같다.

　사람들은 내 목소리를 듣고 어떤 얼굴을 상상할까. 이제는 내
얼굴도 기억나지 않는다. 눈이 먼 채로 이 방에 들어앉은 지 삼
년이 지났다. 나는 여기 문 없는 방에 갇혀 있다.

　그때 나는 고등학교 입학을 앞둔 어린애였다. 가족이라고는 태
어날 때부터 엄마뿐이었다. 우리는 꽤 잘 지냈고 엄마도 그런 줄
알았다.

　엄마가 운전하는 차를 타고 식당에 가는 중이었다. 뒷자리에
앉은 나는 기분이 좋지 않았다. 조수석을 아저씨에게 빼앗겼기
때문이다. 그 남자가 싫었다. 그에게서 풍기는 싸구려 스킨 냄새가
싫었고 엄마 없이 둘만 있을 때마다 딴 사람처럼 변해버리는 음흉
함이 싫었다. 엄마를 부르는 느끼한 목소리도 늘 반짝거리는 그의
구두도 일부러 내 이름을 틀리게 부르는 여우 같은 짓도 싫었다.

　"우리 미영이가 오늘은 왜 이렇게 말이 없지?"

　"아이참. 자기야, 우리 딸 미영이 아니라니까."

　"아아, 그렇지! 아저씨가 미안해."

　'재수 없어.'

차 안에서 웃지 않은 건 나뿐이었다. 둘이 깔깔 웃는 소리가 천박하게 들렸다. 그게 기억하는 사고 전 마지막 순간이다. 버스와 부딪혔다는데 전혀 기억이 없다. 눈을 떴을 때 나는 병원 침대에 누워 있었고 한쪽 팔에 깁스를 한 엄마가 울고 있었다.

"엄마 울지 마. 나 괜찮아."

몸을 일으킬 수 없을 정도로 어지러웠지만, 엄마를 위해 어렵게 웃어 보였다. 엄마는 눈물을 멈추지 않았다.

"괜찮긴 뭐가 괜찮아? 너 눈 잘못됐대!"

한쪽 눈은 이미 기능을 잃었고 나머지도 장담할 수 없다고 했다. 믿어지지 않았다. 병원 복도에서 자꾸 넘어지고 하루에 한 번씩 헛손질로 컵을 깼다. 검사만 수차례 받았고 수술대에 오르는 날은 자꾸 미뤄졌다. 희망이 없다는 이야기를 들었을 때도 와 닿지 않았다. 그때도 눈물을 쏟은 건 엄마였다.

종교가 없던 엄마가 밤마다 십자가를 손에 쥐었다.

"제발 그 사람을 살려주세요."

나를 위한 기도가 아니었다.

"그날 운전한 제 잘못입니다! 가정 있는 남자를 만나 죄송합니다!"

엄마는 내가 양쪽 눈은 물론이고 귀도 먼 것처럼 들어서는 안 되는 이야기를 서슴없이 쏟아냈다. 엄마의 기도 속에는 내가 없었다. 오직 의식이 돌아오지 않는 아저씨뿐이다. 그날들이 내 인생에서 가장 불행한 순간인 줄 알았다.

새벽녘에 엄마가 먹던 소주병을 품에 안고 밖으로 나왔다. 우리 집은 4층 빌라의 꼭대기 집이었다. 난간을 잡고 천천히 계단을 내려갔다. 바람이 머리카락을 흐트러뜨렸다. 긴 머리카락을 손가락으로 쓸어 넘겼다. 숨이 트였다. 살 것 같았다.

빌라 현관 계단에 앉아서 소주를 마셨다. 처음에는 한 모금 삼키기도 힘들더니 이제는 그럭저럭 마실 정도다. 엄마를 보며 따라 하던 게 습관이 됐다. 술기운이 돌자 복잡한 생각은 사라졌다. 눈앞에 흐릿하게 움직이는 모든 것들이 예뻐 보였다. 가로등 빛이 예쁘고, 그 아래서 하늘거리는 나뭇잎들도 보기 좋았다. 조용한 골목을 덤덤히 걸어가는 늙은 개도 너무 사랑스럽다. 동네 아이들이 보살핀다는 흰색 털을 가진 유기견이었다.

"멍멍아, 이리 와."

손까지 뻗으며 불렀지만 늙은 개는 들은 체 만 체하며 종종걸음으로 사라졌다. 조용한 골목에 나 혼자였다. 미뤄두었던 고민이 머릿속에서 꿈틀댔다.

'고등학교는 졸업해야 하는데 어쩌지. 일 년 늦게 학교에 가서 왕따라도 당하면 어쩌지. 엄마가 계속 저러면 어쩌지.'

친구들은 고등학생이 되었지만 나는 아직 학교에 갈 수 없었다. 그래도 흐릿하게나마 한쪽 눈이 보일 때라 절망적인 마음은 아니었다.

소주병을 거의 비울 때쯤, 골목 입구 전봇대 아래에서 무언가 꿈틀대는 것을 보았다. 몸을 웅크린 어떤 것이 빨간 것을 움켜쥐고 뜯어 먹고 있었다. 제대로 보이지 않았지만, 기분 나쁜 광경이었다.

'뭐지? 사람인가?'

관심을 두자 갑자기 움직임이 멈췄다. 잘못 본 거라고 믿고 싶었다.

'저게 사람일 리가 없어.'

컸다. 사람으로 보기에는 너무 컸다.

'아닌데. 분명히 움직였는데?'

심장이 요동쳤다. 못 본 척 일어나고 싶은데 몸이 말을 듣지 않았다. 조금 전까지 예쁘게만 보이던 골목 풍경이 모두 징그럽게 느껴졌다.

'사람 아니면 저게 뭐지?'

나도 모르게 손에 힘이 빠져 소주병을 놓치고 말았다. 바닥에 떨어진 병이 시끄러운 소리를 내며 굴러갔다. 웅크리고 있던 것이 벌떡 일어섰다. 커다란 그림자 속에 박힌 두 개의 붉은빛이 내 쪽을 향했다.

'설마 눈?'

손으로 입을 틀어막고 뒷걸음질 쳤다. 계단을 오르며 몇 번을 넘어졌는지 모른다. 집 안에 들어가서도 쓰레기통에 치이고 테이블 모서리에 무릎이 부딪혔다. 방에 들어가 문을 잠그고 이불을 뒤집어썼지만, 진정이 되지 않았다.

"왜 그래, 너? 미쳤어? 드디어 미친 거야?"

잠에서 깬 엄마가 방문을 두드리며 화를 냈다. 상관없었다. 내가 본 것이 뭔지 깨달았기 때문이다. 그것이 뜯어 먹은 것은 피로 물든 늙은 개였다.

다음 날, 아무리 눈을 깜박여도 아침이 오지 않았다. 의사는 스트레스로 인한 일시적인 현상인지, 돌이킬 수 없는 실명 상태인지 조금 더 두고 봐야 한다고 했다.

너무 깜깜해서 아무것도 할 수 없는 밤이 이어졌다. 나는 계속 밤인데 사람들은 해가 뜨고 지는 하루를 온전히 살고 있었다. 내 불행에 적응하느라 불쌍한 개를 떠올릴 겨를이 없었다.

삼 일이 지났을 때였다. 나는 방에 혼자 멀뚱히 앉아 있었다. 방문을 닫아봤자 소음 앞에서는 무용지물이었다. 욕설과 원망이 섞인 엄마의 곡소리가 마음을 들쑤셨다.

'그만 좀 울어! 듣기 싫다고!'

끌어안고 있던 베개를 내던졌을 때 엄마의 우는 소리가 끊겼다. 두드러기가 돋듯 온몸이 간질거렸다. 엄마가 술에 취해 우는 것보다 집 안을 떠도는 고요함이 더 두려웠다.

'내가 문을 잠갔나?'

술에 취한 엄마가 방문을 열고 들이닥칠까 봐 두려웠다. 더듬더듬 기어가 문고리를 잡은 순간, 내 방 창문이 열리는 소리를 들었다. 차가운 공기가 방 안으로 밀려들었다.

"찾았다."

낯선 목소리가 말했다. 잊고 있던 장면이 빠르게 머리를 스쳤다.

늙은 개를 물어뜯던 커다란 그림자. 빛나는 두 개의 눈! 가로등 아래 그것이 나를 찾아냈다. 정체를 알 수 없는 끔찍한 것이 4층 창문을 열고 내 방에 들어왔는데 집 안에는 나를 보호해줄 사람이 없었다.

"…배고파."

멀리서 중얼대듯 선명하지 않은 목소리였다. 개의 살점을 물어뜯던 커다란 입이 생각났다.

"배고프다고."

차갑고 딱딱한 것이 볼에 닿았다. 커다란 거미의 다리 같은 손가락이 얼굴을 더듬었다.

"살려주세요."

근육이 굳어 입이 잘 벌어지지 않았다. 차가운 손이 입술을 건드렸다. 입꼬리에 경련이 일었다. 그때 문밖의 엄마가 다시 울기 시작했다.

"오! 맛있겠다."

문고리를 붙든 내 손을 얼음처럼 차가운 손이 감싸 쥐었다. 손에 힘이 들어가지 않았다. 괴물의 손이 내 손을 덧잡은 채 그대로 문고리를 돌리려 했다.

"안 돼요! 제발요!"

턱이 멋대로 떨리면서 이가 서로 부딪히는 소리가 났다. 나도 모르게 내지른 소리에 덜컥 겁이 났다.

'미쳤나 봐.'

사나운 이빨이 당장 얼굴과 목을 물어뜯을 것 같았다. 두려움에 눈물이 쏟아졌다. 괴물이 비웃는 소리와 엄마의 우는 소리가 뒤섞였다. 엄마를 구하고 싶은 마음과 살고 싶은 마음이 엉켜들었다.

"나더러 어쩌라는 거야?"

괴물의 물음에 기다렸다는 듯 이름 하나가 내 입에서 툭 튀어나왔다. 그가 지금 어디에 있고 어떻게 생겼는지 빠르게 쏟아내는 목소리는 내 것이 아닌 듯 낯설었다. 키득대는 웃음소리가 날카롭게 꽂혔다. 손에 닿았던 차가움이 스르르 사라졌다. 둔탁한 발소리가 들리더니 잠시 정적이 흘렀다.

'갔나? 정말 갔을까?'

손을 마구잡이로 휘저으며 방을 뒤졌다. 창문은 아직 열려 있었다. 목덜미를 타고 땀이 흘러내렸다. 숨이 제대로 쉬어지지 않아 답답한데 문밖에서는 여전히 엄마의 우는 소리가 들렸다. 구역질이 났다. 이 와중에 엄마라는 사람의 머릿속에 오직 그 남자밖에 없다는 것이 분했다.

'이럴 때가 아니야. 도망쳐야 해.'

나는 더듬더듬 손을 뻗어 거실로 나갔다. 우는 엄마의 어깨를 움켜잡자 놀란 엄마의 몸에 힘이 들어갔다.

"엄마 소용없어. 그 아저씨 죽을 거야."

"뭐라고?"

"그만 좀 하라고. 그 아저씨 죽을 거라니까! 일단 여기서…."

순간 몸이 휘청였다. 나는 균형을 잃고 바닥에 주저앉았다. 엄마가 온 힘을 다해 내 뺨을 후려친 것이다.

"그런 소리 하는 거 아니야!"

엄마가 내 머리끄덩이를 잡았다. 소녀처럼 미소 짓던 엄마의 얼굴이 떠올랐다. 다시는 볼 수 없을 예쁜 얼굴.

"그 사람이 죽을지 살지 네가 어떻게 알아?"

'당연히 알지. 내가 그 괴물한테 아저씨가 있는 곳을 알려주었으니까!'

다문 입술 사이로 웃음이 새어 나왔다.

"…웃어? 너 정말 미쳤구나?"

쨍한 침묵이 이어졌다. 그때 엄마는 어떤 표정을 짓고 서 있었을까? 내가 진짜 미쳤다고 생각했을까? 아니면 무섭다고 생각했을까? 그럴 리는 없겠지만 혹시 때린 게 미안했을까? 엄마는 바닥에 엎어져 있는 나를 버려두고 어딘가로 전화를 걸었다.

"뭐라고요?"

엄마가 갑자기 비명을 지르며 뛰어나갔다. 현관문이 큰 소리를 내며 열리고 닫혔다.

'정말로 아저씨가 죽은 거야?'

아저씨가 죽은 것도, 엄마가 나를 때린 것도 믿기지 않았다. 일어서려 애썼지만, 몸에 힘이 들어가지 않았다.

"네 엄마 어디 가니?"

괴물이 속삭였다.

'다시 왔어. 우리를 잡아먹으려고.'

이어 묵직한 발소리가 현관 쪽으로 향했다. 엄마를 따라가려는 것 같았다. 내가 눈이 멀어서, 그날 집 밖에 나가서, 늙은 개를 불러서 모두 잡아먹히게 된 것이다.

"저 그날 아무것도 못 봤어요. 정말이에요."

벌써 엄마를 쫓아나간 것인지 집 안에서는 아무 소리도 들리지 않았다.

"나 눈 안 보여요, 진짜예요! 보고 싶어도 못 본다고요!"

그것이 벌써 엄마를 잡아먹었을까 봐 두려웠다.

"시키는 거 다 할게요. 차라리 날 잡아먹어요. 엄마는 살려주세요. 제발, 살려주세요!"

죽어가는 개를 모른 척한 것이 잘못이라면 엄마 대신 내가 잡아먹혀야 했다. 다급하게 팔을 허우적거렸지만, 아무것도 손에 잡히지 않았다.

"나를 찾니?"

차갑고 축축한 것이 손등을 타고 올라왔다. 입술을 깨물어 소리를 참아냈다. 뿌리칠 수 없었다. 그날 나는 온기 없는 손에 붙들려 천천히 집 밖으로 걸어 나왔다.

그게 내 마지막 외출이다. 나는 삼 년째 여기에 갇혀 있다. 당장 살점을 물어뜯길 줄 알았는데 불행히도 아직 살아 있다.

괘종시계가 세 번 울렸다. 이어 달각대는 소리가 들린다. 영감님이 구멍을 막은 것이다. 손님이 떠나면 가차 없이 구멍이 막힌다.

막힌 구멍은 무슨 짓을 해도 내 힘으로 열 수 없었다.

나는 다시 이불에 들어가 몸을 웅크렸다. 사람을 상대하는 시간은 아주 잠깐이다. 주로 잠을 자며 시간을 보냈다. 처음에는 온종일 잠이 쏟아지는 게 이상했지만, 이제는 의심할 여유도 의지도 없어졌다. 눈꺼풀이 내려앉으면 사람이 밖에 있어도 자고 싶다는 생각밖에 들지 않았다.

"벌써 자니? 밖을 보렴, 아직 한낮이야."

"저는 볼 수가 없잖아요."

"그렇지. 내가 깜박 잊었구나."

영감님이 재미있다는 듯이 웃었다. 일부러 놀리려고 저런 말을 하는 것이다. 눈을 감자 바로 몽롱한 기분에 빠져들었다. 차가운 손이 슬며시 이불 속으로 파고들었다. 서늘한 기운이 발목에 닿자 번뜩 정신이 들었다. 당장 발목이 뼈째로 우두둑, 뜯겨 나갈 것만 같다.

"…아아, 배가 고프다, 배가 고파."

영감님이 중얼거렸다. 사이사이 입맛 다시는 소리가 끼어든다. 이미 삶아져 식탁에 올려진 기분이었다. 탐욕스러운 손가락이 종아리를 타고 치마 속 허벅지까지 기어오르기에 손을 뻗어 밀쳐냈다. 영감님이 내 손목을 붙잡아 몸을 끌어당겼다. 억지로 일으켜진 몸이 차갑고 커다란 괴물의 품으로 쓰러졌다.

"싫어요!"

비명이 새어 나왔다. 괴물이 내는 거친 숨소리에 몸이 얼어붙었다. 툭 하고 몸이 이불 위로 던져졌다. 살점이 뜯겨 나가기 전에 내가 할 수 있는 일이 있을까, 바들거리는 내 몸뚱이는 너무 나약하다. 다행히 더는 차가운 손이 몸에 닿지 않았다. 영감님이 물러선 것이다.

영감님에게 업혀 방에 들어오던 날부터 기묘한 겨루기가 반복되고 있다. 힘으로는 결코 막아설 수 없는 상대인데 이상하게 울며불며 기를 쓰면 큰 고집 없이 물러선다.

'쓸모가 있으니까 아직 잡아먹지 않는 거야.'

놈이 마음을 먹으면 언제든 살점을 내주게 되리라는 것은 확실하다. 지긋지긋한 시간을 끝내고 싶으면서도 차가운 손이 닿을 때마다 발버둥 치는 걸 보면 나는 아직 살고 싶은가 보다.

저 괴물은 사람이 제 모습을 보는 것을 끔찍하게 싫어했다. 밖에 사람이 찾아오면 등 뒤에 숨어 내게만 목소리를 전했다. 사람 사는 이야기를 궁금해했고, 사람이 가져다주는 금덩이에 환장했다. 금덩이를 벌기 위해 한복을 입힌 나를 구멍 앞에 앉혀두었다.

갇힌 방 안을 더듬으면 수백여 개의 금덩이가 각종 쓰레기와 함께 바닥에 뒹굴고 있다. 머리가 좋지 않은 듯 금덩이를 세다 숫자가 백이 넘어가면 당황해 어쩔 줄 모른다. 귀신이라 부르면 크게 성을 내지만 대우받길 좋아해서 뻔히 보이는 아부에도 마음을 풀었다. 영감님이라 부르게 하고 그렇게 불릴 때마다 기분 좋아했다.

"네 엄마는 다시 시집을 갔더구나."

소리를 지르며 밀어냈더니 심통이 난 모양이다. 이럴 때면 협박하듯 엄마 이야기를 꺼냈다.

"포동포동한 사내아이도 낳았고."

쩝쩝, 입맛을 다시는 소리에 머리끝이 쭈뼛 일어섰다.

"너를 까맣게 잊었더군. 누구 덕에 사는 줄도 모르고."

눈을 감고 기다렸다. 살을 쓰다듬는 차가운 손만큼 엄마 이야기를 듣는 것도 싫었다. 그것은 한참을 떠들다 제풀에 지쳐 입을 다물었다. 밖으로 나갔을까? 방에는 문이 없는데 영감님은 어디로 드나드는 걸까? 답을 찾기 전에 잠이 쏟아졌다.

새벽 한 시, 괘종시계 소리에 눈을 떴다. 또 넋을 놓고 자버렸다. 잠든 사이 차가운 손가락이 온몸을 더듬었을 걸 생각하니 구역질이 났다. 바닥을 더듬으니 손에 뭔가 물컹한 것이 잡힌다. 뭉쳐놓은 밥이었다. 누린내 나는 생고기가 아니라 다행이다. 못 먹을 것을 가져다 놓는 바람에 며칠을 굶은 적도 있었다. 방 안에 수백 개의 금을 쌓아놓고 정작 먹는 것은 들짐승만도 못하다.

다행인 건 생각보다 배가 고프지 않다는 것이다. 잠은 주체 못할 정도로 쏟아지는데 무엇을 먹고 싶다는 생각은 들지 않았다. 그래도 다음에 가져다주는 것이 무엇일지 모르니 억지로 한 입 베어 먹으려는데 바깥에서 소리가 들렸다.

"저기요, 거기 누구 없습니까?"

놀라 주먹밥을 떨어뜨렸다. 처음 있는 일이었다. 허락받지 않은 사람이 벽 너머에서 말을 걸다니. 어차피 문이 없으니 아무 일도 일어나지 않겠지만 팔다리가 떨리고 심장이 쿵쾅거렸다. 막아둔 구멍 쪽으로 기어가 벽에 귀를 갖다 댔다.

"도대체 문이 어디 달린 겁니까?"

어른 남자의 목소리였다. 머릿속이 차가워졌다.

'혹시 밖에 누가 와도 괜한 짓 말아라. 그거 사람 아니니까. 방 안에 금이 있다는 걸 알면 너를 찢어 죽일 거다. 금도 죄다 가져가 겠지.'

겁박하던 영감님의 목소리가 떠올랐다. 남자는 벽 곳곳을 두드 리더니 혼잣말을 했다.

"이게 뭐지?"

덜컹덜컹 흔들리는 소리가 나더니 손 하나가 불쑥 들어와 내 손목을 잡았다. 나는 놀라 소리도 지르지 못하고 바둥거렸다. 남은 손으로 할퀴고 때려봤지만 낯선 손은 꼼짝하지 않았다.

'너를 찢어 죽일 거다.'

몸속의 피가 얼어붙는 기분이었다.

"살려주세요!"

"괜찮아요. 진정하세요."

울먹이며 내지른 소리에 남자가 당황한 목소리로 말했다. 서러 운 마음에 눈물이 멈추지 않았다. 남자는 가만히 우는 소리를 듣고 있었지만, 손목을 놓아주지는 않았다.

"제발 살려주세요."

떨리는 목소리로 애원했다. 구멍으로 방 안을 들여다보았을까? 바닥에 쌓인 금괴를 봤다면 큰일이다. 어두워 보이는 게 없다던 손님들의 투정이 생각났다.

"살려줄 테니까 나를 믿고, 얘기를 좀 들어봐요. 그 안에 혼자 있어요? 다른 건 없어요?"

금괴가 있지. 역시 금을 노리고 온 것일까, 혼란스럽다. 그때 괘종시계가 두 번 울렸다.

"소, 손을 놔줘야 믿죠. 밖에 시계를 좀 봐요. 새벽 두 시에 갑자기 찾아와서 이러는데 어, 어떻게 믿어요?"

당당하게 말하려고 했지만, 마음과는 반대로 목소리가 파들파들 떨렸다. 잠깐 말이 없던 남자가 슬며시 손을 놓아주었다. 다시 잡히지 않으려고 나는 후다닥 뒤로 물러났다.

"낮에 오면 그것도 같이 있어요?"

남자의 질문이 당황스러웠다. 영감님을 말하는 걸까? 남자의 정체를 모르니 나는 아무 말도 할 수 없었다.

"꼭 꺼내 줄게요. 기다려요. 대신 놈이 오면 아무 일 없는 척 붙들고 있어 줄래요?"

잠시 대답을 기다리던 남자가 한숨 소리를 냈다. 다시 덜컹거리는 소리가 들리더니 이후로 사방이 조용해졌다. 한참 뒤에 구멍을 만져보니 영감님이 막아둔 그대로였다. 이걸 어떻게 열었을까. 역시 그것은 사람이 아니었나 보다. 하마터면 손목이 뜯겨 나갈 뻔했다. 잡혔던 자리가 욱신거렸다. 심장이 터질 것 같았다. 남자가 잡았던 손목에 그의 온기가 남아 있었다.

　영감님이 화났다. 짐승처럼 쿵쿵대며 방 안을 돌아다니는 영감
님의 발소리에 귀를 집중했다.
　"진짜 아무 일 없었다고?"
　"잠만 잤어요. 정말 왜 이러세요?"
　"저기 구멍이 열렸는데 아무 일도 없었다고?"
　"구멍이라니요?"
　영감님에게서 서늘한 기운이 느껴졌다. 나는 바닥에 앉아 멍한
표정을 유지하려고 애썼다. 심장 뛰는 소리가 밖으로 새어 나올까
봐 조마조마했다.
　"그럼 이 멍은 뭔데?"
　영감님이 내 손목을 붙들었다.
　"영감님이 매번 잡아끌었잖아요. 힘이 이렇게 센데, 당연히 멍
이 들겠죠."
　"그럼 이 냄새는 뭔데?"
　"무슨 냄새요?"
　"네 손끝에서 어떤 놈의 피 냄새가 나잖아!"
　딱딱한 것이 이마를 스쳐 상처가 났다. 영감님이 방바닥의 금덩
이를 집어 던진 것이다.
　"누가 왔다 갔으면 금덩이가 남아 있겠어요? 제가 살아있겠느냐
고요."

"…거짓말이면 어떻게 되는지 알지?"

영감님의 목소리가 한풀 꺾였다. 나는 고개를 끄덕였다. 엄마의 얼굴이 흐릿하게 떠올랐다. 일이 잘못되면 엄마도 살아남지 못할 것이다. 영감님의 손이 다친 이마를 어루만졌다.

"안 되겠어. 바깥에 뭔가 숨어 있는지 봐야겠어."

"잠깐만요, 가지 마세요!"

이마에서 떨어진 영감님의 손을 다급히 움켜잡았다.

"왜?"

"무서워요."

"뭐가 무서운데?"

영감님의 목소리가 완전히 누그러졌다.

"어떤 놈 냄새가 난다면서요. 혼자 있기 무섭다고요."

차가운 손이 볼을 쓰다듬었다. 끔찍한 기분이 들었지만 참아야 했다.

"왜 이렇게 떠니?"

"영감님 손이 너무 차가우니까요."

"그래서 싫으니?"

"아니요."

"옳지, 착하다."

차가운 손이 어깨를 쓰다듬는다. 등을 쓸어내리는 손의 냉기가 천천히 허리 아래까지 내려온다. 괜한 짓을 했다는 생각에 다급히 손을 뿌리쳤지만, 영감님의 손이 다시 허리를 감싸 그대로 끌어당

겄다. 차가운 품 안으로 몸이 끌려갔다.

"아니에요. 싫어요. 싫다고요!"

영감님은 대답하지 않았다. 영감님의 몸에서 짐승이 으르렁대는 소리가 났다. 몸이 뻣뻣하게 굳었다. 이제 틀렸다. 너무 무섭다. 온다던 그놈은 왜 안 오는 걸까. 눈물이 뚝뚝 떨어졌다. 내가 울든 말든 차가운 손이 치마를 들치고 허벅지를 쓸어내린다. 질끈 깨문 입술에서 피 냄새가 났다.

그때 머리 위에서 바람이 불었다. 허벅지를 쓰다듬던 손이 빠르게 사라지더니 영감님의 비명이 들렸다.

"지붕에 문이 있었네. 어쩐지."

그 남자의 목소리였다. 쿵 하고, 뭔가 떨어지는 소리가 났다. 남자의 손이 내 손을 잡아주었다. 따뜻한 체온이 한없이 반가웠다.

"잠깐만 귀 막고 있어요."

남자가 잡았던 손을 놓으려 했다. 나는 두 손으로 그의 손을 붙잡고 필사적으로 매달렸다. 몇 년 만에 느끼는 타인의 온기였다. 놓아버리면 다시는 못 잡을 것 같은 사람의 손이었다.

"이러면 내가 움직이기 어렵습니다."

남자가 손을 뿌리쳤다. 마음을 겨우 지탱해주던 가느다란 끈 하나가 툭 하고 끊어진 기분이 들었다.

"날 속였어?"

영감님 목소리가 쩌렁쩌렁 울렸다. 순간 고개가 뒤로 휙 젖혀졌다. 어르신이 내 머리카락을 움켜쥔 것이다.

"은혜도 모르고 이년이!"

순간 싹둑 잘리는 소리가 나더니 영감님 손에 잡혔던 머리카락이 자유로워졌다. 목 뒤가 허전하다. 무슨 일인지 깨닫기도 전에 여태껏 들어본 적이 없는 징그러운 비명이 한참 동안 울려 퍼졌다. 나는 벽에 등을 대고 앉아 웅크렸다. 사는 게 너무 끔찍하다. 차라리 이대로 죽었으면 좋겠다는 생각이 들었다. 저런 끔찍한 소리를 내지르는 괴물을 사람이 이길 리 없다. 곧 차가운 손이 나타나 내 머리끄덩이를 잡겠지. 엄마도 나도 다 죽었구나. 그때였다. 믿을 수 없는 소리가 들렸다. 남자의 목소리였다.

"곳간 자물쇠라니…. 욕심이 과했구나."

묵직한 쇳덩이가 발에 차이는 소리가 났다.

"괜찮아요?"

남자가 물었다. 나는 보이지도 않는 눈을 손바닥으로 가린 채 꼼짝하지 않았다. 손바닥과 얼굴이 눈물범벅이 되었다.

"여기 갇힌 지 얼마나 됐어요?"

"삼 년이요!"

허공을 향해 뻗은 나의 손을 그가 말없이 잡아주었다. 다시 닿은 사람의 체온에 닦아낼 겨를도 없이 눈물이 쏟아졌다.

***

"갇혀 지낸 시간이 삼 년이 아니라 고작 사흘이었다네요. 밖에는 그저 무성한 잡초뿐이었고요. 시간을 알려주던 괘종시계도 없었다더라고요."

"아이고 저런."

연희의 이야기에 제대로 몰입한 듯 노인이 안쓰러운 얼굴을 했다.

"그건 도깨비야. 도깨비에 홀린 거야."

노인이 혀를 차며 말했다. 마주 앉은 연희가 도깨비라는 말에 화들짝 놀란다.

"어르신, 도깨비를 아세요?"

"아유, 우리 어릴 때는 질리게 들었지. 그놈들은 짓궂어. 사람 놀리는 게 낙이야. 도깨비한테 홀리면 하루가 일 년이 되고 일 년이 하루가 된다더라. 옛날에 어느 동네 아무개도 도깨비한테 홀려 잠깐 놀고 집에 돌아왔는데 몇십 년이 지났더라는 이야기를 들은 적이 있지."

연희는 사랑채 마루에 앉아 마실 나온 동네 어른에게 차를 대접하는 중이다. 인생에 큰일이 생기지 않는 이상 대부분은 큰 무당이 무서워 예인당 문턱을 선뜻 넘지 못하는데, 아흔을 넘긴 이 노인은 빈번히 드나들며 큰 무당과 친구처럼 지내고 있다. 오늘은 큰 무당이 자리를 비워 연희가 대신 말동무가 되었다.

"얼굴도 예쁜 아가씨가 말도 참 재미나게 잘하네. 이런 이야기는 누가 해줬을꼬?"

"예인당에 오고 가는 분들이 해주셨어요."

노인이 연희의 말간 얼굴을 들여다보았다.

'곱다. 참으로 고운 아이야.'

까만 눈동자에 늦여름의 맑은 하늘이 그대로 비쳐 보인다. 정작 저 눈으로는 청량한 하늘을 볼 수 없다는 것이 노인은 안타까웠다.

'치료가 늦어 손을 쓸 수 없다 했던가.'

노인은 큰 무당의 탄식을 기억하고 있다. 팔 년 전, 우연히 앞을 못 보는 아이가 심부름꾼의 손에 이끌려 예인당에 오게 되었다. 어미에게 아이를 데려가라 일렀더니 미련 없이 예인당에 자식을 팔았다고 했다. 아픈 아이, 없는 집 아이, 사정이 복잡한 아이를 부모가 무속인에게 맡기는 것을 '판다'고 한다. 하지만 그것은 옛 날 가난하고 어려운 시절의 이야기다. 요즘 같은 시대에 그런 부모가 있다니, 노인은 못마땅했다.

"그래서 그 아이는 어떻게 됐는가? 집으로 갔는가?"

"글쎄요. 저도 이야기를 끝까지 못 들어서요."

연희는 말을 멈추고 온기가 남은 찻잔을 손에 쥐었다. 연희는 머릿속 말들을 속으로 삼켰다.

'갇혀 있던 방에는 금덩이 수백 개랑 사람 뼈가 함께 뒹굴고 있었다네요.'

어두워진 속마음을 읽기라도 한 듯 노인이 연희의 등을 쓸어주었다. 따뜻한 체온에 기운이 생겨 연희의 마음이 조금 밝아졌다.

"도깨비 이야기는 재미있지. 그렇다고 머릿속에 오래 담아두지 말게. 사람 사는 얘기만으로도 충분히 시끄러운데 뭐 하러 도깨비까지 불러들여?"

노인이 한 마디 더 거들려는데 멀리서 요란한 발소리가 들렸다. 잰걸음으로 나타난 중년의 여인이 연희의 손에서 찻잔을 낚아챘다.

"앗 뜨거워! 이 더운 날, 뜨거운 차가 웬 말이야? 시원한 거 없어?"

휴대용 선풍기를 손에 들고도 연신 덥다며 짜증을 부렸다.

"큰 무당은 또 어디 갔다면서? 이 늙은이는 체력도 좋아."

흠흠, 노인이 얼굴을 찌푸리며 콧숨을 내쉬자 여자가 돌아보고 민망한 얼굴을 했다.

"아니, 걱정돼서 하는 말이지요. 세상이 험하잖아요. 귀신한테나 용한 무당이지 사람 앞에서는 별수 있나요? 그냥 노인네지요."

"듣기가 좀 그렇네."

"아, 말이 심했네요. 큰 무당께는 이르지 말아 주세요."

노인의 노기 띤 목소리에 여자가 한쪽 눈을 찡긋거렸다. 미안한 기색은 아니다.

"다른 사람은 없어? 내가 큰 무당께 전할 중요한 이야기가 있는데 말이야."

"말씀하세요. 제가 전해드릴게요."

여자는 잠시 연희의 얼굴을 뜯어보더니 손사래를 치며 말했다.

"어머 자기야, 눈이 안 보이면 눈치라도 있어야지. 아무한테나 할 이야기가 아니라고. 중요한 거라니까!"

이골이 난 모양인지 연희의 표정은 조금도 변하지 않았다. 오히려 노인이 참지 못하고 나섰다.

"말하는 꼬락서니하고는. 쯧쯧, 잘됐네. 자네 어디 가지 말고 여기서 기다리게. 큰 무당 곧 올 때 됐으니까."

"산에 갔다면서요? 언제 올 줄 알고요?"

당황한 기색이 역력하다.

"내가 오늘 왜 왔겠나? 얼굴 보기로 약속이 됐으니까 와서 앉은 게지. 곧 올 테니까, 그 중요한 이야기 얼굴 보고 직접 하게."

"어머, 내 정신 좀 봐. 은행! 은행에 가야 되는 날이에요."

여자가 허둥대며 일어섰다. 뒤뚱대며 뛰어나가는 모습에 노인이 코웃음을 쳤다.

"저 사람은 참 변하지를 않아. 큰 무당 무서워서 일부러 없는 날 찾아온 게지. 옛날에 큰 무당 앞에서 입 한번 잘못 놀렸다가 물바가지 제대로 뒤집어썼거든."

연희가 웃으며 찻잔만 만지작댔다.

"아가, 너무 착해도 못쓴다. 뭐 듣기 좋은 소리라고 다 상대하니? 저런 물건은 있는 듯 없는 듯 무시하고 지내거라."

"괜찮아요, 어르신. 저런 사람도 있어야죠."

연희의 웃는 소리가 의외로 담담하다. 예인당 화단을 맴돌던 노랑나비가 날아와 연희의 머리카락 위에 내려앉았다. 휘저어 쫓으려던 노인이 손을 거두었다. 숱 많은 까만 단발머리 위에서 노랑 날개가 살랑거린다.

"예쁘구나."

노인의 말에 무심히 앉아 있던 연희의 두 볼이 붉게 물들었다. 무릎에 내려놓은 연희의 손을 노인이 말없이 잡아주었다.

6장
헌책방 이야기

*

　그럴 때가 있다. 꿈속의 일이 실제로 일어난 것인지 아닌지 헷갈리는 때가…. 꿈이 너무 생생했거나, 꿈속에서 감정 소모가 컸을 때 종종 일어나는 일이다. 예를 들자면 지금 홍사장이 그렇다. 방금 잠에서 깬 홍사장은 그대로 자리에 누워 허공을 물끄러미 보고 있다. 꿈에서 만난 소년이 지금도 등을 돌린 채 눈앞에 서 있는 것 같아서다.

　'팔다리가 그게 뭐야. 왜 저리 말랐누.'

　애달프다. 홍사장은 소년의 뒤통수에 온 마음을 빼앗겨 버렸다. 실제로 눈을 끔벅이며 그가 보는 것은 누렇게 바랜 제 방 천장의 벽지뿐인데도.

　'한번 안아 줄걸, 또 그냥 보냈네.'

　펼친 공책만 한 작은 창으로 따뜻한 햇볕이 들어왔다. 책 냄새와 고양이 우는 소리, 익숙한 분위기에 그의 마음이 조금 나아졌다. 아래층에서 차분한 말소리가 들려왔다.

"…내일 오시면 사장님이….."

김선생의 목소리다. 오늘 홍사장 대신 헌책방 계산대에 앉아 있다.

'그렇지. 내가 앓아눕는 바람에.'

그제야 홍사장은 소년의 뒷모습에서 눈을 떼고 현실로 돌아왔다. 오늘 아침 그는 책방 앞을 비질하다 잠시 정신을 잃었다. 몸살로 열이 심했던 탓이다. 뜻밖의 손님이 다녀간 후 며칠 신경증에 시달렸더니 결국 몸이 버텨내지 못한 모양이다. 때마침 김선생이 나타나지 않았다면 골목 시멘트 바닥에 그대로 고꾸라졌을 터였다.

"이럴 때는 하루쯤 쉬셔도 됩니다."

김선생이 전에 없이 화난 말투로 말했다. 그는 홍사장을 2층 방에 뉘어놓고 열이 떨어질 때까지 절대로 일어나서는 안 된다고 신신당부했다. 김선생이 아래층에서 지키고 있으니 홍사장은 온종일 꼼짝없이 이불 속에 누워 있게 되었다.

홍사장이 책방에 출근하지 않는 날은 드물다. 이십 해를 통틀어 손에 꼽을 정도다. 바탕이 성실한 사람이기도 하지만 딱히 책방을 떠나야 할 일이 생기지 않았기 때문이다.

"하루 문 닫으면 될 것을, 괜히 엄한 사람 고생시키네."

말은 그렇게 해도 김선생이 책방에 있어 홍사장은 기분이 좋다. 김선생은 책방 주인 자리가 제법 잘 어울린다. 전에도 한두 시간씩 가게를 맡아 준 적이 있는데 이후 키 큰 사장의 안부를 묻는 손님이

적지 않아 놀랐다.

'그럼 나는 키 작은 사장인가?'

아래층 김선생의 목소리가 홍사장 귀에는 자장가처럼 들렸다.

'부탁하면 정말 맡아 주려나.'

홍사장이 헌책방을 맡은 지 이십 년이 지났다. 업종은 달라졌지만, 이 가게는 증조부에서 조부로 그리고 아버지에서 아들인 홍사장으로 이어져 왔다. 기댈 곳 없는 홍사장은 김선생이 책방을 맡아 주길 바랐다. 떠돌아다니는 일은 인제 그만뒀으면 좋겠다. 김선생이 아문 흉터 위에 새로운 상처를 달고 나타날 때마다, 그의 팔다리에 겹겹이 쌓인 멍 자국을 볼 때마다 홍사장은 마음이 쓰렸다.

홍사장은 다시 까무룩 잠이 들었다. 감긴 그의 눈에서 눈물이 흘러내렸다. 이번에도 꿈속에서 소년을 만난 걸까.

홍사장이 겨우 정신을 차렸을 때는 완전한 밤이었다. 이마를 짚어 보니 다행히 열은 내렸다. 김선생의 고집대로 종일 누워 실컷 앓아낸 덕에 병이 나은 모양이다. 기운은 쭉 빠진 상태지만 몸은 개운했다.

언제 왔는지 아래층에서는 고씨가 한참 수다를 떨고 있다.

'저 친구는 참.'

평생 책방 안으로는 들어올 생각도 않더니 한 번 발을 딛고 나서부터 뻔질나게 드나들고 있다. 책방 구석구석을 뒤적이며 이것저것 물어대서 여간 귀찮은 게 아니다. 원체 말이 많은 사람이지만 김선생과 주거니 받거니 하는 목소리가 유난히 들떠 있다. 고씨의 목소리는 크고 울림이 있어 김선생의 것처럼 뚝뚝 끊어지지 않고 2층 홍사장의 귀에까지 또렷이 들렸다. 주로 쓸데없는 말뿐이지만.

"며칠 전에 유리창이 하나 박살이 났다니까."

'아니, 저 인간이 진짜!'

"유리를 늦게 끼운 바람에 밤새 찬바람이 들어와서 병이 난 거라고."

'의사 나셨네. 자기가 뭘 안다고.'

"며칠 통 잠을 못 자데? 밤늦게까지 불이 켜져 있어."

고씨는 마치 헌책방의 일거수일투족을 감시한 사람처럼 김선생에게 그간의 일들을 줄줄이 고했다.

'별말을 다 하는구먼.'

홍사장은 웬만해서는 걱정될 만한 이야기를 김선생에게 하지 않는다. 마음 쓰게 하고 싶지 않아서다. 그런데 지금, 홍사장이 애써 숨긴 이야기를 고씨가 냅다 일러바치고 있다.

'저 눈치 없는 사람! 뭔 말이 저리 많누.'

홍사장은 몸을 일으켰다. 책방으로 가기 위해 계단 입구에 내려섰을 때, 고씨는 이미 가고 없었다. 홍사장은 혼자 남은 김선생의 뒷모습을 멀뚱히 바라보았다. 꿈에서 본 소년이 거기 있었다.

"깨셨어요?"

김선생이 기척을 느끼고 돌아봤다.

'언제 저렇게 컸나.'

홍사장은 제 정수리에 내려앉은 세월은 잊고 김선생의 시간에 놀라고 있다. 교복 차림일 때 처음 만나서 그런지 마흔이 다 된 어른인데도 홍사장의 눈에는 앳된 모습이 겹쳐 보인다. 또 한 번 가슴이 시렸다.

'한 번 안아 줄걸.'

그런 홍사장의 마음을 아는지 모르는지 김선생의 얼굴에 엷은 미소가 번졌다.

"남의 하루를 통째로 부려먹어서 어째?"

"종일 책도 읽고 좋았어요. 몸은 좀 어떠세요?"

"개운해. 하루 정도 이렇게 게으름 피우면 될 일이었나 봐."

따라 웃던 김선생의 얼굴이 굳었다.

"누가 창문을 깼다면서요?"

올 게 왔다.

"아니 그게…. 가끔 그래. 아이들이 장난질도 하고 술 먹은 인간들이 와서 객기부리기도 하고. 여기 골목이 워낙 그렇잖아."

거짓말은 아니다. 원래는 '귀신 골목'이란 오명을 뒤집어쓸 만큼 밤낮 구분 없이 적막한 길이었지만 언제부턴가 밤마다 시끄럽고 골치 아픈 일들이 벌어지기 시작했다. 주로 길을 잘못 든 주정꾼들이 말썽이고 종종 교복 입은 학생들이 우르르 몰려와 싸움을 벌이기도 했다. 빈 가게에 숨어든 노숙자가 밤새 고성을 지르다 경찰이 온 적도 있다. 다만 책방이 대상이 된 것은 이번이 처음이라 홍사장도 놀라기는 했다.

"왜 말씀 안 하셨어요?"

"경찰이 나서서 순찰도 잘해주고 유리도 잘 끼워 넣었는데 뭘 굳이 떠벌리나? 정말 별일 아니야. 걱정 안 해도 돼."

그런다고 마음 놓을 김선생이 아니다.

"그래도 이야기해 주세요."

"그래, 그럴게."

머쓱해진 홍사장이 괜히 분주한 척 책방을 둘러보았다.

"벌써 겨울이 오나, 바람이 차네."

한 뼘 남짓 열린 문틈으로 찬바람이 제법 들어온다. 문가에 선 홍사장이 흠칫 놀라 골목을 살폈다. 어둠 속에서 하얀 얼굴 하나가 둥둥 떠 있던 것을 본 것만 같았다.

"왜 그러세요, 사장님?"

"아니야. 아무것도."

다시 보니 어둠뿐이다.

'별것이 다 보이네.'

나이 들어 겁이 많아진 게라고 홍사장은 생각했다.

'잃을 것이 생기면 두려움이 커지지.'

아버지가 하시던 말씀이었다. 홍사장은 오랜만에 아버지 생각을 했다. 초췌한 얼굴에 지친 목소리, 흔들리던 눈동자. 그때의 아버지가 잃고 싶지 않던 것은 무엇이었을까. 이제는 알 것도 같다.

'또 쓸데없는 생각을!'

홍사장은 세차게 고개를 흔들었다.

"김선생, 오늘은 자고 가야겠어. 밖에 비가 오네."

거절할 것을 알면서도 던져본 말이다. 언제 시작됐는지 모를 빗소리가 처연했다.

"그러네요. 하룻밤 신세 져야겠어요."

자정이 넘어서도 제집으로 돌아갈 궁리만 하던 김선생이 고작 빗방울에 붙잡혀주겠단다. 얼떨떨해하는 홍사장을 두고 김선생이 가게 정리를 시작했다. 세면대 거울에 얼굴을 비춰보고 나서야 홍사장은 김선생이 돌아가지 않은 이유를 알았다.

'곧 죽을 사람 같구먼.'

핼쑥한 얼굴에 거무죽죽한 낯빛. 또 한 번 고꾸라질 듯한 몰골이다. 그는 자신의 얼굴을 견디지 못하고 고개를 돌렸다.

홍사장은 종일 덮고 있던 이불을 끌어당겨 공간을 만들었다. 작은 창문 아래 겨우 어른 한 명이 누울 자리가 생겼다. 거기에 깨끗이 빨아둔 요와 이불을 꺼내 펼쳤다. 김선생을 위해 마련해둔 이부자리였다.

'여기서 둘이 아침까지 술을 마셨지.'

옛날 일이다. 다 큰 남자 둘이 어찌나 할 이야기가 많던지 막차 시간을 놓칠 때가 많았다. 그때는 가겠다고 고집을 부리는 김선생을 다시 잡아 앉히는 일이 어렵지 않았다.

'재미있었어.'

홍사장은 추억에 빠져들었다. 김선생도 이십 대의 어린 남자이던 때가 있었다. 더 마시겠다며 밤새 객기를 부리고 다음 날 속이 쓰려 고생하던 모습이 눈에 선하다. 술국을 끓여 밥상 앞에 마주 앉으면 제 손으로 키워낸 아들 보듯 정겹게 느껴지기도 했다. 홍사장이 아직 사십 대이던 시절이다. 환갑이 코앞인 지금 돌이켜보니 스물 언저리의 김선생이나 사십 대에 접어든 자신이나 풋내 나는 건 마찬가지였다. 그때는 홍사장도 머리숱 걱정을 하지 않았다.

언제부턴가 김선생은 미적거림 없이 열두 시가 되기 전에 제집으로 돌아갔다. 어쩌다 자정을 넘기더라도 붙잡는 손을 뿌리치고 단호히 일어섰다. 서운할 때도 있었지만, 이제는 홍사장도 혼자 남는 것에 익숙해졌다.

낮에 한참을 자서인지 홍사장은 좀처럼 잠이 오지 않아 계속 뒤척였다. 오랜만에 함께 누운 자리가 낯설기도 했다.

"잠이 안 오시죠?"

"그러게. 낮에 실컷 잤더니 눈이 말똥말똥한 게 잠이 안 오네. 내가 김선생까지 못 자게 하지?"

"아니에요. 저도 늦게 자는 편이라 잠이 안 오네요."

"예전에는 잠 안 온다고 뒤적거리면 아버지가 옛날이야기를 많이 해줬는데. 뭔 원한 있는 처녀 귀신이 그렇게도 많은지. 도깨비 목격담은 어떻고? 은혜 갚은 짐승들만 모아도 동물원 하나 차리겠더라니까."

홍사장은 옆으로 누워 한 손으로 머리를 괬다.

"사장님 아버지도 이야기를 좋아하셨나 봐요."

"맞아. 그 양반, 숨겨두고 보는 얘기책이 참 많으셨지. 우리 집이 그때 골동품가게를 했었는데 한쪽 귀퉁이에는 옛날 책도 꽤 많았어. 그때는 책 한 권도 귀할 때라 아버지가 숨긴 책을 어머니가 용케 찾아내서 몰래 팔아버리기도 했지. 수십 번 읽은 책을 또 보려고 숨겨두는 게 어머니는 이해가 안 되셨대. 그런 날에는 두 분이 생전 안 하던 부부 싸움을 했지."

"사장님은 누구 편이셨어요?"

"나? 당연히, 어머니 편이었지. 책 판 돈으로 꼭 엿을 한 개 사주셨거든. 입막음용인 게지."

좋았던 시절을 이야기하는데도 홍사장은 쓸쓸했다.

"우리 아버지는 말이야. 말을 어찌나 잘하는지, 잠이 안 올 때 이야기를 들으면 잠이 더 달아나. 다음 날 학교 가야 하는데 이야기가 무서워서 덜덜 떨다가 잠 한숨 못 자고 학교 가고 그랬어."

홍사장은 자기의 가슴을 다정히 두드리며 이야기를 들려주던 아버지의 모습을 떠올렸다. 크고 반짝이던 눈동자와 깔끔히 빗질한 머리카락이 참으로 근사한 아버지였다.

"만약에 살아 계셨으면 김선생이 해주는 얘기도 좋아하셨을 거야. 아마 '우리 철수, 우리 철수' 하고 노래를 부르셨을걸?"

홍사장은 웬만해서는 남 앞에서 아버지 이야기를 꺼내지 않았다. 함께 떠오르는 어린 시절의 지독한 기억 때문이다. 성실하고 사람 좋았던 아버지는 가족에게 아픈 기억을 많이도 심어주셨다. 그나마 남은 추억이라고는 유년 시절 잠자리에서 듣던 옛날이야기뿐이다.

"이야기 하나 들어볼래? 자장가 삼아서."

"좋죠."

홍사장이 눈을 감았다. 그러자 희미했던 기억이 다시 색을 입고 선명해지기 시작했다. 적막한 귀신 골목이 시끌벅적한 사람 소리로 채워지고 버려진 가게의 진열장에 각양각색의 물건이 들어찼다. 가게 앞 평상에는 노인들이 손부채질하며 옥수수를 나눠 먹고 아이들은 소리를 지르며 골목의 끝에서 끝으로 달음박질한다. 손님과 흥정하느라 다툼이 일어난 가게도 있고 일찍 장사를 접고 이웃끼리 모여 술잔을 나누기도 한다.

"넉넉한 시절은 아니었지만, 이웃 간에 사이가 좋았지. 여기 골목에도 사람 냄새가 폴폴 풍기던 때가 있었다니까."

그런 평화로운 골목길에 단 한 사람, 세상 모든 근심을 짊어진 듯 어두운 안색의 사내가 가게 앞에 앉아 있다. 희끗희끗한 헝클어진 머리카락 때문에 삼십 대 중반이라는 나이가 믿어지지 않는다. 반짝이던 눈빛은 생기를 잃었고 혈색 없는 입술에서는 더는 어떤 농담도 나오지 않았다. 달음질하던 아이들도 그의 앞에서는 두려운 눈으로 뒤돌아 제 부모의 품으로 도망치듯 뛰어든다. 그런 그를 바라보는 이웃의 시선은 혐오와 연민 그리고 걱정이 뒤섞여 있다. 그 남자는 홍사장의 아버지였다.

"그날 오랜만에 아버지를 만나러 여기 골목에 왔어. 부모님이 이혼하시고 삼 년 만이었지."

**

버스 유리창에 비친 소년의 눈동자에 근심이 가득했다. 어머니께 거짓말한 것이 마음에 걸려서다. 친구네에서 하룻밤 자고 오겠다고 했을 때 어머니는 한동안 아무 말도 하지 않았다. 남편 없이 키우는 아들이 손가락질당할까 늘 전전긍긍하던 어머니였다.

"어른 앞에서는 바르게 행동하고, 짓궂은 짓은 하지 말거라."

어머니의 단정한 목소리에 걱정이 묻어났다. 허락을 해주셨던 것은 점점 숫기를 잃어가는 아들을 염려했기 때문일 것이다. 하지만 열네 살 소년에게는 밤새도록 긴말을 나눌 친구 따위 없었다.

소년은 학교에서 외톨이였다. 사람과 말을 섞는 일이 어려워 고립된 삶을 살고 있었다. 깊은 우울에서 빠져나오기 위해 소년은 버스에 올랐다. 그는 지금 아버지를 만나러 가는 길이다. 부모님이 이혼하고 삼 년 만이었다.

홍수택, 소년은 교복 상의 왼쪽에 박힌 자신의 이름 세 글자를 매만졌다. 빨리 아버지를 만나 교복 입은 모습을 보이고 싶었다. 버스를 두 번이나 갈아탔다. 반나절을 길에서 보냈지만, 전혀 고되지 않았다. 아버지 생각을 하면 죄책감은 멀찌감치 사라졌다. 그가 너무 그리웠다.

사거리 정류장에 내렸을 때는 이미 밤이었다. 수택은 풀벌레 소리를 들으며 열심히 걸었다. 아버지의 가게까지 가려면 논과

밭의 사잇길을 한참 더 걸어야 했다. 그때는 그랬다. 건물보다 벌판이 더 많았다. 아버지와 함께 벌판을 내달리던 때가 떠올라 소년은 콧등이 시큰했다.

수택은 아버지와 사이가 좋았다. 그 시절의 무뚝뚝한 아버지들과는 다른 사람이었다. 아내와 아들에게 다정하고 상스러운 말한마디 입에 담지 않는 고고한 사람. 시샘하여 뒷말하는 사람이 없진 않았지만, 이웃의 평가는 대체로 '요즘 세상에 보기 힘든 좋은 사람'이었다.

그 시절 수택은 친구들을 모아놓고 떠드는 일을 좋아했다. 수택의 한마디에 친구들은 눈을 반짝이며 탄성을 질렀다. 밤마다 아버지가 들려주신 이야기 덕분이다. 수택이 어린 시절 겪은 행복한 일들은 모두 아버지와 함께한 것들이다. 소년은 아버지와 함께 걸을 때 가장 우쭐했다. 그의 아버지가 병에 걸리기 전까지는 그랬다. 동네 어른들은 아버지의 병을 '귀신 병'이라 했다. 귀신에 씐 사람처럼 망가졌다는 이야기다.

그때 소년은 열한 살이었다. 여느 때라면 해지기 전에 집으로 돌아왔을 아버지가 자정이 가깝도록 소식이 없었다. 가게로 달려가 봐도 아버지는 없었다. 어머니는 밤새 마당을 서성였다. 통행금지 사이렌이 울린 터라 집에서 기다리는 것 말고는 방법이 없었다.

"어찌 가게도 내버려두고 나갔다니?"

"걱정돼 죽겠어요. 이런 적이 없었는데."

어머니와 이웃의 불안한 대화를 들으며 수택도 쉽게 잠들지 못했다. 아버지는 새벽녘에야 돌아왔다. 여러 군데 멍이 든 꼴로 동네의 유명한 노름꾼 등에 업혀 있었다.

그것이 시작이었다. 수택의 아버지는 별의별 화투판에서 목격되었다. 갑자기 다른 사람이 된 것처럼 시비를 걸고 떼를 쓰다 매번 두들겨 맞았다. 새로 멍든 데 없이 돌아오는 날은 운이 좋았던 것이다. 그런 날에도 아버지의 주머니에는 동전 한 닢 남아 있지 않았다. 밤새 아버지를 기다리던 어머니는 속옷 바람으로 돌아오는 남편을 보고 말없이 부엌으로 향했다. 그는 아내의 울음소리를 들으며 잠든 아들 곁에 웅크려 그대로 잠이 들었다.

"자네 도대체 왜 이러나? 처자식 보기에 부끄럽지도 않은가?"

동네 어른들이 붙잡아 호통을 쳤다. 친하게 지내던 상인들이 수십 번을 타일러도 소용없었다. 수택의 아버지는 하루도 빠짐없이 노름판을 기웃댔다. 며칠 뒤 아버지의 오랜 친구가 소식을 듣고 찾아왔다. 수택이 송 씨 아저씨라 부르던 골동품 수집상이다. 그는 변해버린 친구를 보고 기막힌 얼굴을 했다.

"지금 자네 꼴을 봐. 사람 꼴이 아니야."

나중에 듣기로는 그날 아버지가 송 씨 아저씨에게 이상한 고백을 했다고 한다.

"누가 나에게 속삭인단 말이야. 자꾸만 가자, 가자 그러는데 그 소리만 들으면 손이 떨리고 숨이 차면서 아무 생각도 안 나."

그런 후 뭔가에 홀린 듯 일이 일어났다고 했다. 정신을 차리면 화투판에 앉아 제 손으로 속옷까지 벗어주고 있더란다. 어머니는 노름꾼의 흔한 변명이라고 말했다.

학교 수업이 끝나자마자 수택은 가게로 달려갔다. 아버지는 가게 앞 골목에 앉아 있었다. 소년은 눈을 감은 채 움직이지 않는 아버지를 보고 덜컥 겁이 났다. 며칠 동안 아버지가 뭘 먹거나 자는 모습을 본 적이 없었다. 아버지의 어깨를 흔들어 깨웠다. 힘겹게 눈뜬 아버지의 팔을 붙잡고 소년은 엉엉 울었다.

"아버지, 오늘은 제발 거기 가지 말아요."

눈물을 닦아주며 그래, 했지만 밤이 되자 아버지는 눈을 뒤집고 집 안의 돈이란 돈은 모두 긁어 주머니에 찔러 넣었다. 그는 바짓단을 붙잡는 아내와 아들을 사정없이 두들겨 패고 숨을 헐떡이며 노름판으로 뛰어갔다. 수택은 두려웠다.

"어머니, 이러다 아버지 죽겠어요."

"수택아, 그전에 우리가 죽겠다."

어머니의 목소리에는 감정이 없었다. 수택은 그제야 어머니를 보았다. 씩씩하던 얼굴은 간데없고 대신 그늘이 져서 자꾸만 멍든 자기 뺨을 손톱으로 긁어내리고 있었다. 반들반들 고왔던 어머니는 사라졌다. 아버지가 노름을 시작하고 반년도 안 돼서 벌어진 일이었다.

가게도 집안 살림도 남아나는 것이 없었다. 수택의 아버지는 부모로부터 물려받은 골동품가게를 운영했는데 빚쟁이들이 몰려와 도자기와 불상, 족자 등 돈이 되는 것이라면 모조리 집어 갔다.

그들은 끝내 간판마저 떼어 갔다.

아버지 가게의 신기한 물건 덕에 수택의 어깨가 으쓱하던 때가 있었다. 서양에서 온 옛날 인형과 중국 도자기, 각종 장신구 앞에서는 친구들이 '우와' 소리를 지르며 감탄했기 때문이다. 그랬던 가게가 텅 비었다. 가게 바닥에는 수택의 아버지가 즐겨 읽던 낡은 이야기책만 몇 권 떨어져 있었다.

사정없이 물건을 집어 가던 빚쟁이는 옆집에 살고 앞집에 살던 이웃 어른들이었다. 형님 동생 같은 호칭은 사라지고 '홍 씨', '홍가 놈'이라고 부르며 안면박대하기 시작했다. 그러자 어머니는 아들의 손을 잡아끌고 외갓집으로 향했다. 수택의 어머니는 자존심이 강한 사람이었다. 남편의 주먹질은 참아냈지만, 때마다 잔치 음식과 김장을 내 일처럼 도왔던 이웃의 하대는 견디지 못했다. 훗날 수택의 어머니는 헤어져 살자마자 남편의 노름 병이 싹 나았노라 며 쓴웃음을 지었다.

삼 년이 지났다. 아들이 자신을 보러 오고 있다는 사실을 아버지는 알지 못했다. 가끔 편지를 주고받기는 했지만 직접 얼굴을 보는 건 아버지와 떨어져 산 이후 처음이다. 어린 수택이 찾아오기에는 거리가 만만하지 않았다. 가끔은 서운했다.

'왜 아버지는 나를 보러 오지 않을까?'

아버지가 만나러 와주었다면 이렇게까지 오래 떨어져 지내지 않았을지도 모른다. 수택은 아버지께 모두 말할 생각이다. 외갓집

더부살이가 어찌나 고된지, 숙모와 사촌의 텃세에 얼마나 서러운지 아느냐고. 그러면 아버지는 미안한 얼굴로 어머니를 찾아와 말하겠지.

'집으로 갑시다. 내가 잘못했소.'

어머니도 마지못해 따라나설 거라고 수택은 확신했다.

골목 입구에 도착했을 땐 모든 가게가 문을 닫은 뒤였다. 시간이 늦었으니 불이 꺼진 것은 당연한데 어두운 골목으로 내딛는 걸음이 석연치 않았다. 수택은 문이 잠긴 이웃 가게들을 하나씩 스쳐 지나갔다. 태어나고 자란 골목이 길을 잘못 들어선 것처럼 낯설게 느껴졌다.

아버지의 가게에는 아직도 간판이 없었다. 헌책방으로 업종이 바뀌었다는 이야기는 편지로 전해 들었다. 가게는 원래 책이 쌓여 있던 것처럼 자연스럽게 책방이 되어 있었다. 마지막으로 본 모습이 너무 처참했기 때문에 가게 안에 뭔가 들어차 있으니 가슴이 벅찼다.

"아버지! 문 열어주세요! 수택이 왔어요!"

아무리 문을 두드려도 반응이 없었다. 2층도 불이 꺼져 있어 아버지가 깊이 잠든 건지, 다른 곳에 가 계신 건지 알 수 없었다. 어린 소년은 마땅히 갈 데가 없었다. 친하게 지내던 이웃도, 친척의 집으로도 갈 수 없다. 삼 년 전 무섭게 변했던 어른들을 아직 기억하고 있기 때문이다. 수택은 가게 입구 작은 돌계단에 엉덩이를 대고 앉았다. 돌에 스민 냉기가 바지를 뚫고 피부에 닿았다.

그런데도 피곤했던지 금세 꾸벅꾸벅 졸았다.

"너 누구야?"

누군가 잠든 수택의 어깨를 흔들어 깨웠다. 손전등을 얼굴 가까이 갖다 대는 바람에 눈을 뜨기가 어려웠다. 단박에 아버지인 줄 알았지만, 얼른 말이 나오지 않았다. 분명 아버지의 목소리가 맞는데 텔레비전 만화에서 본 로봇처럼 소리에 감정이 실리지 않았다.

"아버지, 저 수택이에요."

"수택이…, 그게 누구야?"

아버지는 아들의 얼굴을 알아보지 못했다. 차가운 눈으로 자신을 내려다보며 서 있는 아버지 때문에 수택의 머릿속이 뒤죽박죽 엉켰다.

"…아 그래. 수택이. 수택이구나. 수택이야."

잊지 않으려 애쓰듯 아버지는 아들의 이름을 연거푸 불렀다. 수택은 아버지의 모습에 충격을 받았다. 검은 머리 한 가닥 없이 하얗게 센 머리칼에 움푹 팬 볼에는 검버섯이 가득했다. 고작 삼 년이 지났는데 아버지는 혼자 수십 해를 보낸 것처럼 늙어버린 것이다. 목소리를 먼저 듣지 않았다면 못 알아봤을지도 모른다.

여전히 거리를 두고 서 있는 아버지에게 아들은 선뜻 다가서지 못했다. 아버지의 시선이 너무 차가웠다. 왜 허락 없이 왔느냐고 원망하는 것 같았다. 수택은 크게 상처받았다.

"멋대로 오면 어떡하니?"

아버지는 화난 사람처럼 보였다. 뭔가에 쫓기는 듯 작은 소리에도 신경질적으로 반응했다. 그는 가게 불도 켜지 않고 바로 2층 방으로 아들을 데리고 갔다.

"일단 자고, 내일 일찍 가."

창문 아래 낡은 이불 하나를 던져 주고 아버지는 맨바닥에 드러누웠다. 보고 싶었다는 말 한마디 못하고 수택은 그대로 이불을 뒤집어썼다. 변해버린 아버지의 모습이 보기 싫었다.

'이제 노름 안 한다더니.'

편지에 쓴 모든 말이 거짓인 것 같았다. 소년은 간절히 움켜쥐고 버텨낸 희망이 손가락 사이로 빠져나가는 것을 느꼈다.

그날의 서먹한 재회가 홍 씨 부자의 마지막 만남이 되었다. 밤새 훌쩍이는 아들의 울음을 듣고도 아버지는 아무 말도 하지 않았다. 수택에게는 그 침묵이 다시는 오지 말라는 것처럼 느껴졌다. 이후로는 편지마저 끊어졌다.

이십여 년 후 수택의 어머니가 돌아가셨다. 아버지와는 연락이 닿지 않았다. 수택은 외롭게 상을 치렀다. 외가 쪽 사람들은 아버지를 향해 사나운 말을 쏟아냈다. '인간 같지 않은', '쓰레기 같은', '짐승만도 못한'. 그런 아버지를 둔 수택은 모진 말들을 묵묵히 받아냈다. 수택은 며칠 뒤 원망과 걱정이 뒤섞인 마음으로 다시 고향을 찾았다. 아버지와 마지막 인사를 할 참이었다.

이번에는 훤한 대낮인데도 골목의 모든 가게가 닫혀 있었다. 아예 장사를 접은 듯 텅 비었거나 버린 물건들이 너저분하게 쌓여 있었다. 오직 아버지의 헌책방만 문을 활짝 열어두고 있었다.

가게 어디에도 아버지의 모습은 보이지 않았다. 계산대 위에 흩어져 있는 종이에는 아버지 필체의 뜻 모를 메모들이 남아 있었다. 2층 방에 개어놓은 이불도 눈에 익은 것이었다. 가게를 둘러볼수록 수택은 이상한 기분이 들었다. 계산대에 놓인 컵 바닥에 갈색 액체가 말라붙었고 전시된 책 위에도 계산대에도 2층 방바닥에도 먼지가 수북이 쌓였다. 그 위에 찍힌 건 수택의 발자국뿐이었다.

'사람 사는 곳 같지가 않아.'

아버지는 무슨 이유에선지 오래 가게를 비우고 있었다. 상황을 볼 때 갑작스러운 외출인 것 같았다. 문이 열린 책방을 내버려두고 가려니 마음이 좋지 않았다. 아버지의 행방을 알아보려 해도 방법이 없었다. 친가 쪽 사람들과는 오래전에 연락이 끊어졌고 골목에 문을 연 가게라고는 헌책방뿐이었다. 모두 어딘가로 떠나고 없었다. 수택은 일단 아버지를 기다려보기로 했다.

잠깐 사이 여러 손님이 가게 안으로 들어왔다. 한동안 주인이 없다며 돌려보내다가 어쩔 수 없이 대충 값을 정해 팔기 시작했다. 음침한 골목에 하나 남은 가게인데도 생각보다 단골손님이 많았다. 다양한 연령대의 사람들이 책방을 찾았다. 그들은 수택의 아버지에게 좋은 인상을 받았던 듯 사장님의 안부를 물었다.

"글쎄요. 곧 오시겠죠."

헌책방 사장이 언제 돌아올지, 수택도 궁금했다.

늦은 오후까지 계산대를 지키던 수택이 가방을 들고 일어섰다.

결국, 인사도 없이 끝이구나 싶어 마음이 허탈했다. 그때 교복을 입은 어린아이가 쭈뼛대며 안으로 들어왔다. 소년은 이상하게 생긴 가위를 계산대에 내려놓고 창문에 붙은 글자를 가리키며 물었다.

"얼마 줄 수 있어요?"

유리창에는 옛날 가게의 흔적인 '골동품 삽니다'라는 글자가 아직 남아 있었다. 말투는 거칠었지만, 소년의 눈동자에는 두려움이 있었다. 그 두려움을 수택은 절박함으로 읽었다. 그는 남아 있던 만 원짜리 세 장을 아이 손에 쥐여 주었다.

'나는 너만도 못하구나.'

소년이 떠나고 수택은 책방에 남아 생각에 잠겼다. 멍투성이였던 아이 얼굴이 자꾸만 수택의 마음을 붙들었다. 어른인 저보다 더 고단한 얼굴로 서 있던 소년의 눈동자에 살고자 하는 본능이 가득했다. 그 본능 앞에서 수택은 주눅 들었다.

"혹시, 수택이냐?"

책방 문 앞에 낯익은 얼굴이 서 있었다. 아버지 친구인 송 씨 아저씨였다. 그가 놀란 눈으로 소리를 질렀다.

"어쩜 이렇게 네 아버지랑 판박이냐?"

아저씨는 여전히 골동품 거래를 하고 있고 그날도 물건을 보러 왔다고 했다.

"드디어 찾았다고 얼른 가져가라더니 이 사람, 도대체 어딜 간 거야?"

송 씨 아저씨가 찾는 물건은 그림이었다. 수택의 아버지가 귀신병에 시달리기 전에 가게에 들여놓은 그림이라고 했다.

"그러니까 그게 민속화인데, 양반들이 질펀하게 노는 그림이지."

꽤 귀한 그림인 모양이다.

"진품이면 부르는 게 값이다."

뭔가 마음에 걸리는 눈빛으로 아저씨가 속삭였다. 누가 들을까 겁나는 듯 목소리가 작았다. 수택은 그림에 대한 기억이 없었다. 그 시절 가게에는 그림과 도자기가 흔하게 쌓여 있었다.

"나는 영 찜찜해서 말이야."

송 씨 아저씨는 수택의 아버지가 그림을 얻고 나서 노름에 빠졌다고 했다. 수택이 쓴웃음을 지었다. 그때 가게 물건을 실어간 이웃 중에 누군가가 그림을 가져갔던 모양이다. 송 씨 아저씨의 기억으로는 그림이 사라지고 나서 아버지가 노름에서 손을 떼고 속삭이던 목소리도 들리지 않았다고 했다. 대신 다른 가게에 난리가 났다.

수택은 송 씨 아저씨의 이야기를 건성건성 들어 넘겼다. 너무 황당했기 때문이다. 전염병처럼 불행이 번졌다니. 잡화점 아저씨가 종일 술만 마시다 병을 얻었고 신발가게 사장은 갑자기 경찰서에 끌려갔는데 간첩 모함을 받았다는 소문이 파다했다. 표구사 아저씨는 남의 아내와 여관방에서 나오다가 상대 남편의 칼에 목을 찔렸다. 수택의 기억에도 어렴풋이 남아 있는 이웃들이다.

"그 인간들도 비슷한 얘길 하지 뭐냐? 어떤 목소리가 들린다는 거야."

수택이 말도 안 된다며 웃었다.

"내가 뭐에 쓰려고 말을 지어내겠어? 네 아버지도 그랬다니까? 그게 다 그림 때문이라고."

송 씨 아저씨는 진지했다. 얼마 전 수택의 아버지가 문제의 그림을 찾았다며 연락했다는 것이다.

"아무리 좋은 그림이래도 찜찜해서 엄두가 나야 말이지. 한참 뜸을 들이다가 사겠다는 사람이 있길래 이제야 바쁘게 왔지 뭐냐."

송 씨 아저씨는 미안해했다. 본인이 먼저 그림을 가져갔더라면 수택의 아버지가 사라지는 일이 없었을 거라고 말했다. 수택은 고개를 저었다.

"그런데요, 아저씨. 그게 다 사실이라면 아버지는 겨우 벗어난 그림을 왜 다시 찾았을까요?"

"글쎄 말이다."

그건 수택의 아버지가 답해야 할 일이다. 그로부터 벌써 이십 년이 지났지만, 헌책방의 진짜 주인은 나타나지 않았다.

***

"나는 그 이야기를 믿지 않았어."

홍사장이 담담한 목소리로 말했다.

"그림이 사람을 망가뜨린다니 말이 되냥 말이지. 자기 신세 망치고 가족을 힘들게 한 사람들의 변명이고 핑계인 거지."

원망이 담긴 목소리는 아니다.

"그런데 도깨비 사냥꾼 얘기를 계속 들으니까, 어쩌면 정말 그랬을 수 있겠다는 생각이 드는 거야."

홍사장은 낮에 꿈에서 본 소년이 어쩌면 불 꺼진 책방 앞에서 아버지를 기다리던 열네 살의 자신일지도 모른다는 생각이 들었다.

"진즉에 그 말을 믿었더라면 기다리는 마음이 조금은 편했을지도 몰라. 덜 원망하며 보냈을 거 아냐."

어둠 속, 헌책방의 2층 살림방에는 김선생의 규칙적인 숨소리만 들려올 뿐이다.

"김선생, 자는 거야?"

답이 없다. 이야기하느라 홍사장은 정신이 더 또렷해져 버렸다. 그는 아예 몸을 일으켜 앉았다. 달빛 아래 귀신 골목에는 늘 그렇듯 지나는 이 하나 없다.

"내가 그때 김선생한테 큰 빚을 졌지."

하나뿐인 청중은 잠이 들었는데 홍사장은 멈추지 않고 이야기를 이어갔다.

"김선생이 처음 여기, 책방에 왔을 때 말이야. 사실 내가 많이 안 좋았거든."

홍사장은 다시 이불 위로 몸을 뉘었다. 삼십 대 후반, 우울했던 날들이 떠올랐다. 마음의 병은 자연스레 몸도 망가뜨렸다. 무엇을 먹어도 모래알을 씹듯 삼키기 어려웠다. 몇 달간 잠들지 못한 몸에는 푸석한 살가죽만 간신히 남아 있었다. 생각해보니 그때의 아버지를 닮았다. 아침에 눈을 뜨면 살아있는 자신이 역겨워 견딜 수가 없던 지옥 같은 시절이었다.

병원 침대에서 눈을 감은 어머니는 그런 아들을 두고 떠나야 하는 것을 제일 애통해하셨다. 오죽하면 유언이 살아달라는 말이었을까. 마지막 끈이라 생각하고 아버지를 찾아왔건만 아버지는 끝까지 자식을 돕지 않았다. 헌책방에 앉아 아버지를 기다리다 삶을 내려놓고 싶은 욕망에 빠져들었을 때 소년이 나타났다.

이상하게 생긴 녹슨 가위를 계산대에 올려놓더니 대뜸 돈을 달라고 했다. 싸웠는지 맞았는지 얼굴과 손에 피멍이 들어있었다. 그리고 그 얼굴, 사는 게 버겁다는 듯 지친 표정이었다. 그때도 홍사장은 책방 앞에 쪼그려 졸던 그 밤의 어린 제 모습을 떠올렸다.

'이 아이도 이유가 있겠지.'

계산대에 삼만 얼마가 남아 있었다. 아버지의 돈이었다. 홍사장은 그 만 원짜리 세 장을 아이의 손에 쥐여 주었다.

'어차피 이 돈 주인은 여기 없단다.'

그 아이가 얼마나 기뻐하던지 홍사장은 한결 마음이 가벼워졌다. 그리고 몇 시간 지나지 않아 송 씨 아저씨가 찾아왔다. 아저씨는 원하던 그림을 가져가지 못했지만, 계산대 위에 놓여 있던 가위를 보더니 크게 기뻐했다.

'이놈아. 이거 고려 가위다.'

홍사장은 삼만 원에 산 가위를 무려 삼백만 원에 팔게 되었다. 난감했다. 소년의 이름도 연락처도 알지 못했다.

'꼭 어린아이 등쳐 먹은 거 같잖아.'

소년을 찾을 방법이 없었다. 이백구십칠만 원을 돌려주기 위해서 홍사장은 무려 사 년을 기다렸다. 소년이 다시 책방을 찾았을 때 홍사장은 어리바리한 티를 벗어낸 어엿한 헌책방 사장이 되어 있었다.

"덕분에 살았네, 이렇게."

홍사장은 김선생의 숨소리를 들었다. 오롯이 살기 위해 내뱉는 숨소리에 가슴이 울렁거렸다.

'그 빚, 내가 갚아 보려고.'

차마 마지막 한마디는 입 밖으로 내뱉지 못했다. 소리를 냈다면 흔들렸으리라. 홍사장은 잔뜩 겁을 집어먹었다는 것을 자신에게도 들키고 싶지 않았다.

7장
도깨비 이야기

*

"인간이란 참말로 우둔한 존재라니까."

도깨비가 말했다. 그 옆에 검은 고양이가 한 걸음 떨어져 앉아 열심히 털을 고르고 있다. 온몸이 검은 털로 뒤덮인 녀석은 눈을 감으면 어둠 속에 완전히 스며들어 모습이 보이지 않는다.

"세상 똑똑한 척은 다 하지만 말이야. 정작 중요한 순간에는 제 눈으로 보고도 믿질 않으니 하는 소리라네."

도깨비는 술집 처마 그늘에 앉아 주절대고 있다. 그곳에서는 헌책방 안이 훤히 보였다. 해가 꼴깍 넘어갔는데도 홍사장은 아직도 가게 안을 어슬렁거리고 있었다. 도깨비는 과감하게 목을 쭉 내밀어 홍사장의 안색을 살폈다.

"종일 열에 들떠 일어나질 못하더니 좀 살만해진 게로구나."

야옹. 도깨비의 말에 대답이라도 하듯 고양이가 울었다. 수상한 기척을 느낀 홍사장이 문 앞에 다가서서 어두운 골목을 내다보았다. 홍사장과 도깨비의 눈이 마주쳤다. 도깨비는 놀란 기색 하나 없이 음흉한 웃음을 흘렸다.

"저 책방 사내가 하는 짓을 보라고."

희멀겋고 반질반질한 도깨비 얼굴을 본 홍사장이 놀란 눈을 했다. 몸뚱이는 어둠에 숨기고 허연 얼굴만 앞으로 내밀었으니 공중에 뜬 각시탈처럼 보였을 것이다. 도저히 사람의 얼굴로 볼 수 없을 것인데, 홍사장은 곧장 도리질을 치고 등을 돌려 책방 안쪽으로 들어가 버리는 것이 아닌가.

"분명 속으로 이렇게 말했을 거야."

도깨비가 조롱하듯 홍사장의 목소리를 흉내 냈다.

"그럴 리 없지! 내가 잘못 본 걸 거야!"

도깨비의 목소리는 크지 않다.

"아니다, 이 멍청한 놈아! 너는 제대로 봤다. 네 눈앞에 있던 깐 달걀 같은 환하고 잘생긴 얼굴은 나야! 바로 나, 도깨비라고!"

신나게 홍사장을 놀려대던 도깨비가 입을 딱 다물고 급히 몸을 숨겼다. 헌책방 안에 있던 또 한 사람, 김선생이 몸을 일으켰기 때문이다. 김선생은 도깨비가 보이기라도 하듯 한참 동안 골목의 어둠을 노려보았다. 그가 사라질 때까지 도깨비는 어둠에 숨어 있었다. 이번에는 고양이가 도깨비를 비웃듯 갸르릉 소리를 냈다.

"그런 소리 말라고. 무서워 숨은 게 아니라네. 시끄러운 게 싫을 뿐이야."

도깨비가 변명하는 사이 헌책방의 등이 모두 꺼졌다. 귀신 골목에 적막한 밤이 찾아왔다. 한참을 더 기다린 도깨비가 웅크렸던 몸을 쭉 폈다. 구척장신의 우람한 몸뚱이에 골목이 비좁아 보인다. 달빛 아래 도깨비의 그림자가 길게 늘어졌다. 그 옆에 본모습과 똑 닮은 고양이의 까만 그림자도 앞다리를 쭉 뻗어 기지개를 켰다.

도깨비가 조심스럽게 고씨네 가게 문을 밀었다. 조용한 골목에 삐걱 소리가 울려 퍼졌다. 작은 소리도 유난하게 들리는 밤이었다. 어두운 바닥을 더듬으며 술집으로 기어들어 간 도깨비의 손에 술 항아리가 닿았다. 도깨비는 긴 팔로 항아리를 쓱 끌어와 품에 안았다. 때가 된, 잘 익은 술 냄새가 가게에 진동했다.

"이 술 단지를 위해 자그마치 백 일을 참아냈지."

도깨비는 침을 꼴깍꼴깍 삼켜대며 면 보자기를 열어젖혔다. 작은 표주박을 움켜쥐고 조심스럽게 술 한 바가지를 떠서 마신 도깨비가 부르르 몸을 떨었다.

"크으! 좋구나!"

탄성을 내지르는 도깨비를 고양이가 신기한 듯 올려다봤다.

"이크!"

도깨비는 그제야 누가 저를 보고 있지는 않은지 사방을 두리번거렸다. 골목은 잠잠했고 헌책방도 불이 꺼진 그대로다. 책방 2층의 닫힌 창을 물끄러미 바라보던 도깨비가 다시 홍사장을 입에 올렸다.

"저 헌책방 사장으로 말할 것 같으면 천성이 둔하디둔한 작자란 말이지."

고양이가 도깨비 곁에 바짝 다가앉았다.

"내가 저이에게 얼굴을 들킨 것이 한두 번이 아니라네. 보통 사람이라면 이 관옥 같은 얼굴을 보자마자 기절을 했을 텐데 말이야. 그게 아니면 귀신이니 뭐니 소리라도 질렀을 터인데. 방금 자네도 봤잖은가? 아무 일도 일어나질 않는다고. 매번 저렇게 고개를 절레절레 휘젓고는 멀쩡한 제 눈만 탓하더라는 거지. 덕분에 나만 나태해졌지 뭐야."

어린 고양이에게 도깨비는 주절주절 변명을 늘어놓았다. 자세히 보면 관옥 같다는 도깨비 얼굴에 사람의 핏줄처럼 실금이 어지럽게 뻗어 있다.

"사람으로 둔갑하는 건 생각보다 대단한 일이란 말이야. 수련에 수련을 거듭한 끝에 얻어지는 고도의 재주라고."

도깨비가 하품하는 고양이의 목덜미를 쓰다듬었다. 기분이 좋아진 고양이가 그르렁그르렁 소리를 냈다.

"잘 먹지 못하면 그놈의 재주도 영 맥을 못 춘단 말이지. 내가 요즘 양껏 먹어본 적이 언젠지 모르겠어."

도깨비는 자신의 배를 쓰다듬으며 아쉬운 표정을 지었다.

"그러니 둔갑할 깜냥이 못 되는 도깨비들은 사람을 덮쳐 가진 것을 빼앗거나 짐승을 잡아먹는 것으로 끼니를 해결할 수밖에 없다네. 꼴사납긴 하지만 어쩔 수 없는 일이지."

도깨비가 고양이를 매만지며 입맛을 다셨다. 고양이가 신경질적으로 꼬리를 흔들었다.

"어허! 나를 뭐로 보는 게야? 나는 그런 너절한 도깨비가 아니라고. 고양이를 잡아먹다니, 제 얼굴에 먹칠하는 짓이지. 그거야말로 나는 둔갑도 못 하는 한심한 도깨비라고 동네방네 소문내고 다니는 꼴이라니까."

도깨비가 짓궂게 웃었다.

"재주가 엉성한 놈들이 하는 짓은 정말 가관이야. 외다리로 뛰어 다니지를 않나, 팔다리를 한두 개 더 달고 있지 않나. 얼굴만 그럴 듯하게 만들면 뭐 하냐고. 짐승 몸뚱이를 한 줄도 모르고 고속도로를 뛰어다니는 꼴이라니! 한번은 말일세. 그러니까 칠팔십 년은 된 이야기지만 말이야. 커다란 머리카락 뭉치가 꼭 살아있는 것처럼 장바닥을 굴러다니지 않겠나? 말의 꼬리라는 둥 거인의 가발이라는 둥 모여든 사람들이 저마다 미친 소리를 해대는데, 자세히보니 그게 도깨비더라고. 너무 흉측해서 사람들 틈에 끼어 있던 나도 질색을 했다니까."

도깨비가 덥수룩한 제 머리카락을 쓸어 넘기며 말을 이었다.

"그래서 도깨비감투라는 것이 필요한 게야. 재주가 하찮아도 그것만 뒤집어쓰면 감쪽같이 사람 행세를 할 수 있다더라고. 나는 잘 몰라. 직접 본 적이 있어야 말이지."

그런 것에 관심이 없다는 듯 도깨비가 콧방귀를 뀌었다. 얼굴 가득 거만한 웃음이 들어찼다.

"나는 감투 따위에 의지할 만큼 재주가 하찮은 쪽이 아니라네."

재주가 부족해 홍사장에게 자신의 얼굴을 들킨 것이 아니라는 소리다.

"반들반들한 잘난 얼굴을 들킨다 해도 매번 아무 일도 일어나지 않으니 말이야. 가끔 둔갑해야 한다는 걸 잊는 것뿐이라고."

새하얗던 도깨비 얼굴이 순식간에 혈색 있는 사람의 얼굴빛으로 변했다. 빤들빤들 유리 같던 미간에도 주름이 생겼다. 감쪽같이 사람의 얼굴을 한 도깨비가 잘난 척하며 말했다.

"봤지? 내가 이 정도라네. 이런 골목에 갇혀 썩기에는 아까운 도깨비지."

천연덕스럽던 도깨비의 얼굴이 이내 흐려졌다. 한숨을 토하는 모습까지 영락없이 사람이다.

"도깨비 팔자 도깨비가 꼰다고, 이렇게 된 데에는 사실 내 탓이 전혀 없다고는 말 못 하겠네."

달무리 진 밤하늘 아래 어느 도깨비의 신세 한탄이 시작됐다.

도깨비가 삼백여든두 살이던 해의 일이다.

도깨비는 며칠 밤낮을 누워만 지냈다. 머리맡에 놓인 초록색 궤짝에는 빈 병이 늘어서 있다. 잠시 개었던 하늘이 다시 굵은 빗줄기를 토해냈다. 좀처럼 움직일 줄 모르던 우람한 도깨비 그림자가 빗소리에 꿈틀댔다. 도깨비의 발목을 타고 넘던 새끼 쥐 서너 마리는 개의치 않고 제 갈 길을 갔다.

무릇 도깨비는 생을 즐기기 위해 존재하는 것이다. 해가 지기 무섭게 밤거리로 뛰어들어야 할 도깨비가 먼지 쌓인 마룻바닥에 누워 발가락 하나 꼼짝 않고 뻗어 있는 것은 흔치 않은 볼거리였다.

당연히 도깨비에게도 사정은 있었다.

생의 삼백 해를 맞이했을 때만 해도 도깨비는 착실하게 유흥을 즐기며 살았다. 흥청망청 술잔치가 벌어지는 곳만 두루 찾아다녔다. 노름꾼을 만나면 부추겨 재산을 탕진시키고 건달들을 만나면 싸움을 붙여 끝장을 보게 하였다. 술이라는 것이 어찌나 신통방통한지 선비질 하던 것들도 술에 절면 짐승이 되는지라, 밤새워 먹고 마시고 안고 뒹굴다 보면 시간 가는 줄을 몰랐다.

꽃놀이도 한때라던가. 도깨비는 갑자기 모든 것에 싫증이 나버리고 말았다. 삼백 년을 한결같이 질펀하게 놀았으니 그럴 만도 하다만 하필 홀딱 벗은 여인과 이불 속에 누웠을 때 권태증이 찾아올 건 뭐란 말인가. 끼워두었던 몸을 슬쩍 빼낸 도깨비가 가로누워 쩌억 하품했다. 까닭을 모르는 여인네가 발갛게 달아오른 얼굴로 도깨비를 보았다.

"미안하지만 그만 돌아가 주겠소? 오늘의 무례는 내 언젠가 꼭 갚아주리다."

도깨비가 정중히 부탁하였다. 이래 봬도 예의범절을 아는 도깨비였다. 하지만 그 여인은 고상함과는 거리가 멀었다.

"이 오라질 놈이 뭐라는 거야?"

여인네가 눈깔을 희번덕거리며 도깨비에게 덤벼들었다. 아이고, 도깨비는 할 수 없이 잘난 얼굴을 드러냈고 여자는 속곳도 챙겨 입지 못하고 그대로 줄행랑을 쳤다. 이후로 도깨비는 여자 사람이라면 일절 말도 섞지 않았다.

'오래 산다는 건 징그럽게 지겨운 일이구나.'

도깨비의 권태증은 깊어 갔다. 아무리 용을 써도 심심하고 지루하고 고독한 날들이 반복되었다. 그것은 오래 산 도깨비라면 모두가 겪는 것이었다. 사람으로 치면 '사춘기'나 '갱년기'와 같이 자연스러운 시기라 내버려 두면 지나가는 것이었다. 하지만 도깨비는 권태증의 정체를 알지 못하였다. 태어날 때도 혼자, 죽을 때도 혼자, 도깨비의 삶은 각개전투이기 때문이다.

사람이든 도깨비든 나불대는 것이라면 쳐다보기도 싫었다. 도깨비는 툭 건들면 바스러져 버릴 듯한 버려진 집 한 채를 골라 그곳에 틀어박혔다. 한동안 사람은 물론이고 도깨비도 얼씬하지 않았다. 도깨비는 서로의 영역을 존중하는 평화로운 존재이므로 낯선 도깨비가 방문할 일은 없었다.

마당에 잡풀이 사람 허리까지 올라오고 집 안 천장마다 거미줄이 엉켜 있었다. 꼴이 그 지경이라 어중이떠중이는 감히 들어올 엄두도 못 내었다. 도깨비도 나중에 알았지만, 그곳은 일가족이 한날한시에 비명횡사한 집이었다. 사람은 사람이 죽은 자리라면 웬만해서는 가까이하질 않는다. 아주 가끔 술에 취해 앞뒤 분간 못 하는 놈들이 발을 디딜 때가 있는데, 도깨비 호통 한 번이면 해결이 되었다.

"이놈!"

제대로 된 도깨비라면 소리깨나 지를 줄 아는데 고함 한 번에 유리창이 흔들리고 마룻바닥이 뒤틀린다. 취기에 용감했던 작자들도 혼비백산하여 뒤도 돌아보지 않고 내뺐다.

도깨비가 머물던 집은 그렇게 귀신 나오는 집이 되었다. 귀신이라니, 도깨비로서는 체면을 구길 일이지만 그 덕에 몇십 년은 평화로웠다. 그렇게 도깨비는 종일 먼지 쌓인 바닥에 누워 뒹굴거나 술을 마시며 지냈다. 하여튼 모든 게 귀찮았다.

팔십여 년이 흘러 도깨비가 삼백여든두 살이던 때, 며칠째 빗소리를 들으며 누워 있던 그날 밤, 일이 벌어졌다.

"소리 참, 맛있다."

도깨비는 빗소리를 좋아하였다. 하나 남은 소주병을 끌어안고 누워 타닥타닥, 빗소리에 맞춰 발가락을 꼼지락거리는데 웅성대는 목소리가 마당을 가로지르는 것이 아닌가. 그 집에 사람이 들어선 것은 정말 오랜만이었다.

'요것들 봐라?'

그날 뭐에 동했는지 도깨비는 몇 년 만의 사람 구경이 싫지 않았다. 어쩌면 권태증이 끝나가는 시기였는지도 모른다. 교복을 입은 사내아이들이 우르르 마루를 밟고 집 안으로 들어섰다. 그들은 그 안에 도깨비가 있을 줄 꿈에도 몰랐다. 애초에 도깨비라는 신묘한 것이 실재한다는 것조차 알지 못했다.

소년들은 호기롭게 들어섰지만, 도깨비의 눈에는 다 보였다. 어둠 속에서 겁먹은 눈동자들이 번쩍거렸다.

'아서라 요것들아.'

도깨비가 비웃었다. 개중에는 떨리는 마음을 숨기려고 일부러

큰소리로 지껄이는 놈도 있었다.

"귀신아! 이리 나와 봐라! 형님 왔다!"

웃는지 우는지 모를 표정이 참으로 우스웠다. 도깨비는 잠시
망설였다. 도깨비를 불렀다면 냉큼 일어섰을 것이다. 하지만 귀신
더러 나오라는데 도깨비가 나서기에는 멋쩍은 일이라 일단 지켜보
기로 하였다.

기껏 소리나 꽥꽥대다 갈 줄 알았던 녀석들이 한 소년을 끌어다
바닥에 꿇어 앉혔다.

"야 눈깔 귀신, 빨리 변신해 봐!"

그러고는 무식한 발길질이 이어졌다. 놈들은 귀신 놀이나 하자
고 폐가에 들어선 게 아니었다.

'뭐야? 시시하게.'

도깨비는 김이 샜다. 자고로 싸움이라면 기둥 몇 개쯤은 뽑아
휘둘러야 보는 재미가 있는 법이거늘, 여럿이서 한 놈을 패고 있으
니 도깨비가 보기에 한심스럽기 짝이 없었다. 도깨비는 주머니에
꽂아 두었던 마른오징어를 질겅대며 놈들을 지켜보았다.

'지루하다. 지루해.'

고함을 쳐서 그만 쫓아낼까 하던 차에 도깨비의 눈에 흥미로운
것이 들어왔다. 치졸한 발길질을 홀로 버텨내던 아이의 한쪽 눈에
서 붉은 불길이 일었다. 아주 잠깐이었지만 도깨비는 분명히 보았
다.

'도깨비불?'

사납고 오싹한 눈빛. 도깨비는 언젠가 겪었던 기분 나쁜 일을 떠올렸다. 마주치면 등골이 서늘해 주저앉고 싶어지는 그런 눈빛을 가진 자, 영감이라 불리는 사내와 맞닥뜨린 적이 있었다. 사람이 보기에 도깨비불은 거기서 거기겠지만 도깨비들은 그 차이를 분명히 알고 있다.

원래는 물건이었던 여느 도깨비와는 다르다. 처음부터 도깨비로 태어났다는 '영감'에 관한 항설을 폐가의 도깨비도 수차례 전해 들었다. 산과 강과 바다와 하늘처럼 애초에 무엇도 아닌 도깨비 자체인 존재.

'그래. 한 번 스쳐 지나간 적이 있었지.'

백 년도 더 전에 도깨비는 아주 잠깐 영감과 눈이 마주친 적이 있었다. 창피한 이야기지만 다리가 후들거리고 눈동자가 뱅글뱅글 돌 정도로 겁을 먹었더랬다.

'영감의 눈깔을 가진 사람 꼬맹이라….'

참으로 괴괴한 일이다. 다만 영감의 눈빛과 완전히 같은 것은 아니어서 도깨비를 긴장시키기에 뭔가 부족했다. 덜 자란, 새끼 호랑이를 보는 스라소니의 마음이랄까.

도깨비가 이해할 수 없는 건 그뿐이 아니다. 아무리 풋내 나는 눈빛이라도 저런 눈을 가진 놈이 사람 아이들에게 호락호락 당할 리가 없었다. 풍기는 기가 다르다. 녀석이 마음만 먹으면 그 자리에서 모조리 때려죽일 수도 있다. 새끼 개들이 겁도 없이 우르르 덤벼든 꼴이었다.

'저놈 정체가 뭘까?'

도깨비가 벌떡 몸을 일으켰다. 한 손에 술병을 움켜쥐고 무리의
등 뒤에 다가섰다. 구척장신의 도깨비가 가까이 있는 줄도 모르고
소년들은 정신없이 날뛰었다. 도깨비는 맞고 있는 소년을 내려다
보았다. 아이에게서 묘한 냄새가 났다.

'요놈 보게. 사람 같기도 하고 도깨비 같기도 하네? 도깨비 냄새
에 사람 냄새를 섞어 놓은 것 같잖아?'

자세히 보고 싶은데 둘러싸고 있는 어린놈들이 성가시다. 도깨
비가 긴 팔을 뻗어 엎어터지고 있는 어린 범의 목덜미를 붙잡아
들어 올렸다. 보기보다 헌칠하고 뼈가 굵었다. 그제야 도깨비를
발견한 무리가 어어, 소릴 내더니 일제히 입을 떡 벌렸다. 혼자
지내는 데 익숙해진 도깨비가 그만 둔갑도 하지 않고 흰 얼굴을
드러낸 것이다.

"딴 데 가서 놀아!"

마룻바닥이 우웅 소리를 내며 흔들렸다. 교복 무리는 바퀴벌레
가 흩어지듯 순식간에 사라져버렸다. 방해꾼들을 모두 쫓아내고
도깨비는 들고 있던 소년을 살펴보았다. 녀석은 축 늘어진 채 눈을
감고 꿈쩍도 안 했다.

"어라? 죽었나?"

도깨비가 소년을 제 눈 가까이 들어 올렸다. 눈으로는 정체를
알 수 없었다. 생긴 건 영락없이 사람인데, 그 묘한 냄새라니!

"너 정체가 뭐냐?"

아직 숨이 붙어 있는데 죽은 척을 하려는 건지 전혀 반응이 없었다. 도깨비는 소년의 얼굴을 제 코에 가까이 댔다. 맞는 중에 여기저기 살이 터져 피 냄새가 났다.

'우와, 냄새 끝내주는데!'

도깨비의 정신이 아찔할 정도로 소년은 맛있는 냄새를 풍겼다. 킁킁대며 놈의 몸 구석구석 냄새를 맡아보았다. 도깨비가 저도 모르게 침을 꼴깍 삼켰다. 순간 소년이 눈을 번쩍 뜨더니 도깨비 얼굴을 냅다 걷어찼다. 기습을 당한 도깨비가 나가떨어졌다. 사람의 힘이 아니었다. 어지간한 도깨비도 감당 못 할 힘이었다.

"아유! 조심해!"

도깨비가 소릴 질렀다. 쨍강하는 소리에 도깨비의 얼굴이 사색이 되었다. 몸 곳곳을 살피던 도깨비가 바닥을 보더니 망연자실했다. 들고 있던 소주병이 떨어져 깨진 것이다. 분한 마음에 도깨비가 으르렁거렸다. 하지만 소년은 미안하다는 말 한마디 없이 도깨비를 빤히 올려다보았다.

"귀신이에요?"

"누구더러 귀신이라는 거야?"

도깨비가 몸을 쭉 폈다. 정수리가 천장에 닿을락 말락 했다. 위협적인 몸뚱이를 올려다보던 소년의 얼굴에서 핏기가 사라졌다.

'어때? 무섭지 요놈아?'

이때다 싶은 도깨비가 위엄 있는 목소리로 말했다.

"나는 도깨비다!"

유리창이 파르르 떨렸다. 도깨비는 기분이 조금 나아졌다. 하지만 소년은 겁을 집어먹기는커녕 맥이 빠진 목소리로 중얼거렸다.

"도깨비라니 그게 뭐야…."

도깨비의 자존심에 상처가 났다.

"뭐냐고? 그러는 너는? 너야말로 그 뻘건 눈깔은 대체 뭐야? 사람이냐? 도깨비냐?"

한껏 무서운 얼굴로 다가서던 도깨비가 멈춰 섰다. 소년의 오른쪽 눈 속에 붉은 불꽃이 뜨겁게 타올랐기 때문이다. 이글대는 붉은 빛에 도깨비의 마음이 출렁댔다.

'만져보고 싶다!'

도깨비의 손가락이 제멋대로 소년의 눈으로 향했다. 아이가 황급히 손으로 눈을 가리고 뒷걸음질했다. 눈을 빼앗길까 봐 겁이 난 모양이다. 뒤돌아 도망치는 소년의 발에 깨진 술병이 밟혔다. 초록색 유리 조각이 내는 소리에 도깨비도 퍼뜩 정신이 들었다.

"야, 술값은 주고 가야지!"

도깨비가 느긋한 걸음으로 소년을 쫓았다. 그깟 짧은 다리를 쫓는 일은 도깨비에게 아무것도 아니었다. 진즉 사십 대 남자의 모습으로 둔갑한 도깨비가 자연스럽게 사람 사이에 섞여 들었다. 소년의 피 냄새가 사방에 흩뿌려져 있었다.

'이거 좀 위험한데.'

도깨비뿐만 아니라 온갖 것을 불러 모을 맛있는 냄새였다. 얼마 안 가 소년의 뒤통수를 찾아냈다. 아이는 번듯한 2층짜리 양옥집 앞에서 초조한 기색으로 서 있었다. 꼴이 초라해 없는 집 아이겠거니 했던 도깨비가 눈을 휘둥그렇게 떴다. 곧바로 어른 여자가 대문을 열고 나왔다. 소년은 고개를 숙이고 어쩔 줄 몰라 했다. 엄마 어쩌고, 하는 소리가 어렴풋하게 들렸다. 여자는 팔짱을 끼고 말없이 아이를 보았다. 여자의 배가 봉긋하게 불러 있었다.

'남자아이구나.'

도깨비가 고개를 홰홰 내저었다. 배 속 아이의 심장 소리가 너무 작았다. 운 좋게 세상에 나온다 한들 며칠 살지 못할 몸이었다. 여자는 잔뜩 화난 얼굴로 소년을 데리고 들어갔다.

'하긴 아들놈이 얻어터지고 들어왔으니 심사가 뒤틀리겠지.'

그건 그들 모자의 사정이고 소줏값을 받아야 하는 도깨비는 초인종을 눌러야 할지 몰래 소년의 방으로 들어가야 할지 고민했다. 그러는 사이 2층 어느 방에 불이 켜졌다. 그 방 창문을 물끄러미 보던 도깨비가 굳은 얼굴로 미련 없이 몸을 돌렸다. 창문에 붙은 더러운 것이 입맛을 떨어트렸기 때문이다. 그것은 도깨비 사이에서도 마주치길 꺼리는 식인도깨비였다.

"사람의 살을 먹는 족속이란 말이지."

이야기를 멈춘 도깨비의 눈동자에 혐오가 스쳤다. 떠올리는 것만으로도 불쾌한 듯 도깨비는 몸서리쳤다.

"거참 도깨비라고 부르고 싶지도 않다네. 사람 사이에서도 사람 취급 못 받는 놈들이 있잖은가? 도깨비도 그렇다네. 별로 얽히고 싶지 않은 그런 놈들이 있지."

도깨비가 오만상을 찡그렸다. 항아리 속 술이 어느새 반절밖에 남지 않았다.

"시체 썩은 내를 풍기면서 사람 살점을 찾아 어슬렁댄단 말이야. 역겹기 그지없다고. 듣기로는 물건에 죽은 사람의 피가 스며들면 그런 것이 된다더구먼. 시체를 덮어뒀던 거적때기가 그리 변하는 걸 본 적이 있어. 이백 년도 더 된 얘기지. 맞아 죽은 어린애의 몸을 매정하게 산짐승의 먹이로 던져 주더란 말이야. 무슨 사연이 있었는지는 잊어먹었다네. 누군가 거적때기를 가져다 덮어놨어. 가여웠는지 보기 싫었는지 그 마음은 알 수 없지. 짐승도 차마 입질을 못하더라고."

도깨비가 옛 기억에 빠져들었다. 눈도 감지 못하고 죽은 어린아이의 얼굴이 떠올랐다. 거적때기 아래 삐죽 나와 있던 피멍이 든 작은 발도 여전히 생생하다.

"그때는 나도 참 둔했지 뭐야. 사람의 살점이 썩어 사라지는 동안 거적때기가 한 군데도 삭은 데 없이 멀쩡한 것을 전혀 의심하지 못했으니까. 그게 몸을 일으켜 사람 흉내를 내는 걸 보고 나서야 알았지. 저거 도깨비구나."

도깨비가 코를 킁킁댔다. 실제로 지금, 기억 속의 비릿한 냄새가 풍기는듯하다. 그러거나 말거나 고양이는 이야기에 흥미를 잃고 제 볼일 보기에 여념이 없다. 가게에 숨어든 귀뚜라미가 재수 없게 고양이의 눈에 띄었다. 고양이가 엉덩이를 씰룩대며 귀뚜라미에게 덤벼들었다.

"식인도깨비라니 이름이 거창하지만, 크게 걱정할 상대는 아니야. 죽은 자의 살점을 뜯는 이유가 뭐겠어? 살아있는 것을 잡아먹을 깜냥이 안 되기 때문이야. 느리고 약하지. 썩은 내만 견딜 수 있다면 누구든 이겨 먹을 수 있다고. 고 선생, 내 얘기 듣고 있는 게야?"

고양이의 입에 물린 귀뚜라미가 바둥댔다. 도깨비가 보고 얼른 손바닥을 펼쳤다.

"어허, 이리 내놓지 못해?"

허연 손바닥 위에 귀뚜라미가 떨어졌다. 다리 한쪽을 잃었지만, 다행히 살아있다. 고양이가 혀를 퉁겨 입속에 남은 다리를 뱉어냈다.

"누가 자네 다리를 물어뜯으면 좋겠어? 귀뚜라미의 입장도 생각을 해주라고."

도깨비가 열린 문틈으로 귀뚜라미를 놓아주었다. 정신을 못 차리고 뱅뱅 돌던 귀뚜라미가 이내 사라졌다.

"자네는 장난질이겠지만 이놈한테는 죽고 사는 문제란 말이야."

도깨비가 한숨을 쉬었다. 한때 자신의 다리를 하나 내줬던 그 아이의 얼굴이 떠올랐기 때문이다. 크게 하품을 한 고양이가 자리를 잡고 누웠지만, 도깨비는 개의치 않고 하던 이야기를 이어갔다.

"분명히 해두자고. 그날 내가 식인도깨비를 두고 돌아선 것은 그리 매정한 처사는 아니었다네."

소년의 방 창문에 붙은 것을 보고 도깨비는 돌아섰다. 그는 도깨비치고 사람의 일에 무관심한 편이었다. 권태증이 오기 전부터 그랬다.

'다 자기 팔자대로 사는 게지.'

그렇다고 소년이야 죽든 말든 도깨비가 나 몰라라 했다고 생각하면 곤란하다. 도깨비는 늘 배곯아 있는 시시한 괴귀 따위는 소년에게 별로 위협이 되지 않을 것으로 생각했을 뿐이다.

'평범한 아이가 아니잖은가. 하물며 이 몸을 후려친 놈이라고.'

도깨비는 소년에게 얻어맞은 턱을 쓸며 어디서 어떻게 생겨난 것인지는 몰라도 소년의 피 냄새에 이끌려 나타난 것이니 녀석에게 책임이 있다고 되뇌었다.

집으로 돌아오는 길에 도깨비는 단골 술집에 숨어들어 소주 궤짝을 양쪽 어깨에 하나씩 지고 나왔다. 주인은 아마도 도깨비가 제집 단골이라는 사실을 모르고 있을 것이다.

'고맙소, 나중에 꼭 값을 치르리다.'

소주 한 병을 단숨에 들이킨 도깨비가 다시 낡은 마룻바닥에 몸을 뉘었다. 아이가 흘린 피가 마룻바닥에 스며들어 계속 냄새를 풍겼다. 도깨비는 마루에 혓바닥을 대보려다 그만두었다.

'이건 너무 추접스러운데.'

피 냄새를 피해 멀리 식탁 아래로 자리를 옮겼지만, 소년의 얼굴은 도깨비의 머릿속을 떠나지 않았다.

'왜 냄새가 반반이었을까? 설마….'

도깨비와 사람 사이에 태어난 아이라니, 말도 안 된다며 스스로 머리를 쥐어박았다. 사백 년 가까이 사는 동안 도깨비가 자식을 낳았다는 소리를 들어본 적이 없었다. 얼토당토않은 상상에 흐흐흐, 웃음을 흘리는데 소년의 달콤한 피 냄새가 다시 도깨비의 코끝을 스쳤다.

'그 애송이한테 홀린 게야.'

절레절레 고개를 흔드는 도깨비 앞에 정말로 소년이 나타났다.

'설마 나를 찾아온 거냐?'

아이는 잔뜩 긴장한 얼굴로 사방을 두리번거렸다. 결연히 주먹을 쥐고 서서 작은 소리로 중얼댔다.

"내가 이길 수 있을까?"

'뭐를? 나를?'

도깨비가 속으로 웃음을 터뜨렸다. 곧바로 삐꺽, 대문이 열리는 소리가 들렸다. 아이만큼은 아니었지만, 도깨비도 예민하게 반응했다. 역한 냄새가 코를 찔렀다. 유리창에 붙어 있던 그것이 겁도 없이 도깨비의 영역에 들어선 것이다. 소년이 다시 한번 중얼거렸다.

"내가 이길 수 있을까?"

"물론이지."

도깨비의 목소리에 소년이 놀라 주저앉았다. 그사이 그것이 마당을 가로질러 마루에 올라섰다. 삐거덕 소리가 집 안에 울려 퍼졌다. 묵직한 몸뚱이가 다가오고 있었다. 소년이 다급히 몸을 숨겼다. 얼마나 긴장했던지 솜털이 보송한 목덜미에서 땀이 뚝뚝 떨어졌다. 그 모습을 도깨비는 비웃지 않았다. 목숨이 걸린 일이니 겁이 나는 건 당연했다.

그런데 겁먹은 아이가 숨어든 곳이 하필이면 도깨비가 누워 있던 식탁 아래였다. 고개를 돌리다 바짝 붙어 앉은 도깨비를 발견한 소년이 실성한 놈처럼 비명을 내질렀다.

"아아악!"

도깨비가 얼른 아이의 입을 틀어막았다. 놀란 녀석이 뿌리치고 일어서다 식탁 모서리에 이마를 찧었다. 사람의 살가죽은 어찌나 약해빠졌는지, 단박에 피가 주르륵 흘렀다.

'큰일 났네.'

소리를 듣고 곧장 그것이 따라붙었다. 피 냄새를 맡아 더욱 흥분한 듯 보였다. 놈이 소년의 목덜미를 낚아챘다. 순식간에 벌어진 일이라 도깨비도 정신이 쏙 빠졌다. 공중에서 퍼덕대는 아이의 다리를 멍하니 올려다보았다.

"…한 입만 주라…."

그놈 목소리에 도깨비도 깜짝 놀랐다.

'뭐라는 거야?'

산 사람의 몸을 한 입만 달라니, 그게 무슨 말 같지도 않은 소리인가. 기가 막히는 것은 그뿐이 아니었다. 놈의 생김새가 도깨비가 알던 것과 전혀 달랐다. 도깨비가 본 거적때기는 등이 굽고 삐빼 마른 모습이었다. 눈앞의 것은 덩치도 도깨비 못지않은 데다 쩍 벌린 입이 어찌나 큰지, 한 입만 달래놓고 실제로는 뼈째 오독오독 전부 씹어먹으려는 것 같았다.

"놔! 이거 놓으라고!"

놈이 소리를 지르는 아이를 질질 끌어다가 바닥에 패대기쳤다. 정신을 못 차리게 하려고 붙들어 내던지고 또 붙들어 내동댕이쳤다. 보통 사람이었으면 당장에 죽었을 것이다. 정신을 잃은 듯 마루에 자빠져 있는 소년을 보니 도깨비의 마음에 천불이 났다. 아이의 다리가 힘겹게 꿈틀대자 도깨비는 안도의 숨을 내쉬었다.

'어휴, 살았구나.'

하지만 싸움은 끝나지 않았다. 놈이 소년의 한쪽 다리를 움켜쥐더니 정말로 한 입 뜯어먹으려는 듯 아귀 같은 입을 쩍 벌리는 것이 아닌가? 벌어진 입에서 쏟아져나오는 악취는 도깨비도 코를 움켜쥘 정도로 고약했다. 도깨비는 정말 끼어들기 싫었지만, 이제는 나서지 않을 수 없었다.

"야! 걔 내려놔!"

도깨비가 마음먹고 으르렁대자 지붕이 들썩였다. 이쯤 하면 되겠지 생각한 순간 도깨비의 머리가 얼얼해졌다.

"…한 입만 주라…."

그 소리에 정신을 차리고 보니 자신이 바닥에 주저앉아 있다. 도깨비는 어이가 없었다.

'뭐야? 내가 한 방 먹은 거야?'

도깨비는 그제야 상황이 파악되었다. 눈앞의 저것은 비록 식인 도깨비의 냄새를 풍기고 있으나 생전 처음 보는 것이었다. 말귀도 알아먹지 못하고 본능에만 매달리는 무식하고 무서운 존재였다. 소년을 먹어 치운 다음에는 도깨비에게도 한 입을 내달라고 할 것 같았다.

'역시 세상에는 배울 것이 많구먼.'

삼백팔십이 년 만에 처음으로 겸손해지는 순간이었다.

"꼬맹이! 빨리 도망쳐!"

도깨비는 큰맘 먹고 남의 일에 끼어들기로 했다. 아이를 피신시키고 제대로 싸움에 나설 생각이었는데 그 사이 정신을 차린 소년은 전과는 다른 눈빛으로 식인도깨비를 마주 보고 있었다.

'우와! 저거 진짜 영감의 눈깔이잖아!'

살벌하게 불타오르는 한 개의 눈동자가 도깨비를 멈춰 세웠다. 자신이 나서지 않아도 될 것 같다는 확신이 들었다. 같은 편이 된 도깨비가 소년에게 귀띔했다.

"목을 부러뜨려!"

귀띔이라고 하기에는 소리가 조금 컸다. 소년이 머뭇댔다. 놈이 어설프게나마 사람 꼴을 하고 있었기 때문이리라. 목을 부러뜨리라니, 말처럼 쉬운 일이 아니다. 게다가 입은 세숫대야만 하고 덩치는 집채같이 크다. 목은커녕 어디 한 군데라도 부러질는지 장담할 수 없었다. 도깨비가 고개를 흔들며 다시 몸을 일으켰다.

'그냥 내가 나서야겠다!'

오만한 생각이었다. 소년은 누구의 도움도 필요하지 않았다. 짐승처럼 빠르게 바닥에 뒹굴던 깨진 병 주둥이를 집어 들더니 주저 없이 놈의 목에 꽂아 넣었다. 급습을 당한 놈이 비틀댔다.

"그걸로 안 돼. 아예⋯."

도깨비의 말이 끝나기도 전에 소년이 놈의 목에 꽂힌 병 주둥이를 못질하듯 주먹으로 내리쳤다. 도깨비가 발 한 짝 떼기도 전에 놈이 쓰러졌다. 황망하게 당한 괴물이 괴성을 지르며 몸을 부르르 떨었다. 소년을 움켜쥐려고 팔을 휘적댔지만 소용없었다. 이미 목이 부러졌다. 소년이 다시 놈의 목에 꽂아 넣었던 병 주둥이를 움켜쥐더니 단숨에 뽑아버렸다. 목에 뚫린 구멍에서 핏물이 분수처럼 뿜어져 나왔다. 검붉은 피가 끊임없이 흘러 마루를 적시고 마당까지 흘러내렸다. 소년이 피 냄새를 맡은 들짐승처럼 포효했다. 도깨비가 소년의 붉은 눈을 마주 보지 못하고 고개를 돌렸다. 그 옛날 영감을 만났을 때처럼 몸이 오들거렸다.

도깨비가 이야기를 멈췄다. 멀지 않은 곳에서 사람들의 웃음소리가 들렸기 때문이다. 소리는 골목 안까지 들어오지 않고 다시 멀어졌다. 소리에 귀를 기울이던 도깨비가 일어섰다. 하지만 어깨와 허리를 구부린 어정쩡한 자세다. 술집 천장이 낮아 몸을 다 펴지 못한 것이다. 얼굴만 사람의 것을 흉내 내고 있을 뿐 아직 몸은 도깨비의 것 그대로였다.

도깨비는 술집을 어슬렁거리며 먹을 것을 찾았다. 찬장에 신문지로 싼 육포가 한 주먹 손에 들어왔다. 도깨비에겐 한 입 거리일 뿐이다. 도깨비는 육포를 움켜쥐고 다시 술 항아리를 끌어안았다. 냄새를 맡고 잠에서 깬 고양이가 주둥이를 씰룩대며 다가왔다.

"사람 앞에서는 꽁지 빠지게 도망가는 주제에 도깨비는 만만하다는 거야?"

검은 털로 뒤덮인 짐승은 아랑곳하지 않고 도깨비의 무릎에 머리를 비비적댔다. 도깨비는 어쩔 수 없다는 듯 육포를 한 조각 떼어 주었다.

"귀신 골목. 사람들이 여길 그렇게 부른다지?"

도깨비는 가게 창밖, 어둠에 둘러싸인 골목의 풍경을 찬찬히 둘러보았다. 예술 작품을 감상하듯 황홀한 표정을 짓고 있다.

"음침한 분위기를 만드는데 내 재주가 대단한 역할은 했지만 말이야. 불쾌하다고. 귀신이라니! 그런 치욕이 없다네. 사람의 상상력이란 정말 형편없다니까. 왜 사람이 아니면 죄다 귀신 취급이냔 말이야."

도깨비가 싫다는 듯 입술을 씰룩거렸다. 그 사이 그림자 여럿이 가게 앞으로 몰려들었다. 도깨비는 손에 든 육포를 여러 조각으로 찢었다.

"애초에 귀신이 뭣이 무서운 건지 나는 이해를 못 하겠다고. 정작 무서운 것은 도깨비지! 우리 도깨비는 사람 얼굴을 하고 사람 옆에서 살을 맞대고 살고 있잖은가? 무서움에서는 우리가 귀신 나부랭이보다 한 수 위라고."

도깨비가 육포 조각을 바닥에 던지자 어느새 가게 안까지 들어온 고양이들이 각자의 몫을 챙겨 입에 물었다.

"에잇 귀신 같은 놈들! 하여간 먹을 거라면 빼지 않고 몰려든다니까."

육포를 모두 나눠주고 도깨비는 다시 빈손이 되었다. 도깨비는 입맛을 쩝쩝 다시고는 술이 찰랑거리는 표주박을 제 입에 가져다 댔다. 표주박을 움켜쥔 손은 더는 하얗지 않았다. 털이 보송보송한 어른 남자의 손으로 바뀌어 있었다.

"하지만 나는 참말로 무서운 것은 도깨비도 귀신도 아니라고 확신한다네. 몇백 년 산 도깨비의 말이니 믿어도 좋아."

도깨비는 계속해서 중얼댔다. 아무도 귀를 기울이지 않는 이야기지만 내뱉지 않고서는 견딜 수 없었던 모양이다.

"실체가 없어서 무섭고, 죽은 것이 살아나 무섭고, 생전 처음 보는 낯선 것이라 무섭다고? 그런 헛소리는 집어치우라고. 정말 무서운 것은 그런 것이 아니야. 나는 정말 무서운 것을 알고 있지. 그건 참말로 구질구질하고 징그러워. 술맛이 싹 가실 만큼 기분 나쁜 것이고 나 같은 훌륭한 도깨비도 어쩌지 못하는 끔찍한 것이라네."

도깨비는 다시 피가 흥건하던 이십 년 전의 폐가를 떠올렸다.

싸움이 끝난 자리에 남은 것은 괴물의 시체가 아니었다. 날에 구멍이 뚫린 이상하게 생긴 가위가 덩그러니 놓여 있었다. 마룻바닥에 흘러넘치던 핏물도 온데간데없이 사라졌다. 소년은 가만히 서 있었다. 땀으로 뒤덮인 이마의 상처가 제법 아물었다. 사람에게 는 일어날 수 없는 일이었다.

'도깨비야. 도깨비의 피가 섞인 것이 분명해.'

하지만 소년의 겉모습은 영락없이 사람이다. 아이는 울 것 같은 얼굴로 가위에서 눈을 떼지 못했다.

'첫 경험은 많은 생각을 불러오기 마련이지.'

그러는 도깨비도 지친 기색이 완연했다.

"저거 가져가라. 네 거야."

소년이 도리질했다.

"저쪽 골목에 골동품 매입쟁이가 있어. 갖다 주면 별말 없이 돈 을 줄게야."

소년이 징그럽다는 눈으로 도깨비를 보았다. 도깨비는 더 강요 하지 않았다. 눈 속에 타오르던 불덩이가 서서히 사그라지고 있었 다. 짐승 같던 숨소리도 잦아들었다. 하지만 꼴이 말이 아니었다. 군데군데 핏자국에 위아래 할 것 없이 옷이 너덜너덜 찢어졌다.

'집에 가면 또 한 소리 듣겠구먼.'

도깨비는 대문 앞에서 보았던 여자의 차가운 얼굴을 떠올렸다. 소년은 뭔가 할 말이 남은 얼굴로 쭈뼛댔다. 사실 도깨비는 소년이 어서 돌아갔으면 싶었다. 제 구역에서 도깨비가 죽어 나간 것에 일말의 죄책감을 느꼈기 때문이다. 도깨비도 혼자만의 시간이 필 요했다.

"얼른 집에 가거라."

떠밀려 터벅터벅 걸어 나가던 녀석이 다시 뒤돌아서더니 툭 한 마디를 내뱉었다.

"…고맙습니다."

돌아선 도깨비는 아무 말도 하지 않았다. 멋쩍었기 때문이다. 좋은 일을 한 건지 괜한 짓을 한 건지 속으로 헷갈리고 있었다. 그런데 대문 닫히는 소리에 마음이 허전해졌다.

'오랜만에 재밌었네.'

도깨비가 자리에 벌러덩 누웠다. 거미줄로 덮인 천장을 바라보는데 저도 모르게 헛말이 흘러나왔다.

"다신 안 오려나?"

누가 들었을까 무서웠다. 도깨비가 사람 아이를 기다린다니 백 년은 놀림 받을 일이다. 하지만 소년은 바로 다음 날 도깨비 앞에 나타났다. 제멋대로 들어와 바닥에 주저앉더니 하염없이 울었다.

"야! 너는 눈물에서도 좋은 냄새가 난다."

농담도 소용이 없었다. 도깨비는 소년이 실컷 울도록 가만히 내버려 두었다. 한참을 울던 아이가 설움에 찬 목소리로 말했다.

"집에서 곧 쫓겨날 것 같아요."

이어지는 소년의 고백에 도깨비는 할 말을 잃었다. 대충 짐작은 했지만, 함께 사는 사람들은 친부모가 아니었다. 아이가 없는 친척 집에 입양되었는데 여자의 배 속에 아이가 들어서면서 소년은 객 식구로 전락했다. 그들 부부는 늘 다쳐서 들어오는 아이는 버겁다며 이제 와 소년을 시설에 돌려보내려 했다. 함께 산 지 십 년이나 된 사이였다. 도깨비는 화가 났다.

'사람의 말처럼 고약한 것도 없지. 어린아이한테 그런 말도 안 되는 말을 지껄여대는 이유가 대체 뭐냔 말이야.'

도깨비는 소년에게 말하지 않았다. 그 배 속의 아이는 살아남지 못할 것이고 아쉬운 것은 그들이라는 것을. 도깨비는 또 한 번 사람 세상에 염증을 느꼈다. 떠나가던 권태증이 헐레벌떡 되돌아올 것 같았다.

도깨비가 이런저런 생각으로 복잡한 사이 소년은 어느새 잠이 들었다. 감히 도깨비의 다리를 베고 누웠다.

'내가 다리를 내준 인간은 네가 처음이야.'

조금 전까지 죽을 뻔했던 주제에 쌔근쌔근 잘도 잔다.

"데리고 살아볼까? 어느 정도는 도깨비인 것 같으니 못 키울 이유도 없지."

도깨비가 화들짝 놀라 주위를 두리번거렸다.

'내가 지금 무슨 생각을 하는 거야?'

사람에게 정을 주는 것, 도깨비가 가장 두려워하는 일이었다. 사람의 생은 짧다. 고작 몇십 년 정을 나누고 떠나버릴 것이다. 다시는 죽은 사람을 붙들고 울지 않겠다고 결심했지만, 이미 도깨비는 소년의 얼굴에서 눈을 떼지 못했다. 도깨비는 밤새 잠든 아이의 숨소리를 들었다. 빗소리를 들을 때보다 기분이 좋았다. 분위기에 취해 헛말을 내뱉지 않았다면 좋았을 것을.

"문제는 그 눈인 것 같은데 말이야. 아무래도 그건 도깨비가 주고 간 거지 싶어."

아이가 잠에서 깨어 있었다는 걸 도깨비가 눈치챘다면, 그 말을 소리 내지 않고 속으로만 생각했더라면, 아니면 그쯤에서 그만두고 아이를 둘러업고 어디론가 떠났다면 어땠을까?

"너한테 한쪽 눈을 주고 한쪽 눈을 가져간 도깨비가 있을 거야. 그놈을 찾아서 눈을 돌려받으면 모든 게 해결될지도 몰라."

도깨비는 이십 년이 지났지만, 아직도 그날을 후회하고 있다. 그런 양부모의 집이라도 다시 들여보내야 했다고 생각할 정도다.

다음 날 해가 뜨기도 전에 불청객이 나타날 줄 누가 알았을까. 날이 샐 무렵, 수상한 기척을 느낀 도깨비가 아이를 자리에 눕혀놓고 몸을 숨겼다. 사락사락 치맛자락이 스치는 소리가 나더니 백발의 무당이 들어왔다. 나중에 듣기로는 폐가를 물려받은 후손이 엉뚱하게 머리를 썼다고 한다. 귀신 나오는 집이라 도통 팔리지 않으니 무당을 부른 것이다. 무당은 잠든 아이를 유심히 들여다보았다.

"쓸 만하네."

도깨비는 어이가 없었다. 아이가 자는 사이 주머니 속에 가위를 넣어두었기에 그것을 훔치려는 줄 알았다.

'그래 그것만 가지고 꺼져.'

도깨비의 바람과는 다르게 무당은 엄한 것을 탐내고 있었다. 뒤따라 들어온 심부름꾼이 아이를 둘러업고 가는 것이 아닌가.

갑자기 일어난 일을 어찌해야 좋을지 도깨비는 알 수 없었다. 눈앞에서 뭔가 중요한 것을 도둑맞는 기분이었다. 하지만 도깨비는 아무것도 할 수 없었다. 무당과 엮이는 일만큼은 피하고 싶었기 때문이다.

그때는 몰랐다. 도깨비 잡는 데 쓰려고 아이를 데려갔다는 것을! 그뿐인가, 그 손에 자라게 한 죄책감에 도깨비가 남은 평생을 소년의 뒤치다꺼리를 하며 살게 될 줄이야!

도깨비가 입을 다물자 고씨네 술집은 정적에 잠겼다. 도깨비는 잠시 숨을 고르며 흥분했던 마음을 가라앉혔다.

"그놈이 말이야. 그 밤에 내가 뱉은 말을 잠결에 주워듣고는 여태껏 외눈 도깨비를 찾아다닌다지 뭐야. 무당한테 이용만 당한 게 아니라 저도 나름대로 필요한 것을 얻어내고 있던 모양이지."

한때 소년이 베고 누웠던 다리에 오늘은 고양이가 기대앉아 잠들었다. 말랑한 까만 배가 오르락내리락했다.

"녀석을 따라 터를 잡은 곳이 여기라네. 맞아, 종종 술 궤짝을 훔쳐 가던 단골 가게지. 잠깐 사이 이상한 게 숨어들었더라고."

도깨비가 벽에 걸린 민속화를 힐끗 바라보았다.

"그간의 외상값이라 생각하고 나서서 해결해주었지. 이래 봬도 빚지고는 못 사는 도깨비라네."

이번에는 도깨비의 시선이 불 꺼진 책방으로 향했다.

"저 맞은편 가게가 한때 얼굴을 트고 지냈던 홍사장네 가게인데 그새 세월이 많이 흘렀던 모양이야. 진짜 홍사장은 간데없고 그 아들놈이 책방을 지키고 앉아 있지 뭔가?"

해가 뜨려는지 어둠이 옅어졌다. 술집 앞 골목에 헌칠한 그림자가 다가서고 있었다. 도깨비가 샐쭉한 얼굴로 말했다.

"아무리 그래도 그렇지! 그 녀석이 어찌나 뻔뻔하던지 말이야. 제 일만 도와줘도 감지덕지할 판에 나한테 헌책방 사장까지 맡기더란 말이야. 나란 도깨비는 마음이 여려서 탈이라네. 하긴 책방 사내는 죄가 없지. 어쩌다 반도깨비에 도깨비까지 엮여서 여러 번 저도 모르게 죽을 고비를 넘기고 있으니 말이야. 덕분에 집 지키는 개처럼 밤마다 책방 앞에서 이게 뭐 하는 짓인지 모르겠어. 하여튼 사람 새끼 키워봤자 사람밖에 모르더라니까!"

**

"고양이랑도 말이 통합니까?"

김선생이 술집 문턱에 기대섰다.

"아이고 깜짝 놀랐다, 이놈아."

"놀라긴. 방금 나 들으라고 한 소리 아닙니까?"

"들었어?"

여전히 술 항아리를 품에 안고서 도깨비가 말했다. 도깨비의 다리 사이에 끼어 앉은 고양이가 살짝 눈을 떴다. 고양이는 김선생을 보고도 경계 없이 다시 눈을 감았다.

"사람 새끼 어쩌고는 확실하게 들었습니다."

그가 손에 들었던 검은 비닐봉지를 내밀자 도깨비가 냉큼 받아 들었다.

"사람 새끼 키워준 값이 고작 편의점 안주라니!"

말은 그렇게 하면서도 벌써 소시지 하나를 까서 입에 우물거리고 있다. 철수가 맞은편에 앉아 도깨비의 눈을 들여다보며 말했다.

"아까 일부러 들켰죠? 책방 사장님한테."

"이딴 걸 누구더러 먹으라고 가져온 거야?"

도깨비가 딴청을 부렸다. 소시지를 세 개째 까서 입에 넣는 중이었다. 어느새 얼굴에 흥이 가득한 술집 고씨의 모습으로 완전히 바뀌어 있다.

"그거는? 잘 싸서 가지고 나왔어?"

김선생이 고개를 끄덕였다. 가방에서 꺼내 건넨 것은 헌책방에 있던 칼날이었다. 칼날은 붉은 천에 둘둘 감겨 있다. 도깨비가 더러운 것을 만지듯 싫은 얼굴을 했다.

"잘했다. 거기 둬봤자 신경만 쓰이지."

김선생이 한숨을 쉬고는 몸을 일으켰다.

"가려고?"

"일찍 일이 있어요."

"옆에서 자던 사람이 가고 없으면 서운할 텐데."

홍사장이 깼을 때 놀라지 않겠느냐는 이야기다. 김선생은 대꾸하지 않았다. 근심 가득한 얼굴로 맞은편 헌책방을 바라볼 뿐이다.

혹시 나타날 도깨비를 염려하는 거라면 괜한 걱정이다. 술집 도깨
비 기운에 눌려 감히 골목에 들어서려는 도깨비가 없는 데다 골목
에는 죽은 도깨비 냄새가 잔뜩 배어있다. 사람이 사람 죽은 자리를
꺼리듯 도깨비도 도깨비가 죽은 자리라면 질색을 하니 귀신 골목
만큼 안전한 곳도 없다.

'언제 저렇게 컸나?'

도깨비는 어른이 된 소년의 뒷모습을 보았다. 치열하게 살아왔
지만, 등에 멘 가방이 그가 가진 전부다.

'여벌 옷가지, 통장, 유서 그리고 또 뭐가 들었으려나.'

언제 어디에서 죽음을 맞을지 모르는 팔자라서 그는 늘 제가
가진 모든 것을 등에 지고 다녔다.

"셋이 또 술 한잔하자고. 지난번에 재밌었잖아."

"싫어요. 도깨비가 주는 술 먹었다 무슨 큰일이 나려고."

그는 돌아보지도 않고 손을 흔들며 밖으로 나갔다.

"저 고약한 말버릇 좀 보게!"

김선생이 가고 없는데도 도깨비는 괜히 한 번 더 소리를 질렀다.
홍사장이 깰까 봐 걱정할 필요는 없다. 몇 년간 홍사장이 밤마다
홀린 듯 잠자리에 들었던 데는 이유가 있다.

한참 동안 밖을 내다보던 도깨비가 잠든 고양이에게 속을 털어
놓았다.

"다른 놈들은 자기들 것만 챙기면서 잘들 살던데, 저놈은 글러
먹었어."

홍사장도 마찬가지다. 남에게 퍼주기만 할 뿐 모든 것에서 셈이 흐린 홍사장도 저놈처럼 한심하다고 도깨비는 생각했다.

"그래도 말을 해줄 걸 그랬나?"

며칠 전 헌책방에 반갑지 않은 손님이 찾아왔다. 홍사장이 그 후로 앓아누웠으니 그냥 넘길만한 일은 아닐 것이다. 하지만 도깨비는 입이 떨어지지 않았다.

"에이 나도 몰라! 백 년도 못살다 죽는 게 사람인데 조금 일찍 죽을 수도 있는 거지."

손에 쥐고 있던 칼날을 빈 항아리에 던져놓고, 입구에 천을 덮어 단단히 봉했다. 그러고도 마음이 놓이지 않아 큰 돌멩이를 가져다 입구를 눌렀다. 웬만한 사람은 들어 올릴 수 없는 무게다.

자리로 돌아온 도깨비는 마시던 술 항아리를 다시 끌어안았다. 표주박 가득 술을 떠올렸지만, 입에 대지 않고 그대로 내려놓았다. 영 술맛이 나지 않았다.

8장
사냥꾼 이야기

*

　홍사장은 연희를 제대로 보지 못하고 눈만 힐끔거렸다. 김선생과 알고 지낸다고 하자 자꾸 눈길이 갔다. 그렇다고 빤히 쳐다보자니 어쩐지 실례인 것 같다. 차마 연희의 얼굴에 눈을 두지 못하고 머리 위에 꽂은 노란 머리핀만 바라보았다.

　'연희가 누구예요? 예쁘대요?'

　고씨가 그렇게 물었었다.

　'그러게, 예쁘구먼. 예쁜 아가씨야.'

　할 수만 있다면 전해주고 싶다. 이 해괴한 이야기를 그가 믿어주기만 한다면.

　들은 이야기대로라면 연희는 앞을 보지 못한다는데, 움직임이 거침없다. 혹시 앞이 보이는 것이 아닌가 의심이 들 정도다. 홍사장이 아무 기척도 내지 않자 연희가 먼저 물었다.

　"어디 불편하세요?"

　"아, 아닙니다."

홍사장이 나쁜 짓을 하다 들킨 사람처럼 버벅거렸다.

'이렇게 소심해서야…. 내가 정말 그 일을 할 수 있을까?'

홍사장은 자신이 없다.

웬만해서는 헌책방을 떠나지 않는 홍사장이 아침 일찍 예인당 내 흙담을 따라 걷고 있다. 텔레비전 프로그램에도 소개될 만큼 유명한 곳이니 수십 명의 신도가 장사진을 이룰 줄 알았는데 곳곳이 텅 비어 있었다. 잘 만들어진 영화 세트장에 서 있는 기분이었다.

"사람이 많을 줄 알았는데, 한가하네요."

"오늘은 굿을 안 해서요. 오실 줄 알고 안을 다 비우라고 하셨거든요."

'그 노인네가?'

약속하고 온 것이 아닌데 큰 무당은 오늘 홍사장이 찾아올 줄 알았다는 이야기다. 대문에서 홍사장을 맞아 준 연희가 잠시 예인당 곳곳을 구경시켜 주었다. 홍사장의 마음은 한가롭지 못했으나 어쩌다 보니 연희의 손에 붙들려 예인당을 거닐고 있다.

"거기 사과나무가 있지요? 돌아보면 돌부처가 있을 거예요. 두 번째 돌무덤에 둘린 붉은 천이 보이시지요?"

앞이 보이지 않는 연희는 어떤 눈으로 예인당을 바라보는 걸까, 홍사장은 궁금했다. 그게 무엇이든 예인당을 향한 연희의 마음은 다정하다. 반면 홍사장은 이곳이 마음에 들지 않았다. 정원의 돌멩이 하나까지 이질감이 느껴진다. 땅에 밴 향냄새도 불편했다. 처음, 책방 문을 열고 들어왔던 김선생의 앳된 얼굴이 떠올랐기 때문이다.

'그 어린 게 여기서 지냈단 말이지. 그다지 마음이 편했을 것 같지는 않네.'

예인당은 넓고 깨끗하고 아름다웠지만 따뜻함이 느껴지지 않았다. 전에 보고 느꼈던 큰 무당의 눈빛과 닮았다.

"워낙 넓어서 저 같은 사람은 길을 잃을 것 같네요."

"네, 저도 처음 이곳에 왔을 때는 고생 좀 했어요."

연희가 웃었다. 귀밑까지 오는 단정한 단발머리가 웃을 때마다 찰랑거렸다. 검고 숱 많은 머리카락이 건강해 보인다. 불그스름한 뺨도 낭랑한 목소리도 생기 있다. 다만 언뜻 스치는 표정에 어둠이 깊었다.

'이렇게 예쁜 사람은 어떤 근심이 있을까?'

"마음이 많이 어려우시죠?"

"예?"

연희가 걱정하는 사람이 자신이란 걸 깨닫자 홍사장의 얼굴이 붉어졌다.

며칠 전 헌책방에 손님이 찾아왔다. 예인당의 큰 무당 선화와 세습무 연희였다. 헌책방의 창문이 깨져 고생했던 날, 짓궂은 농담을 해대는 고씨를 밖으로 내보내고 막 책방 문을 닫으려 할 때였다. 헌책방 앞에 두 사람이 서 있었다. 어두운 골목에 한복 차림의 백발노인과 단발머리 아가씨가 손을 잡고 서 있으니 사람이 아닌

줄 알고 하마터면 소리를 지를 뻔했다.

'방금 나간 사람이 대체 어디로 간 거야?'

이럴 때 고씨라도 옆에 있어 주면 마음이 놓일 텐데, 그의 술집은 아예 불이 꺼져 있다. 홍사장은 괜히 고씨가 미워졌다.

'필요할 때는 꼭 이렇다니까.'

"저는 예인당의 선화라고 합니다. 이쪽은 우리 세습무고요."

하얀 저고리에 검은 치마, 단정하게 땋아 올린 백발의 노인. 이 세상 사람 같지 않다. 큰 무당이라 불린다는 선화의 모습을 넋 놓고 바라보던 홍사장이 갑자기 마른기침을 했다. 선화는 홍사장의 기침이 잦아들 때까지 조용히 기다려 주었다.

"아이고 죄송합니다. 그런데 지금 예인당이라고 하셨나요?"

조금 전까지 고씨와 떠들던 이야기 속 큰 무당이 갑자기 눈앞에 나타나니 홍사장의 머릿속이 복잡해졌다. 마치 전래동화 속 호랑이가 튀어나와 눈앞을 가로막은 기분이다.

"인사를 드리려고 왔습니다."

목소리에도 서늘한 기품이 느껴졌다.

"저한테요? 왜요?"

"우리 아이를 돌봐주신다고 들었습니다."

"우리 아이라니요?"

"김철수 말입니다. 그 아이가 제 양아들입니다."

홍사장은 당황했다. 모든 게 이상해서 어느 것 하나 되묻지 않을 수 없었다. 김철수라는 이름도 낯설게 느껴졌다.

'그래, 김선생 이름이 김철수였지.'

"철수가 유일하게 왕래하는 분이라고 들었습니다. 먼저 뵙고 인사를 드렸어야 했는데, 늦었습니다."

어머니뻘 되는 여인이 앞에서 허리를 숙이자 홍사장은 어찌할 바를 몰랐다.

'선화… 선화…, 예인당 큰 무당?'

선화와 눈이 마주친 홍사장이 저도 모르게 고개를 돌렸다. 오금이 저리는 눈빛이었다. 평생을 무속인으로 살아온 사람의 눈빛은 깊고 서늘했다. 놀란 마음을 진정시키려 애쓰면서 홍사장은 두 사람을 책방 안으로 데리고 들어왔다. 자리가 마땅하지 않아 계산대를 테이블 삼아 셋이 둘러앉았다. 종이컵에 싸구려 녹차 티백을 담아 건네는 손이 괜스레 부끄러웠다.

큰 무당은 자리에 앉자마자 황당하고 섬뜩한 이야기를 쏟아냈다. 선화의 이야기를 듣는 내내 홍사장의 마음은 산만했다. 아직도 이야기와 현실의 경계가 오락가락했다. 상대의 표정이 어떻건 선화는 거침없이 제 할 말을 했다.

"곧 철수한테 사고가 있을 거라네요."

이게 무슨 소리인가 싶어 홍사장의 눈이 동그래졌다.

"그 아이가 가진 사주가 그렇습니다. 하늘이 정한 일이니 저도 어쩔 수 없는 문제이지요. 하지만 피가 섞이지 않았어도 어미고 아들입니다. 그냥 내버려 둘 수는 없습니다."

"지금 무슨 말씀을 하시는 건지 제가 잘 못 알아듣겠습니다."

홍사장이 고개를 세차게 저으며 말했다. 선화가 곧장 입을 열었다.

"철수가 곧 죽는다는 얘기를 하고 있습니다."

홍사장이 들고 있던 종이컵을 떨어뜨렸다. 바닥에 쏟아진 녹차가 큰 무당의 치맛단에 튀었다.

"아이고 이런! 죄송합니다!"

홍사장의 호흡이 가빠졌다. 두루마리 휴지를 가져오려고 일어섰지만, 팔다리가 생각처럼 움직여주지 않았다.

'이런 말도 안 되는 이야기를 듣고 있어야 하는 건가?'

홍사장은 떨리는 손을 이마에 얹었다. 황당한 말을 쏟아내는 저 노인에게 한마디 해야겠는데 마땅한 말이 떠오르지 않았다.

"아이 몸에 난 상처를 보셨지요?"

늙은 무당이 조금의 표정 변화도 없이 말을 이어갔다.

"그 아이가 사람이 아닌 것을 상대하고 다니는 것도 알고 계시지요?"

홍사장이 저도 모르게 고개를 끄덕였다.

"별나게 태어나는 바람에 늘 목숨을 내놓고 사는 게 그 아이의 일상이었지요. 하지만 이번에는 운이 좋지 않을 것 같습니다."

홍사장은 어떤 반응을 보여야 할지 난감했다. 선화의 눈빛이 대답을 재촉했다.

'당신, 그 아이가 뭘 하고 다니는지 이미 알고 있잖아.'

그런가, 내가 알고 있던가. 홍사장은 현기증을 느꼈다.

"여기를 귀신 골목이라고 부른다지요?"

"그게 무슨 상관입니까?"

홍사장은 불안한 듯 계속해서 정수리를 쓸어 넘겼다.

"이상한 일을 자주 겪었을 텐데요. 보고도 못 본 척하셨지요?"

홍사장이 입을 꾹 다물었다. 그가 떠올린 것은 허공에 둥둥 떠다니던 하얀 얼굴이었다.

'하지만 그건!'

"잘못 봤다고 생각하셨지요? 그럴 리 없다고, 보고도 믿지 않으셨지요?"

대답할 시간도 주지 않고 선화는 빠르게 말을 이어갔다.

"그 아이는 이곳을 좋아했어요. 그래서 걱정이 많았던 모양입니다. 자기 때문에 누가 다치는 것이 싫었겠지요. 자주 찾아와서 들여다보는 일이 지키는 일이라고 생각했겠지만."

그 행동이 오히려 헌책방을 위험하게 만들었단다. 도깨비들이 철수의 냄새를 따라 골목에 모여들었다는 것이다.

"이러지도 저러지도 못하게 된 겁니다."

헌책방에 찾아오자니 다시 흔적이 남게 되고 발길을 끊자니 홀로 남을 홍사장이 걱정되었다. 조금씩 책방 안으로 들어가 홍사장을 만나는 횟수가 줄어들었다. 멀리서 골목 입구를 망보듯 지켜보기만 했다. 여기까지가 선화가 들려준 철수의 사정이었다.

"제 딴에는 뭔가 해둔 모양인데 그것도 완벽할 수는 없으니까요."

선화가 계산대에 남아 있는 플라스틱병을 보며 말했다. 조금 전까지 고씨와 홀짝이던 술병이다.

"다른 도깨비의 힘을 빌려 책방을 지켰다더군요."

도깨비는 요망해서 사람만 홀리는 게 아니라 다른 도깨비의 눈과 귀도 속일 수 있다고 한다.

"도깨비 사냥꾼이 도깨비의 힘을 빌려요?"

"그건 신경 안 쓰셔도 됩니다. 가끔 이상한 짓을 하는 도깨비도 있으니까요."

선화의 얼굴에 조소가 스쳤다.

"사장님, 사람의 일을 먼저 걱정하셔야지요."

지금까지는 운이 좋았을 뿐, 철수를 탐하는 도깨비들은 쉽게 떨쳐 낼 수 있는 상대가 아니라고 선화는 홍사장에게 충고했다.

"도깨비도 사람만큼 성격도 사는 법도 제각각이란 걸 아시지요?"

홍사장이 저도 모르게 고개를 끄덕였다.

"하필이면 제일 흉악망측한 것이 나타났습니다."

옆에 앉은 연희가 어깨를 웅크렸다. 큰 무당이 연희의 손을 잡았다.

"그것들은 원래 냄새만 고약하고 별 볼 일 없는 도깨비였지요. 힘도 없고 재주도 없어서 죽은 사람의 살덩이만 찾아다닙니다. 옛날에는 전쟁도 잦고 역병도 돌아서 버려진 시체가 많았잖아요. 배를 채우는 데 문제가 없었겠지요. 하지만 세상이 변했잖아요."

이야기가 길어질수록 홍사장은 자신도 어쩌지 못할 정도로 몸을 떨었다. 사람으로 둔갑도 못 하고, 사람의 눈에 띄는 것도 두려워하던 하찮은 존재들이 결국 서로를 잡아먹었다. 약한 것이 더 약한 것을 뜯어 먹고 몸집을 키운 것이다.

"그런 흉측한 것이 하필 우리 동네에 나타났다고요? 왜요?"

큰 무당은 대답하지 않았다.

'그 얘기 들었어요, 형님? 저기 아파트 단지 공원 말이에요. …여자애 시체가 있었다잖아요. 배수로에 낀….'

홍사장은 고씨가 했던 말을 떠올렸다.

'범인이 잡혔던가? 계속 같은 짓을 하고 다닌다고 했는데.'

실종자도 여럿이었다.

'근처에서 계속 살인이 벌어졌다면 시체도 멀지 않은 곳에 있다는 말인가? 그 냄새를 맡고 도깨비가 나타났다고?'

홍사장은 구역질을 참아냈다. 죽은 사람을 뜯어 먹으려 몰려든 도깨비 떼가 싸우다 서로를 잡아먹는 광경이 머릿속에 펼쳐졌다. 몸집이 부푼 한 놈이 시체를 차지한다. 죽은 이의 배 속에 머리를 처박고 게걸스럽게 뜯어 먹던 도깨비가 갑자기 고개를 든다. 입가에 핏물을 잔뜩 묻힌 채 콧구멍을 벌렁거린다.

"철수의 피 냄새를 맡은 겁니다."

홍사장의 머릿속을 들여다보기라도 한 듯 선화가 답을 내놓았다.

"그 아이는 평생을 그 흉측한 것들과 싸워왔지요."

홍사장은 김선생의 팔다리에 겹겹이 쌓인 멍 자국을 떠올렸다.

"한 번 냄새를 맡으면 절대 포기하지 않는 놈입니다. 그러니 서로를 죽여야만 끝나는 싸움이지요."

언젠가는 김철수도 도깨비의 손에 죽을 수 있다는 이야기였다. 그 언젠가가 당장일 수도 있다. 홍사장은 여전히 당혹스러웠다. 미친 소리 그만하라며 내보내고 싶은데 선화와 눈만 마주치면 손이 덜덜 떨리고 입술이 잘 벌어지지 않았다. 이런 말들을 왜 나에게 하는 걸까, 홍사장은 두려우면서도 어디까지 믿어야 할지 갈피를 잡지 못했다.

"제가 할 수 있는 일이 있긴 합니까?"

홍사장이 자신의 앙상한 팔을 끌어안았다.

"빌려주실 것이 있습니다."

선화가 빌려달라는 것은 홍사장의 '목숨'이었다. 일이 일어난다는 그날이 언제인지 선화는 말해주지 않았다. 충분히 고민하고 예인당으로 찾아오라는 말만 남기고 떠났다.

선화가 있을 때는 모습을 보이지 않던 고씨가 뒤늦게 책방 문을 두드렸다. 홍사장은 고씨를 보자 겨우 마음이 진정되었다.

"형님, 왔다 간 늙은이 누구예요? 성질 고약하게 생겼던데."

홍사장은 아무 말도 할 수 없었다. 분명 미친 소리라며 비웃을 게 뻔했다.

'그 눈빛.'

선화의 말은 거짓말 같지 않았다. 반박할 수 없는 불길한 예감이 홍사장의 머릿속을 짓눌렀다. 이후로 밥을 먹어도 소화가 되질 않고 자리에 누워도 잠이 오지 않았다.

'이렇게 망설이다가 어느 날 김선생이 사라지면 어쩌지?'

그런 생각을 하다 병까지 얻었다. 열이 치솟아 바닥에 고꾸라질 뻔하던 그 날 아침, 비틀거리는 홍사장 앞에 김선생이 나타났다. 김선생이 눈앞에 멀쩡히 서 있는 모습을 보니 홍사장은 마음이 놓였다. 아직 그가 살아있다는 것에 감사했다. 책방 2층에서 김선생과 나란히 누웠을 때 홍사장은 결심이 섰다.

'이번에는 내가 빚을 갚아야겠지.'

마음을 정하니 오히려 편안해졌다. 다음 날 홍사장은 눈을 뜨자마자 연락 없이 예인당을 찾았다. 그런데도 큰 무당은 그가 올 줄 알았다며 오래전부터 하루를 비워놨다는 것이다. 의심이 한 겹 걷혔다. 이 정도 용한 무당이라면 한 번 믿어 봐도 되지 않을까.

큰 무당과 홍사장이 예인당 사랑채에 마주 앉았다. 자리를 피하려는 연희를 선화가 붙들어 옆에 앉혔다. 뜰을 거닐 때와 달리 연희의 표정이 불안했다. 그에 비해 큰 무당은 헌책방에서 만났을 때 그대로 굳은 얼굴을 하고 있었다.

"그러니까 그날 하루 도망친다고 액운이 비껴가는 건 아니라는 거지요?"

홍사장이 떨리는 목소리로 말했다. 큰 무당이 애처로운 눈빛으로 그를 바라보았다. 벌써 여러 차례 같은 말을 하고 있기 때문이다.

"그놈이 아니어도 다른 놈이 계속 나타날 거고요?"

"오늘을 살아야 내일도 있지요."

선화가 덤덤한 목소리로 말했다. 홍사장은 더 묻지 못하고 입을 다물었다.

"아직 결정 못 하셨나 보지요?"

홍사장은 대답하지 않았다. 기분 탓일까, 선화의 목소리가 갑자기 차갑게 느껴졌다.

"이해합니다. 사람이 목숨을 걸기가 어디 쉬운가요? 가족 간에도 어려운 일입니다."

"그런 게 아니에요."

홍사장은 길게 숨을 내뱉었다. 손에 땀이 배어 손바닥을 무릎에 갖다 댔다. 그는 겨우 입술을 움직여 천천히 제 마음을 전했다.

"사실 아직은요. 도깨비니, 뭐니 하는 것들이 와닿지 않아요. 어르신 말씀을 못 믿겠다는 게 아니라, 꼭 꿈꾸는 기분이 들어서 그렇습니다."

선화의 눈빛이 조금 달라졌다. 말하는 내내 홍사장의 손이 떨렸다. 굳었던 선화의 얼굴에도 연민이 서렸다.

"그래도요. 만에 하나라도 저는 그 친구가 잘못되는 게 싫습니다. 그건 정말 싫어요. 그러니까 어르신이 하자는 대로 해보겠습니다. 그 말을 하려고 온 거예요."

조용히 듣기만 하던 연희가 벌떡 일어서서 밖으로 나갔다. 그 모습을 멍하니 보던 홍사장이 선화에게 물었다.

"그래서 그날이 언제입니까?"

"이틀 뒤입니다."

홍사장은 이번에도 할 말을 잃었다.

**

—갑자기 죄송해요, 아저씨.

전화기 너머 연희의 목소리에 힘이 없다. 철수가 웃으며 말했다.

"네가 죄송할 일이 아니잖아."

—그래도요.

이번에 일을 부탁한 이는 섬사람이다. 자살 바위로 고향에 오명이 씌었으니 도와달라는 부탁이었다. 철수도 아침부터 먹구름에 뒤덮여 있는 하늘이 신경 쓰였다. 바다에 가기 좋은 날씨는 아니었다. 큰 무당의 혜안은 어긋난 적이 없으니 오늘 가야 한다면 분명 이유가 있을 것이다.

"다녀와서 연락할게."

불안해하는 연희를 달래고 철수는 통영으로 가는 고속버스에 올랐다. 통영에 도착해서도 한 시간 넘게 배를 타고 들어가야 하니 하루 만에 오고 갈 거리는 아니다.

'날이 이래서 배가 뜨려나.'

철수는 좌석 등받이에 기대 눈을 감았다. 앞으로 네 시간을 버스에서 보내야 한다. 눈을 감으니 생각이 많아졌다. 무엇보다 술집에 두고 온 칼날이 신경 쓰였다. 철수는 홍사장에게 건넸던 칼을 며칠 전 다시 꺼내왔다. 옥탑방에서 세입자를 골탕 먹였던 도깨비는 칼날이 아니라 칼날을 감싸고 있던 나무 자루였다. 그 도깨비는 자루가 쪼개지면서 죽어 없어졌다. 하지만 고씨는 칼날에도 별개의 요사스러운 기가 느껴진다고 했다.

'이건 도깨비가 아니고, 도깨비가 좋아할 만한 물건이야. 나도 말로만 들었지 직접 보는 건 처음이네.'

도깨비는 자신의 단점을 가려줄 물건을 찾아다닌다. 사람으로 둔갑할 재주가 없는 도깨비는 감투를 찾아다니고 몸이 둔하거나 힘이 부족해 싸움에 취약한 도깨비는 날이 선 물건을 좋아했다.

'특히 사람의 피 맛을 본 쇠붙이에 환장하지.'

고씨가 그랬다. 사람을 해할 때 쓰인 쇠붙이는 자꾸만 피를 찾아다니는데 그럴수록 날이 예민해져 살짝 만지기만 해도 피를 보게 된다고. 그런 물건인 줄도 모르고 헌책방에 맡겨 두었으니 철수는 홍사장에게 미안한 마음이 들었다.

'왜 두고 가라고 했을까?'

만약을 위해서라고 고씨가 말했다. 농담으로 받을 게 뻔했지만, 그 만약이 뭐냐고 한 번 물어볼 걸 그랬다.

"정말 그 칼이 없어도 되나요?"

―없어졌다니 할 수 없죠.

홍사장이 큰 무당에게 전화를 걸어 다시 한 번 해야 할 일을

확인했다. 선화는 대수롭지 않다는 듯 칼날을 대신할 것이 있다고
말했다.

'헌책방에 처음 왔을 때도 중요한 물건이라고 신신당부를 해놓
고 말이야. 이제 와 없어도 상관없다니.'

분명 서랍에 넣어 두고 꺼내지 않았는데 어디로 사라진 걸까.
제 탓으로 일을 그르칠까, 홍사장의 마음이 불안해졌다.

'혹시 그날인가?'

홍사장은 유리창이 깨졌을 때 없어진 물건이 없느냐고 묻던 경
찰의 말이 생각났다. 그때 책에 떨어진 유리 조각에 정신이 팔려서
칼날이 있는지 확인하지 않았다.

'그런 걸 가져갈 거라고 생각이나 했겠어?'

그래도 한 번 서랍을 열어봤어야 했는데, 하고 홍사장은 자책했
다.

—기분은 좀 어떠세요?

"생각보다 담담합니다."

힘주어 말하고 큰 무당과의 통화를 끝냈다. 홍사장의 목소리는
누가 들어도 긴장한 사람의 것이었다. 그는 눈앞에 놓인 커다란
우족을 보았다. 아침 일찍 우시장에 가서 직접 사 온 것이다. 제일
비싸고 좋은 것으로 골랐다. 그 옆에는 김선생의 가방에서 몰래
꺼낸 면 티셔츠가 놓여 있다.

'정말 이걸로 될까?'

맨손으로 우족을 한 번 쓰다듬어 보았다. 잘 손질된 우족은 큰

무당의 말대로 사람의 피부와 비슷한 느낌이었다. 이것이 자신의 팔을 대신해준다고 하니 함부로 대할 수가 없어 두 손으로 받쳐 들고 있다. 혹시 고씨가 와서 보고 괜한 참견을 할까 얼른 우족을 냉장고에 넣었다. 작은 냉장고에 들어가지 않아 선반과 반찬통을 꺼내 겨우 공간을 만들어야 했다.

'아차, 고씨는 어디 놀러 갔댔지.'

위험한 일에 고씨까지 말려들까 봐 걱정했었다. 다행히 며칠 가게를 비운다니 한시름 놓았다. 이제 해가 온전히 질 때까지 홍사장이 할 일은 없었다.

그런 홍사장을 지켜보는 이가 있었다. 건너편 술집의 고씨였다. 술집 유리창 너머로 우족을 들고 안절부절못하는 홍사장을 보고 있다.

"미련한 사람."

고씨가 술 주전자를 흔들어보지만 남은 술이 없었다.

"노망난 늙은이!"

고씨는 그날 골목 입구에서 걸어오는 선화를 보고 몸을 숨겼다. 세월이 지나도 여전히 늙은 무당이 껄끄러웠다.

"그거야말로 요물이지. 사람다움이라고는 눈곱만큼도 남지 않은."

고씨는 선화가 마음에 들지 않았다. 철수의 처지를 이용해 말썽을 부리는 도깨비를 처리하다니, 못돼 먹은 노인네라고 생각했다.

이번에도 무슨 꿍꿍인가 싶어 그날, 헌책방에서의 대화를 엿들었다.

'미쳤냐? 사람이 도깨비한테 물리면 죽어! 홍사장더러 지금 대신 죽으라는 거야?'

골목을 빠져나가려는 선화의 앞을 고씨가 가로막았다. 그는 화를 주체 못 하고 길길이 날뛰었다. 고씨의 소리에 겁을 집어먹었는지 연희는 선화의 손을 잡고 덜덜 떨었다.

'어디서 감히 말을 걸어, 하찮은 게.'

선화는 눈 하나 깜짝하지 않았다.

'진짜 이럴 거야? 그 애가 알면 난리 난다고! 그만큼 이용해 먹었으면 미안한 마음이라도 가져야지! 뒤에서 이런 작당질을 해?'

'작당?'

'그럼 작당이 아니고 뭐야? 저 힘없는 사내한테 도깨비를 상대하라니! 그건 죽으라는 소리잖아!'

선화가 고씨를 쏘아보며 말했다.

'이 미련한 것아. 그럼, 둘 다 죽일래?'

고씨가 큰 무당의 옷자락을 움켜쥐었다.

'그건 또 무슨 소리야?'

'이거 놓아라.'

기세에 눌린 고씨가 옷자락을 놓고 한 걸음 뒤로 물러섰다. 선화의 뒷모습을 보며 고씨는 멍하니 넋을 놓고 서 있을 수밖에 없었다. 아무리 늙어 쇠약해진 도깨비라도 알 수 있었다. 자신이 서 있는 골목 입구에 죽음의 기운이 스멀스멀 다가오는 중이었다.

'진짜로 어쩔 수 없는 거라고?'

한쪽을 선택해야만 한다면 고씨도 방법이 없다. 여태껏 키워온 아이를 내줄 수는 없었다.

'그래도 그렇지. 많이 울 텐데.'

고씨는 그날 폐가에서 가족을 잃고 싶지 않다며 울어대던 소년 의 얼굴을 떠올렸다.

철수는 터미널 승차장에 서서 멀뚱멀뚱 떠나는 버스를 보고 있었다. 그는 통영행 버스가 출발하기 직전에 연희의 전화를 받고 버스에서 내렸다.

—아저씨 빨리 내려요! 어서요!

다급한 목소리였다.

"왜 그러는데? 무슨 일 있어?"

—태풍이… 온대요.

조금 전과 달리 전화기 속 목소리가 작아졌다.

"뭐라고? 너 지금 목소리가 이상하잖아. 울었어?"

—태풍 때문에 배가 못 뜬다잖아요. 그러니까 오늘은 제발 가지 마세요.

어색한 침묵이 이어지더니 전화가 끊어졌다. 철수는 이상한 기분이 들어 한참 그 자리에 서 있었다. 철수도 버스에서 라디오 뉴스를 들었다. 이런 날 섬에 가라는 부탁이 의아하긴 했다. 철수는 도시의 하늘을 올려다보았다. 바다의 하늘은 난리가 났다는데 여기는 아직 비 소식이 없다.

'뭐 어쨌든 잘됐네.'

버스는 떠났다. 철수는 걸음을 옮겼다. 사실 철수는 아침에 눈을 뜬 순간부터 기분이 좋지 않았다. 꿈자리가 사나워 잠을 설친 것이다. 몸과 마음이 개운하지 않을 때 도깨비를 만나면 실수가 잦았다. 실수는 늘 큰 상처로 이어진다. 오늘은 싸움을 피해야 하는 날이다. 철수의 예감은 대부분 맞아떨어졌다. 고씨는 도깨비 뺨치는 예지력이라고 했지만, 철수는 그냥 살고자 하는 본능이라고 생각했다.

'책방에 가 볼까?'

날이 궂을 때는 헌책방이 있는 귀신 골목이 신경 쓰였다. 고씨의 얼굴에 늘어난 상처도 마음에 밟혔다. 고씨의 재주가 약해졌는지 요즘 들어 이상한 것들이 골목을 서성였다. 철수는 귀신 골목의 일이 모두 자신의 탓인 것 같았다.

그는 시장에 들러 술과 족발을 사고 시장 끄트머리에서 다시 발길을 돌려 메밀묵을 한 덩이 봉투에 담았다. 메밀묵을 손에 든 철수가 피식 웃었다. 고씨에게 딱 한 번 메밀묵을 사다 준 적이 있었는데 그때 고씨는 크게 짜증을 냈다.

'야! 시대가 어느 땐데 메밀묵이야! 세상에 맛있는 게 얼마나 많니? 나는 치킨이 더 좋다고!'

그래 놓고 게걸스럽게 묵을 먹어 치우던 고씨가 생각났다. 통째로 튀겨 놓은 시장 치킨도 한 마리 사서 손에 들었다. 셋이 또 함께 술을 먹자던 고씨의 말에 싫은 내색을 했지만, 철수는 '셋이 함께'라는 그 말이 좋았다.

'인간과 도깨비와 도깨비 사냥꾼이 술친구라니.'

홍사장과 고씨가 티격태격하던 밤, 이상하게 마음이 편했다. 피가 섞이지 않아도 저를 가족처럼 대해주는 어른들이 좋았다. 도깨비의 머리를 뜯어내고, 그 피를 뒤집어쓴 날이면 철수는 골목으로 왔다. 그 골목은 철수에게 고향에 온 것 같은 기분을 느끼게 해주었다. 아무것도 모르는 홍사장은 철수를 반겨주었고 모든 걸 다 아는 고씨는 철수를 걱정했다. 하늘 아래 철수를 걱정하고 기다리는 유일한 가족이었다.

골목 가까이 재개발 구역을 지날 때까지만 해도 철수는 기분이 나쁘지 않았다. 제 등을 노리는 놈을 알아채기 전까지는 그랬다.

'언제 따라붙었지?'

지난번 시장에서 도깨비에게 물린 상처가 아직 아물지 않았다. 보통 상처는 쉽게 낫지만, 도깨비가 문 상처는 길게는 반년이 지나도 아물지 않을 때가 있다.

'골목까지 끌고 갈 수는 없지.'

철수는 빈집이 늘어선 동네를 빙글빙글 돌며 고민했다. 저놈과 싸워야 할지 도망을 쳐야 할지 모르겠다. 놈은 끈질기게 철수의 뒤를 쫓았다. 얼굴이 땅에 닿을 정도로 허리를 숙이고 비틀댄다. 놈의 정수리가 쿵쿵 소리를 내며 땅에 부딪쳤다. 그때마다 시멘트 바닥이 움푹 팼다. 싸우려면 제대로 각오를 해야겠다고 생각하는

찰나, 놈이 철수의 가방을 붙들었다.

'날이 굿다.'

홍사장은 하늘을 올려다보았다. 당장 빗방울이 떨어진대도 이상하지 않은 하늘이다. 태풍이 해안 지방에만 영향을 줄 거라던 예보는 맞을까? 평소라면 허리가 날씨를 먼저 알아차렸을 텐데 잔뜩 겁을 집어먹은 홍사장은 감각이 둔해져 아무것도 느끼지 못하고 있다. 멍하니 생각에 잠겼던 그는 쏟아지는 빗소리에 정신을 다잡았다. 세차게 고개를 흔들며 손바닥으로 자신의 뺨을 탁탁 때렸다.

'정신 차려. 지금 뭐 하는 거야?'

갑자기 쏟아지는 비로 인해 낮과 밤의 경계가 모호해졌다. 어디선가 선화의 목소리가 들리는 것 같았다.

'서두르지 말고 마음을 차분히 가지세요.'

홍사장은 준비한 우족에 김선생의 옷을 감아 품에 안았다. 날씨가 서늘한데 등이 땀으로 젖었다. 이대로 냄새를 맡은 밤손님이 올 때까지 기다려야 했다.

선화가 일러준 방법은 간단했다. 도깨비가 문밖에서 기척을 내도 모른 척 기다리다가 팔을 하나 떼어 달라고 할 때 문을 열고 들고 있던 우족을 던져주면 역할이 끝난다. 김선생의 냄새가 밴 우족을 맛본 도깨비가 실망해서 돌아갈 거란 얘기다.

'정말 그렇게 간단하게 끝날까?'

어쩐지 이야기가 허술했다. 김선생의 목숨을 위협하는 놈이 고작 우족 하나 먹고 떠나갈 거라니. 한눈팔게 한 후 죽인다거나 하는 이야기가 따라붙어야 자연스럽지 않을까?

'도깨비는 머리를 뜯어내야 죽는다고 했지.'

그것이 정말 그동안 이야기 속에서 들어온 도깨비라면 무슨 수를 쓴다 한들 홍사장의 손에 죽을 것 같지는 않다. 선화 말대로 속여서 쫓아내는 것 말고는 마땅한 방법이 없을 것 같다. 그렇지만 홍사장은 자꾸만 선화가 자신에게 뭔가를 숨기는 게 아닐까 의심이 들었다. 첫날 목숨을 빌려달라는 것에 비해 일이 너무나도 간단하지 않은가.

'그걸로 끝일 리 없어. 다른 게 더 있을 거야.'

홍사장은 나름대로 각오를 다졌다.

'만약 돌아가지 않는다면, 정말로 도깨비에게 한쪽 팔을 내줘야 할지도 몰라. 팔이 떨어져 나가면 얼마나 아플까?'

생각만으로도 어깨가 간질거렸다. 과연 자신이 고통을 견뎌낼 수 있을지 모르겠다고 생각했을 때 똑똑똑, 누군가가 유리문을 두드렸다.

'벌써?'

몸이 차갑게 얼어붙었다. 홍사장은 저도 모르게 한 걸음 뒤로 물러섰다. 우족을 움켜쥔 손은 이미 바르르 떨고 있다.

'그래, 눈 딱 감고! 한 번만 용기를 내자!'

"형님, 그 문 열지 말아요."

문 뒤에서 고씨의 목소리가 들렸다.

"고씨? 자네 지금 어디 있나? 문밖에 있나?"

홍사장의 심장이 미친 듯이 뛰었다.

"가게 비운다더니 왜 여기 있어?"

고씨가 위험할지도 모른다는 생각에 홍사장의 마음이 다급해졌다. 홍사장의 손이 미닫이문에 닿자, 고씨가 또 한 번 고함을 쳤다.

"열지 말라면 좀 열지 말아요!"

잔뜩 화가 난 목소리였다. 지진이 난 것처럼 유리창은 물론이고 진열장마저 덜컹거렸다. 문 너머에서 들리는 으르렁대는 짐승 소리에 놀란 홍사장이 문에서 손을 뗐다. 뭔가 세게 부딪히는 소리가 났다. 유리 너머는 깜깜해서 아무것도 보이지 않았다. 우족을 품에 안은 홍사장은 이러지도 저러지도 못하고 애를 태웠다.

'어쩌라는 거야! 나보고 어쩌라는 거야!'

눈에서 눈물이 주룩 쏟아졌다. 그때 홍사장의 머리를 스친 것이 있었다. 한쪽 팔로 우족을 끌어안고 나머지 손으로 계산대 서랍을 뒤졌다.

"어딨냐…, 어딨어!"

형사가 던져주고 간 명함이 손에 잡혔다.

'무슨 일 있으면 연락해요. 112보다 빠를 거예요. …도깨비든 뭐든 보면 꼭 전화하라고요. 알겠어요?'

앳된 얼굴과 건방진 목소리가 선명히 떠올랐다.

"그래 뭐라도! 뭐라도 와서 좀 도와주라!"

홍사장은 떨리는 손가락으로 몇 번의 시도 끝에 형사에게 전화를 걸었다. 전화 연결음이 몇 차례 울렸지만, 상대는 전화를 받지 않았다. 심장 언저리가 옥죄어왔다.

"이 미친 새끼야! 도와준댔잖아!"

홍사장은 전화기를 붙들고 매달렸지만 결국 통화 연결음은 끊기고 말았다. 절망스러움에 그의 호흡이 가빠졌다. 쏟아지는 빗소리에 간간이 섞여드는 비명이 날카롭게 귀에 꽂혔다.

'이 미친놈아! 지금 뭐 하는 거야? 동생이 죽게 생겼다고!'

홍사장은 고씨를 홀로 위험한 골목에 둘 수 없었다. 그는 크게 숨을 들이마셨다.

"할 수 있다! 할 수 있다! 할 수 있어!"

드디어 문손잡이를 잡았다. 드르륵, 미닫이문이 열리는 소리와 함께 홍사장은 머리에 강한 충격을 받았다. 눈앞에 선 커다란 그림자가 홍사장의 머리를 내려친 것이다. 그가 손에 들고 있던 우족이 공중으로 튀어 올랐다. 바닥에 머리를 부딪친 홍사장은 의식을 잃기 전 다시 한 번 고씨의 신경질적인 목소리를 들었다.

"거참, 열지 말라니까!"

철수는 지쳤다. 얼마나 얻어맞았던지 턱뼈가 흔들릴 정도였다. 어깨의 상처도 말썽이다. 놈은 지금껏 만났던 도깨비 중에 가장 힘이 센 것 같았다. 다행히 움직이는 속도는 힘에 못 미쳐 겨우 한번 쳐낼 수 있었다. 놈이 부딪친 전신주가 고장 난 듯 깜박였다. 어둠 속에서 전구가 한 번 깜박일 때마다 놈이 서 있는 위치가 바뀌어 있었다.

'어깨라도 멀쩡했으면….'

그랬으면 놈을 제압할 수 있을까, 철수는 확신할 수 없었다. 역한 냄새가 코를 찔렀다. 익숙한, 지긋지긋한 냄새였다. 그때 깜박이는 가로등 뒤로 또 다른 기척이 느껴졌다.

'하나가 더 있어?'

철수가 눈을 떴다. 이대로 있다가는 정말로 죽을 것 같다. 공포와 분노로 흥분한 눈동자가 붉게 타올랐다.

'빨리 끝내야 해.'

철수는 최대한 놈의 주먹을 피해 달리면서 상대의 등을 노렸다. 놈은 허리가 길어 한 번 움직일 때마다 휘청이며 등을 보였다. 일순간 철수가 놈의 등 위에 올라탔다. 도깨비의 긴 팔이 철수의 머리를 붙잡기 전에 철수가 먼저 놈의 목을 비틀었다.

따각!

목이 부러진 도깨비가 짐승처럼 울부짖었다. 바로 고꾸라지지 않고 철수를 등에서 떼어내려고 안간힘을 썼다. 어둠 속에서 기회를 노리고 있을 또 다른 도깨비가 움직이기 전에 끝내야 했다. 철수가 도깨비의 머리 가죽을 움켜쥐었다. 그리고 있는 힘을 다해 놈의 목을 뜯어냈다.

거대한 짐승이 부르짖는 소리가 났다. 철수가 내지르는 소리였다. 흥분을 가라앉혀야 했다. 사냥할 때마다 철수는 제 몸의 피가 끓어오르는 듯한 희열을 느꼈다. 마치 온전한 짐승이 된 것처럼 포식자의 울음소리가 몸속 깊은 곳에서 솟구쳤다.

'진정해야 해. 저기 한 놈 더 있잖아.'

철수는 본능을 억눌렀다. 천천히 어둠 속에 숨어 있는 그놈에게 다가섰다. 이상하게도 놈은 한 발짝도 움직이지 않고 겁먹은 눈으로 철수를 쳐다보고 있었다.

'왜 아무 짓도 않지?'

철수는 자신의 몸이 더 흥분하기 전에 한 번에 놈의 목을 꺾어낼 생각이었다. 짐승처럼 흥분한 자신이 두려웠다. 아슬아슬한 선의 경계를 넘나드는 기분이었다. 자칫 완전히 이성을 잃으면 도깨비로 변해버릴 것 같았다. 도깨비처럼 쿵쿵대며 놈의 냄새를 맡던 철수가 그 자리에 멈춰 섰다. 갑자기 들려온 노랫소리 때문이었다.

"사, 살려주세요."

눈앞의 것이 바들거리며 빌었다. 한쪽 손에 쥔 휴대전화가 깜박였다.

'전화?'

전화벨 소리가 계속되자 흥분이 서서히 가라앉았다. 불편한 생각이 머리를 스쳤다.

'이거, 사람⋯ 인가?'

도깨비인 줄 알았던 그것은 어린 남자였다. 그는 괴성을 지르며 들고 있던 모든 걸 던져 버리고 도망치기 시작했다. 휴대전화와 붉은색 벽돌이 바닥에 나뒹굴었다.

'내가 지금 사람을 죽일 뻔한 건가?'

사람의 피 냄새가 코끝을 스쳤다. 몸의 감각이 깨어났기 때문에 알 수 있었다. 남자가 들고 있던 벽돌에서 분명 사람의 피 냄새가 났다. 퍽치기범이 기승이라던 고씨의 말이 떠올랐다.

'사람이 죽었다고 했지.'

남자가 떨어뜨리고 간 휴대전화에 부재중 알림이 떠 있었다. 철수의 눈에 익은 번호였다. 겨우 가라앉혔던 흥분이 끓어올랐다.

같은 시각, 고씨는 철수에게서 전해 받은 칼날을 손에 쥐고 있었다. 위험하다는 핑계로 자신이 가지고 있겠다고 했지만 거짓말이었다.

'이게 쓸모가 있었으면 좋겠는데.'

칼날은 돌도 벨 것처럼 날카로웠다.

'얼마나 많은 사람의 피를 먹은 게냐?'

책방 앞을 기웃대던 도깨비를 겨우 조각냈을 때 이미 날의 반이 고씨의 손바닥을 뚫고 몸 안으로 들어왔다.

'이거 정말 위험한 거구나.'

지난밤, 헌책방의 유리창이 깨졌던 때가 떠올랐다. 느닷없이 나타난 도깨비가 유리창 안으로 손을 뻗어 넣었다. 마침 장난 거리를 찾느라 자리를 비웠던 고씨는 고양이가 우는소리를 듣고 서둘러 골목으로 달려왔다. 시시한 도깨비였고 그래서 더 놀랐다. 귀신 골목에서 죽어 나간 도깨비가 수십 마리다. 여느 도깨비라면 죽은 도깨비들의 냄새에 삼십육계를 놓았을 것이다. 그때는 하찮은 도깨비가 칼날에 홀려 객기를 부리는 줄 알았다. 이제야 깨달았다. 도깨비가 칼날을 탐냈던 것이 아니었다. 이 음산한 날붙이가 도깨비를 제 칼집으로 쓰려고 불러 모은 것이었다.

'요망한 물건일세. 아무리 그래도 네 깟게 나를 잡아먹으려는 게냐?'

지금 뽑지 않으면 칼날에 제 몸이 갈라져 나갈 것 같다. 서둘러 남은 손으로 칼날의 반대편을 움켜쥐려는데 또 다른 도깨비가 헌 책방의 문에 붙어 서 있는 게 아닌가.

'저건 또 뭐야?'

웬만한 도깨비라면 들어올 생각도 못 할 귀신 골목에 벌써 두 마리째 도깨비가 흘러들었다.

'이거구나.'

철수가 죽을 거라던 선화의 이야기를 고씨는 믿지 않았다. 사냥을 거듭할수록 철수는 기술이 늘었다. 제대로 붙는다면 고씨도 상대가 되지 않을 정도였다. 그러니 무당이 다른 꿍꿍이가 있는 게라고 의심했을 뿐 정말로 위험한 일이 있을 거라고는 생각하지 않았다.

'고년이 말한 액운은 숫자였어.'

한 놈이라면 모를까 이런 도깨비 둘을 한꺼번에 만났다면, 어쩌면 철수라도 크게 다쳤을지 모른다. 운이 나쁘다면 다치는 거로 끝나지 않을 것이다.

'늙은 년이 제법이네.'

고씨는 이미 느끼고 있었다. 철수가 골목 가까이 와 있었다. 철수의 피 냄새가 동네에 진동했다.

'아이고, 이 녀석 또 다쳤구먼.'

철수의 피 냄새가 놈들을 불러 모으는 건지 아니면 늙은 무당의 예언처럼 오늘이 정말 철수의 제삿날이라 불운이 겹친 건지 모르겠다. 뭐든 상관없다. 고씨는 철수가 골목에 도착하기 전에 끝내야겠다고 생각했다.

'다 죽여 버리면 되는 거야.'

그렇게만 하면 철수를 살릴 수 있다. 책방 안의 홍사장도 문만 열지 않으면 된다. 원래는 문을 열어둔다 한들 도깨비가 들어설 수 없는 곳이었다. 헌책방은 고씨조차 발끝도 못 디딜 정도로 기운 센 공간이었다. 철수가 무당의 힘을 빌려 뭔가 해놓았던 모양인데 그날 유리가 깨지면서 그것이 뒤틀려 버렸다. 문만 열리면 고씨도 아무렇지 않게 드나들 수 있게 된 것이다.

'형님 제발 문 열지 말아요.'

고씨와 눈이 마주친 도깨비가 비명을 질러댔다. 고씨가 책방을 향해 다리를 움직였다. 하지만 고씨의 바람과 다르게 홍사장이 책방 문을 열었다. 놈이 물어뜯으면 연약한 홍사장은 그 자리에서 죽을 것이다. 마음은 달려가 홍사장을 구하고 싶지만, 고씨의 몸은 더는 빠르게 움직여지지 않았다. 다행히 홍사장이 던진 우족을 물어뜯느라 도깨비는 책방 안으로 들어가지 못하고 있었다.

'아이고, 우리 형님! 마지막에 형님 노릇 제대로 해주시네.'

홍사장이 우족으로 시간을 벌어주지 않았다면 고씨가 먼저 놈에게 공격을 당했을 것이다. 이런 몸으로 전면전은 승산이 없다.

'그래, 사백 년. 살 만큼 살았다.'

고씨는 천천히 놈을 향해 걸어갔다. 손바닥을 뚫고 들어온 칼날이 조금씩 그의 몸 안을 파고들고 있었다. 고씨는 지난밤 자신을 꾸짖던 큰 무당의 목소리를 떠올렸다.

'이 미련한 것아. 그럼, 둘 다 죽일래?'

고씨는 그제야 알았다.

'재수 없는 늙은이. 결국, 나더러 죽으란 소리였어?'

선화는 일부러 헌책방까지 찾아와서 칼날 이야기를 흘렸다. 고씨가 엿들을 줄 알고 수작을 부린 것이다. 그것도 모르고 방해하겠다며 칼날을 꺼내온 자신이 한심하면서도 자랑스러웠다. 요망한 칼은 완전히 고씨의 손에 박혀버렸다. 이제 잡아 빼다 해도 절대 떨어져 나가지 않을 것이다.

우족을 물어뜯던 도깨비가 고개를 돌렸을 때는 이미 고씨의 손에 박힌 칼날이 놈의 머리를 싹둑 베어낸 후였다. 이어 '쨍강' 하고 뭔가가 박살 나는 섬뜩한 소리가 골목에 울려 퍼졌다.

철수가 숨을 헐떡이며 귀신 골목에 도착했을 때 골목에는 깨진 백자 조각이 곳곳에 널려 있었다. 골목을 향해 뛰어오던 철수의 귀에도 분명하게 들렸다. 뭔가 커다란 게 깨져나가는 소리였다. 바닥에서 하얀 사기 조각 하나를 주워든 철수의 눈이 벌겋게 충혈

됐다. 자신이 울고 있다는 사실도 모른 채 철수는 책방 안으로 뛰어들었다. 헌책방 바닥에는 홍사장이 의식을 잃고 쓰러져 있었다. 김철수는 더는 견디지 못하고 바닥에 주저앉았다.

그는 헌책방 바닥에 다리를 뻗고 앉아 아이처럼 엉엉 소리를 내며 울었다. 비명에 가까운 울음소리에 겹겹이 연결된 슬레이트 지붕이 흔들렸다. 홍사장이 눈을 떴다. 부모를 잃은 아이처럼 울고 있는 철수를 보자 홍사장도 가슴이 뜨거워졌다.

'김선생, 나 괜찮아.'

목에서 소리가 나오지 않았다. 겨우 손가락을 움직여 철수의 옷자락을 붙들었다.

"…아저씨!"

철수가 보고 놀란 눈을 했다. 홍사장이 힘겹게 고개를 끄덕였다. 잠시 울음을 멈췄던 그가 또 한 번 통곡하듯 서러운 울음을 쏟아냈다.

'이 친구야, 왜 그리 우나. 꼭 누가 죽은 것처럼.'

그런 생각을 하며 홍사장은 다시 의식을 잃었다.

에필로그

　꿈을 꾸었다. 책방에 앉아 골목을 내다보는 꿈이었다. 나는 늙은 모습 그대로인데 골목을 지나는 시간은 사람이 복작이던 어릴 때였다.

　교복을 입은 철수가 단발머리 소녀와 자전거를 타고 지나갔다. 머리칼을 깔끔히 빗어 넘긴 아버지의 농담에 이웃 어른들이 웃음을 터뜨렸다. 아버지 곁에 서 있는 하얀 원피스를 입은 어머니의 모습이 너무 곱다.

　'이리 와 수택아.'

　어머니가 나를 향해 손을 흔들었다. 나도 가고 싶어요, 어머니.

　어디선가 달큼한 술 냄새가 책방을 가득 채웠다. 침이 꼴깍 넘어갈 만큼 좋은 냄새였다. 아, 왜 이러지? 찌르르 가슴이 저렸다. 그리워 눈물이 날 것 같은데 무엇이 그리운지는 도통 모르겠다. 꿈에서 깨니 술 냄새는 간데없고 코끝에 알싸한 소독약 냄새만 남았다.

　"홍수택 님, 벌써 월요일이네요."

담당 간호사의 목소리였다. 명랑하고 성급한 발소리를 내며 병실을 분주히 돌아다닌다. 간호사가 텔레비전 볼륨을 높였다. 그녀는 주로 뉴스 채널을 틀어 놓는다. 침대에 누워만 있으니 세상 돌아가는 일을 이렇게라도 알라는 것일까.

「…죄송합니다.」

텔레비전에서 어떤 남자의 목소리가 흘러나왔다. 어쩐지 귀에 익은 목소리다. 어디서 들었더라. 들어보니 남자는 사람을 셋이나 죽인 퍽치기범이었다. 사람을 죽인 것도 문제지만, 인터넷에 글을 올렸다나? 범죄 블로그를 만들어 스스로 사냥꾼이라 불렀단다. 정말 별의별 놈이 다 있다.

"저 사람, 형사인 척 명함까지 가지고 다녔대요."

간호사가 말했다. 텔레비전이 계속 살인범 이야기를 늘어놓는다. 잡혔을 때 괴물을 봤다느니 빨간 눈이 어쨌다느니 이상한 소리를 했다는데 범죄 전문가의 말로는 심신 미약을 핑계로 처벌을 면하려는 수작이란다.

다시 깜박 잠이 들었다. 정신이 들었을 때는 텔레비전이 꺼져 있었다. 밤인지 낮인지 헷갈린다. 시간이 점점 무의미해졌다.

저벅저벅.

지금 복도를 울리는 저 정직한 발소리는 병원 사람들을 제외하고 나를 찾아주는 단 한 사람, 김선생의 것이다.

병실 문이 열린다. 뻑뻑한 미닫이문이 오늘도 말썽이다. 역시나 시원하게 열리지 못하고 덜컹거린다. 그는 불평하는 말 한마디

없이 다시 문을 닫고 조용히 내 곁으로 왔다. 역시 김선생답다.

병원에서 지내며 깨닫게 된 것이 있다. 사람이 내는 모든 소리는 그 주인의 성품을 나타낸다는 것이다. 믿어도 좋다. 종일 누워 있는 내가 하는 일이라고는 귀를 열어두는 것과 냄새를 맡는 것, 자는 것, 오직 그뿐이기 때문이다. 참으로 게으른, 호사스러운 나날이다.

김선생의 얼굴을 보고 싶은데 눈꺼풀이 무거워 눈을 뜰 수가 없다. 여전히 피곤한 얼굴이겠지. 그는 늘 해가 진 다음에야 나타났다. 늦은 밤이나 동트기 전 새벽에 도깨비처럼 다녀간다고 간호사들이 수군대는 소리를 들었다. 이래저래 도깨비와 연이 깊은 사람이다.

김선생이 의자를 끌어와 발치에 앉았다. 내가 잠든 줄 알겠지만 나는 그의 목소리에 온전히 집중하려고 무척이나 노력하고 있다. 오늘도 종일 그를 기다렸다. 어제도 그랬고 엊그제도 그랬다. 병원 침대에 누워 있는 처지이니 그것 말고는 낙이 없었다.

"잘 지내셨어요?"

그럼, 나야 잘 지냈지. 김선생은 어땠어? 별일 없었고?

"벌써 봄이에요."

그러게 볕이 따끈하더구먼.

"헌책방은 또 한동안 손님이 없네요."

봄이잖아. 꽃 피는 봄에 누가 우중충한 헌책방에 들어오겠어?

"고씨네 가게에 검정고양이가 새끼를 낳았어요. 네 마리나요."

그러더니 한참 말이 없다. 조용한 병실에 울려 퍼지는 그의 숨소리를 들었다. 무슨 생각을 하기에 숨이 가빠졌을까. 고씨. 고씨가 누구더라? 누구기에 그 이름을 듣는 것만으로도 이렇게 가슴이 먹먹한 것인지.

"이번에는 조금 멀리 다녀왔어요."

그가 다시 입을 열었다. 김철수 이야기를 하려는 게다. 내가 온종일 그를 기다리는 이유다.

"…바닷가에 있는 어느 작은 마을이에요…."

낡고 검은 가방을 메고 버스에서 내리는 김철수의 모습을 상상했다. 병원에 누워 오도 가도 못 하는 내게 김선생의 이야기는 유일한 세상살이였다.

"…미뤄두었던 일인데… 바닷가 마을에 자살 절벽이 있다는 얘기를…."

큰 키에 구부정한 어깨, 바싹 야윈 그 남자는 눈에 띄었겠지. 모두가 돌아봤을 거야.

"…멀쩡히 여행을 온 외지 사람이 뭐에 홀린 듯 자꾸만…."

나는 또 그렇게 그가 들려주는 사냥꾼 이야기 속으로 들어갔다.

'도깨비는 뿔이 없다.'

7년 전, 나는 텔레비전 화면에 띄워진 그 문장을 수첩에 적었다. 라디오 원고용 소재였다. 정확히는 오프닝용 글감. 그때는 깨어 있는 모든 시간을 원고를 위해 썼다. 눈에 띄는 모든 것들은 문장으로 만들어 디제이의 입으로 흘려보냈다. 전파를 탄 글감은 쭉쭉 줄을 그어 지웠고 다시 떠올리지 않았다. 어떤 문장이든 씹고 뜯고 맛볼 여유 따위 없던 시절이었다.

줄이 그어진 문장들 속에서 '도깨비'는 오래오래 살아남았다. 오프닝용 원고가 되지 못하고 수첩을 펼칠 때마다 으르렁, 소리를 내며 존재감을 드러냈다. 뿔 하나 지웠을 뿐인데 사람보다 더 사람 같은 얼굴로 꺼내 달라며 성가시게 굴었다. 마치 '내 이야기를 좀 들어줘'라고 말하는 듯했다. 치근댐을 견디지 못하고 결국, 나는 그의 이야기를 쓰기 시작했다.

'돌아가신 아버지의 표현대로라면 김서방이 올 것 같은 날씨였다.'

어찌나 수다스러운지 그 한 줄의 이야기는 원고지 80매짜리 단편 소설이 되었고 오늘 한 권의 책이 되어 세상에 나왔다. 놀라운 일이다. 도깨비에 홀린 것처럼 삶이 바뀌었다. 내가 소설을 쓰다니!

쓰는 동안 많은 꿈을 꾸었다. 어느 꿈은 뛰어나가 복권을 사게 했고 어떤 꿈은 불행한 일이 일어나지 않을까 노심초사하게 하였다. 현실에서는 아무 일도 일어나지 않았지만(개탄스럽게도 복권에 당첨되는 일도 없었다) 꿈에서 경험한 감정들은 그대로 김철수와 홍사장과 고씨에게 전해졌다. 그들의 감정이 나의 꿈으로 찾아올 때도 있었다. 우리는 함께 울고 웃었다.

어느 날의 꿈에서 열한 살의 나를 보았다. 묵직한 책가방을 어깨에 멘 어린아이가 터벅터벅 앞서 걷고 어른인 내가 뒤따르는 꿈. 얘, 하고 불러서 왜 그러느냐고 묻고 싶은데 아이의 등만 보다 꿈에서 깨고 말았다.

'한번 말 걸어 볼걸.'

천장을 보고 누운 채로 나는 눈만 껌벅였다. 눈물이 뚝뚝 떨어졌다. 그 후회를 소설 속 홍사장에게 넘겨주었다. 사실 홍사장이 꿈에서 누구의 뒷모습을 보았는지 나도 모른다. 그건 꿈꾼 홍사장만 알겠지. 하지만 그가 자신의 어린 시절, 상처의 순간들을 떠올리길 바랐다. 내가 그랬듯 그 역시도 스스로 위로를 얻어내길 바랐다.

어떤 상처는 마주 보는 것만으로 치유되기도 한다. 페이지를 넘기던 당신께도 나의 위로가 전해지길 바란다. 홍사장과 고씨와 철수를 끌어안고 잠 못 들었던 내 지난날의 보상은 당신이 받은 위로로 족하다.

나는 늘 사람 운이 좋았다. 과분한 인연을 만나 지지와 응원을 받으며 살아왔다. 마음을 내보이는데 서툴러 지금껏 말하지 못했지만, 자리를 빌려 감사의 마음을 전하고 싶다.

하늘에서 소식을 들으셨을 장병기 교수님, 작가로서의 성장을 지켜봐 준 가족과 동료에게 감사한다. 특히 이십 년간 인내와 사랑으로 곁을 지켜준 성미, 진주, 은영에게 고맙다고 말하고 싶다.

외장 하드에 잠들어 있던 김철수의 이야기를 양지로 끌어내 주신 손안의책 대표님께 감사드린다. 처음 쓴 장편소설이 출판되다니, 박광운 대표님을 만나지 않았다면 일어나지 못했을 행운이다.

낯선 작가의 이름 앞에서 과감히 용기를 내어주신 독자에게 감사드린다. 작가의 말까지 책장을 넘겨주신, 인내심 깊은 당신께 무한한 감사와 존경을 표하며.

끝으로 나의 삶과 글을 응원해주셨던, 소설가 최옥정 선생님의 영전에 감히 이 소설을 바친다.

2019년 겨울
임정희

사냥꾼 이야기

1판 1쇄 발행 2019년 12월 10일

지은이 임정희

발행인 박광운
편집인 박재은

발행처 손안의책
출판등록 2002년 10월 7일 (제307-2015-69호)
주소 서울 성북구 화랑로 214, 102동 601호
전화 02-325-2375 팩스 02-6499-2375
카페 http://cafe.naver.com/bookinhand
이메일 bookinhand@hanmail.net

ISBN 979-11-86572-51-1 03810

정가는 뒤표지에 있습니다.
파본이나 잘못된 책은 구입하신 곳에서 교환해 드립니다.

이 도서의 국립중앙도서관 출판예정도서목록(CIP)은 서지정보유통지원시스템 홈페이지(http://seoji.nl.go.kr)와
국가자료종합목록 구축시스템(http://kolis-net.nl.go.kr)에서 이용하실 수 있습니다.
CIP제어번호: CIP2019046964